L'ART D'ÊTRE
GRAND-PÈRE

LES CHANSONS
DES RUES ET DES BOIS

VICTOR HUGO

L'Art d'être grand-père

Les chansons des rues et des bois

VICTOR HUGO
(1802-1885)

Le 26 février 1802, à Besançon, naît Victor Hugo. Son père est devenu général au cours des guerres de la Révolution et de l'Empire. Enfant, il souffre de la mésentente de ses parents. Dès son adolescence, il affirme des ambitions littéraires, et participe à des concours poétiques. Après des études brillantes, il épouse, en 1822, Adèle Foucher, son amie d'enfance, grâce à la pension accordée par le roi à la suite de la parution de son premier recueil poétique — et premier succès public —, *Odes*. La nuit de son mariage, Eugène, son frère qui, lui aussi, aimait Adèle, devient fou.

Naissent Léopoldine (1824), Charles (1826), Francis-Victor (1828). En 1829, avec *les Orientales*, il est déjà reconnu comme le chef de file du mouvement romantique. Les milieux officiels l'estiment. Ce révolutionnaire en littérature, qui a reçu la Légion d'honneur, est conservateur en politique. *Hernani*, en 1830, premier drame romantique joué à la Comédie-Française, *Notre-Dame de Paris*, l'année suivante, confirment sa gloire littéraire.

Sa femme, amoureuse du critique Sainte-Beuve, ami de la famille, se détache de lui, avant de lui revenir. Il a rencontré l'actrice Juliette Drouet. Entre son épouse et l'actrice qui on fait vœu de se consacrer à leur grand homme, sa vie privée devient digne d'un vaudeville. Il reçoit ses maîtresses dans son bureau relié par une porte secrète à son appartement.

Ruy Blas est créé en 1838. En 1842, le mariage et la noyade tragique de sa fille Léopoldine sont une première épreuve. Lui qui a composé de si beaux poèmes sur l'enfance inspirés de sa vie familiale verra, dans sa vieillesse, mourir aussi ses deux fils. Quant à sa fille Adèle, elle sera internée en 1872, devenue folle à la suite d'une histoire d'amour, comme son oncle Eugène.

Ce chef de file du romantisme, cet ami d'Alexandre Dumas, de Théophile Gautier, ne se contente pas d'écrire. Il participe activement à la vie politique. En 1845, cet académicien élu à 38 ans, devient pair de France et réclame, lors d'une intervention, le retour en France de la famille Bonaparte. Mais le coup d'État du 2 décembre 1851 le fait entrer dans l'opposition ouverte au régime. Il doit s'enfuir en Belgique. Il y rédige *les Châtiments* (1853) avant de s'installer à Jersey puis à Guernesey, avec sa famille, et Juliette Drouet.

Hugo se passionne alors pour le spiritisme, écrit (*les Contemplations, Chanson des rues et des bois, les Misérables, les Travailleurs de la mer, la Légende des siècles*, que Juliette recopie...) et refuse avec hauteur les amnisties proposées par Napoléon III, qu'il a surnommé, dans ses pamphlets, Napoléon le petit.

Il s'est laissé pousser une barbe blanche de patriarche et s'habille comme un ouvrier. *Les Misérables* font, en 1862, un triomphe à Paris. Après l'effondrement de l'Empire, Hugo revient à Paris, le 5 septembre 1870, et reçoit un accueil triomphal.

Élu au Sénat en 1876, mais ayant renoncé à jouer un rôle politique de premier plan, il cultive l'art d'être grand-père (des deuils successifs l'ont laissé seul avec ses deux petits-enfants), recevant les grands du monde entier qui viennent le visiter. Ses 80 ans sont l'occasion d'une immense manifestation. Des millions d'hommes se reconnaissent dans son œuvre universelle. Premier dramaturge de son siècle, il en est aussi l'un des plus grands romanciers, un poète de génie et un illustrateur de talent. Et bien que couvert de gloire et d'honneurs, il est devenu le protecteur des humbles.

Le 11 mai 1883, Juliette s'éteint (sa femme est morte à Bruxelles en 1868). Il lui survit deux ans. Le 22 mai 1885, une congestion pulmonaire l'emporte. Des obsèques nationales sont décrétées. Le 1er juin, deux millions de personnes suivent le cercueil de ce grand républicain, de l'Arc de triomphe au Panthéon, où ses cendres sont déposées.

Chansons des rues et des bois, recueil de vers publié en 1865, montre un Victor Hugo sensuel et frivole, épicurien. Il y dépeint la nature, sa gaieté, le rire des filles et la fraîcheur des bosquets. Humain, attendri, il l'est aussi dans *l'Art d'être grand-père* (1877) où un octogénaire, en regardant vivre ses petits-enfants, redécouvre la douceur et l'espièglerie de l'enfance, en leur expliquant la nature qui les entoure.

Riches d'un humanisme serein, ces deux recueils, complémentaires, révèlent un Victor Hugo loin de sa statue de chantre de l'histoire et de l'épopée; mais, même sur des sujets intimistes, Victor Hugo reste un maître dans l'art de versifier, un grand poète qui, entre les rimes, fait jaillir l'émotion.

À la mémoire de Jean Hugo

L'ART D'ÊTRE GRAND-PÈRE

I

À GUERNESEY

I

L'EXILÉ SATISFAIT

Solitude ! silence ! oh ! le désert me tente.
L'âme s'apaise là, sévèrement contente ;
Là d'on ne sait quelle ombre on se sent l'éclaireur.
Je vais dans les forêts chercher la vague horreur ;
La sauvage épaisseur des branches me procure
Une sorte de joie et d'épouvante obscure ;
Et j'y trouve un oubli presque égal au tombeau.
Mais je ne m'éteins pas ; on peut rester flambeau
Dans l'ombre, et, sous le ciel, sous la crypte sacrée,
Seul, frissonner au vent profond de l'empyrée.
Rien n'est diminué dans l'homme pour avoir
Jeté la sonde au fond ténébreux du devoir.
Qui voit de haut, voit bien ; qui voit de loin, voit
[juste.
La conscience sait qu'une croissance auguste
Est possible pour elle, et va sur les hauts lieux
Rayonner et grandir, loin du monde oublieux.
Donc je vais au désert, mais sans quitter le monde.

Parce qu'un songeur vient, dans la forêt profonde
Ou sur l'escarpement des falaises, s'asseoir
Tranquille et méditant l'immensité du soir,
Il ne s'isole point de la terre où nous sommes.
Ne sentez-vous donc pas qu'ayant vu beaucoup
[d'hommes

On a besoin de fuir sous les arbres épais,
Et que toutes les soifs de vérité, de paix,
D'équité, de raison et de lumière, augmentent
Au fond d'une âme, après tant de choses qui
　　　　　　　　　　　　　　　　[mentent?

Mes frères ont toujours tout mon cœur, et, lointain
Mais présent, je regarde et juge le destin;
Je tiens, pour compléter l'âme humaine ébauchée,
L'urne de la pitié sur les peuples penchée,
Je la vide sans cesse et je l'emplis toujours.
Mais je prends pour abri l'ombre des grands bois
　　　　　　　　　　　　　　　　[sourds.

Oh! j'ai vu de si près les foules misérables,
Les cris, les chocs, l'affront aux têtes vénérables,
Tant de lâches grandis par les troubles civils,
Des juges qu'on eût dû juger, des prêtres vils
Servant et souillant Dieu, prêchant pour, prouvant
　　　　　　　　　　　　　　　　[contre,
J'ai tant vu la laideur que notre beauté montre,
Dans notre bien le mal, dans notre vrai le faux,
Et le néant passant sous nos arcs triomphaux,
J'ai tant vu ce qui mord, ce qui fuit, ce qui ploie
Que, vieux, faible et vaincu, j'ai désormais pour
　　　　　　　　　　　　　　　　[joie
De rêver immobile en quelque sombre lieu;
Là, saignant, je médite; et, lors même qu'un dieu
M'offrirait pour rentrer dans les villes la gloire,
La jeunesse, l'amour, la force, la victoire,
Je trouve bon d'avoir un trou dans les forêts,
Car je ne sais pas trop si je consentirais.

II

Qu'est-ce que cette terre? Une tempête d'âmes.
Dans cette ombre, où, nochers errants, nous
　　　　　　　　　　　　　　　　[n'abordâmes

Jamais qu'à des écueils, les prenant pour des ports;
Dans l'orage des cris, des désirs, des transports,
Des amours, des douleurs, des vœux, tas de nuées;
Dans les fuyants baisers de ces prostituées
Que nous nommons fortune, ambition, succès;
Devant Job qui, souffrant, dit : Qu'est-ce que je
                                        [sais?
Et Pascal qui, tremblant, dit : Qu'est-ce que je
                                        [pense?
Dans cette monstrueuse et féroce dépense
De papes, de césars, de rois, que fait Satan;
En présence du sort tournant son cabestan
Par qui toujours — de là l'effroi des philosophes —
Sortent des mêmes flots les mêmes
                                        [catastrophes;
Dans ce néant qui mord, dans ce chaos qui ment,
Ce que l'homme finit par voir distinctement,
C'est, par-dessus nos deuils, nos chutes, nos
                                        [descentes,
La souveraineté des choses innocentes.
Étant donné le cœur humain, l'esprit humain,
Notre hier ténébreux, notre obscur lendemain,
Toutes les guerres, tous les chocs, toutes les
                                        [haines,
Notre progrès coupé d'un traînement de chaînes,
Partout quelque remords, même chez les meilleurs,
Et par les vents soufflant du fond des cieux en
                                        [pleurs
La foule des vivants sans fin bouleversée,
Certe, il est salutaire et bon pour la pensée,
Sous l'entre-croisement de tant de noirs rameaux,
De contempler parfois, à travers tous nos maux
Qui sont entre le ciel et nous comme des voiles,
Une profonde paix toute faite d'étoiles;
C'est à cela que Dieu songeait quand il a mis
Les poètes auprès des berceaux endormis.

III

JEANNE FAIT SON ENTRÉE

Jeanne parle ; elle dit des choses qu'elle ignore ;
Elle envoie à la mer qui gronde, au bois sonore,
À la nuée, aux fleurs, aux nids, au firmament,
À l'immense nature un doux gazouillement,
Tout un discours, profond peut-être, qu'elle achève
Par un sourire où flotte une âme, où tremble un
                                                [rêve,
Murmure indistinct, vague, obscur, confus,
                                                [brouillé,
Dieu, le bon vieux grand-père, écoute émerveillé.

IV

VICTOR, SED VICTUS

Je suis, dans notre temps de chocs et de fureurs,
Belluaire, et j'ai fait la guerre aux empereurs ;
J'ai combattu la foule immonde des Sodomes,
Des millions de flots et des millions d'hommes
Ont rugi contre moi sans me faire céder ;
Tout le gouffre est venu m'attaquer et gronder,
Et j'ai livré bataille aux vagues écumantes,
Et sous l'énorme assaut de l'ombre et des
                                                [tourmentes
Je n'ai pas plus courbé la tête qu'un écueil ;
Je ne suis pas de ceux qu'effraie un ciel en deuil,
Et qui, n'osant sonder les styx et les avernes,
Tremblent devant la bouche obscure des cavernes ;

Quand les tyrans lançaient sur nous, du haut des
[airs,
Leur noir tonnerre ayant des crimes pour éclairs,
J'ai jeté mon vers sombre à ces passants sinistres;
J'ai traîné tous les rois avec tous leurs ministres,
Tous les faux dieux avec tous les principes faux,
Tous les trônes liés à tous les échafauds,
Tous les trônes liés à tous les échafauds,
L'erreur, le glaive infâme et le sceptre sublime,
J'ai traîné tout cela pêle-mêle à l'abîme;
J'ai devant les césars, les princes, les géants
De la force debout sur l'amas des néants,
Devant tous ceux que l'homme adore, exècre,
[encense,
Devant les Jupiters de la toute-puissance,
Été quarante ans fier, indompté, triomphant;
Et me voilà vaincu par un petit enfant.

V

L'AUTRE

Viens, mon Georges. Ah! les fils de nos fils nous
[enchantent,
Ce sont de jeunes voix matinales qui chantent.
Ils sont dans nos logis lugubres le retour
Des roses, du printemps, de la vie et du jour!
Leur rire nous attire une larme aux paupières
Et de notre vieux seuil fait tressaillir les pierres;
De la tombe entr'ouverte et des ans lourds et froids
Leur regard radieux dissipe les effrois;
Ils ramènent notre âme aux premières années;
Ils font rouvrir en nous toutes nos fleurs fanées;

Nous nous retrouvons doux, naïfs, heureux de
                                    [rien;
Le cœur serein s'emplit d'un vague aérien;
En les voyant on croit se voir soi-même éclore;
Oui, devenir aïeul, c'est rentrer dans l'aurore.
Le vieillard gai se mêle aux marmots triomphants.
Nous nous rapetissons dans les petits enfants.
Et, calmés, nous voyons s'envoler dans les
                                    [branches
Notre âme sombre avec toutes ces âmes blanches.

VI

GEORGES ET JEANNE

Moi qu'un petit enfant rend tout à fait stupide,
J'en ai deux; Georges et Jeanne; et je prends l'un
                                    [pour guide
Et l'autre pour lumière, et j'accours à leur voix,
Vu que George a deux ans et que Jeanne a dix
                                    [mois.
Leurs essais d'exister sont divinement gauches;
On croit, dans leur parole où tremblent des
                                    [ébauches,
Voir un reste de ciel qui se dissipe et fuit;
Et moi qui suis le soir, et moi qui suis la nuit,
Moi dont le destin pâle et froid se décolore,
J'ai l'attendrissement de dire : Ils sont l'aurore.
Leur dialogue obscur m'ouvre des horizons;
Ils s'entendent entr'eux, se donnent leurs raisons.
Jugez comme cela disperse mes pensées.
Et moi, désirs, projets, les choses insensées,
Les choses sages, tout, à leur tendre lueur,

Tombe, et je ne suis plus qu'un bonhomme rêveur.
Je ne sens plus la trouble et secrète secousse
Du mal qui nous attire et du sort qui nous pousse.
Les enfants chancelants sont nos meilleurs appuis.
Je les regarde, et puis je les écoute, et puis
Je suis bon, et mon cœur s'apaise en leur présence;
J'accepte les conseils sacrés de l'innocence,
Je fus toute ma vie ainsi; je n'ai jamais
Rien connu, dans les deuils comme sur les
                                    [sommets,
De plus doux que l'oubli qui nous envahit l'âme
Devant les êtres purs d'où monte une humble
                                    [flamme;
Je contemple, en nos temps souvent noirs et ternis,
Ce point du jour qui sort des berceaux et des nids.

Le soir je vais les voir dormir. Sur leurs fronts
                                    [calmes,
Je distingue ébloui l'ombre que font les palmes
Et comme une clarté d'étoile à son lever,
Et je me dis : À quoi peuvent-ils donc rêver?
Georges songe aux gâteaux, aux beaux jouets
                                    [étranges,
Au chien, au coq, au chat; et Jeanne pense aux
                                    [anges.
Puis, au réveil, leurs yeux s'ouvrent, pleins de
                                    [rayons.

Ils arrivent, hélas! à l'heure où nous fuyons.

Ils jasent. Parlent-ils? Oui, comme la fleur parle
À la source des bois; comme leur père Charles,
Enfant, parlait jadis à leur tante Dédé;
Comme je vous parlais, de soleil inondé,
Ô mes frères, au temps où mon père, jeune
                                    [homme,
Nous regardait jouer dans la caserne, à Rome,

À cheval sur sa grande épée, et tout petits.
Jeanne qui dans les yeux a le myosotis,
Et qui, pour saisir l'ombre entr'ouvrant ses doigts
                                    [frêles,
N'a presque pas de bras ayant encor des ailes,
Jeanne harangue, avec des chants où flotte un mot,
Georges beau comme un dieu qui serait un
                                    [marmot.
Ce n'est pas la parole, ô ciel bleu, c'est le verbe;
C'est la langue infinie, innocente et superbe
Que soupirent les vents, les forêts et les flots;
Les pilotes Jason, Palinure et Typhlos
Entendaient la sirène avec cette voix douce
Murmurer l'hymne obscur que l'eau profonde
                                    [émousse;
C'est la musique éparse au fond du mois de mai
Qui fait que l'un dit : J'aime, et l'autre, hélas :
                                    [J'aimai;
C'est le langage vague et lumineux des êtres
Nouveau-nés, que la vie attire à ses fenêtres,
Et qui, devant avril, éperdus, hésitants,
Bourdonnent à la vitre immense du printemps.
Ces mots mystérieux que Jeanne dit à Georges,
C'est l'idylle du cygne avec le rouge-gorge,
Ce sont les questions que les abeilles font,
Et que le lys naïf pose au moineau profond;
C'est ce dessous divin de la vaste harmonie,
Le chuchotement, l'ombre ineffable et bénie
Jasant, balbutiant des bruits de vision,
Et peut-être donnant une explication;
Car les petits enfants étaient hier encore
Dans le ciel, et savaient ce que la terre ignore.
Ô Jeanne! Georges! voix dont j'ai le cœur saisi!
Si les astres chantaient, ils bégaieraient ainsi.
Leur front tourné vers nous nous éclaire et nous
                                    [dore.
Oh! d'où venez-vous donc, inconnus qu'on adore?

Jeanne a l'air étonné; Georges a les yeux hardis.
Ils trébuchent, encore ivres du paradis.

VII

Parfois, je me sens pris d'horreur pour cette terre;
Mon vers semble la bouche ouverte d'un cratère;
      J'ai le farouche émoi
Que donne l'ouragan monstrueux au grand arbre;
Mon cœur prend feu; je sens tout ce que j'ai de
                                 [marbre
      Devenir lave en moi;

Quoi! rien de vrai! le scribe a pour appui le reître;
Toutes les robes, juge et vierge, femme et prêtre,
      Mentent ou mentiront;
Le dogme boit du sang, l'autel bénit le crime;
Toutes les vérités, groupe triste et sublime,
      Ont la rougeur au front;

La sinistre lueur des rois est sur nos têtes;
Le temple est plein d'enfer; la clarté de nos fêtes
      Obscurcit le ciel bleu;
L'âme a le penchement d'un navire qui sombre;
Et les religions, à tâtons, ont dans l'ombre
      Pris le démon pour Dieu!

Oh! qui me donnera des paroles terribles?
Oh! je déchirerai ces chartes et ces bibles,
      Ces codes, ces korans!
Je pousserai le cri profond des catastrophes;
Et je vous saisirai, sophistes, dans mes strophes,
      Dans mes ongles, tyrans.

Ainsi, frémissant, pâle, indigné, je bouillonne;
On ne sait quel essaim d'aigles noirs tourbillonne
        Dans mon ciel embrasé;
Deuil! guerre! une euménide en mon âme est
                                 [éclose!
Quoi! le mal est partout! Je regarde une rose
        Et je suis apaisé.

VIII

LÆTITIA RERUM

Tout est pris d'un frisson subit.
L'hiver s'enfuit et se dérobe.
L'année ôte son vieil habit;
La terre met sa belle robe.

Tout est nouveau, tout est debout;
L'adolescence est dans les plaines;
La beauté du diable, partout,
Rayonne et se mire aux fontaines.

L'arbre est coquet; parmi les fleurs
C'est à qui sera la plus belle;
Toutes étalent leurs couleurs,
Et les plus laides ont du zèle.

Le bouquet jaillit du rocher;
L'air baise les feuilles légères;
Juin rit de voir s'endimancher
Le petit peuple des fougères.

C'est une fête en vérité,
Fête où vient le chardon, ce rustre;

Dans le grand palais de l'été
Les astres allument le lustre.

On fait les foins. Bientôt les blés.
Le faucheur dort sous la cépée;
Et tous les souffles sont mêlés
D'une senteur d'herbe coupée.

Qui chante là? Le rossignol.
Les chrysalides sont parties.
Le ver de terre a pris son vol
Et jeté le froc aux orties;

L'aragne sur l'eau fait des ronds;
Ô ciel bleu! l'ombre est sous la treille;
Le jonc tremble, et les moucherons
Viennent vous parler à l'oreille;

On voit rôder l'abeille à jeun,
La guêpe court, le frelon guette;
À tous ces buveurs de parfum
Le printemps ouvre sa guinguette.

Le bourdon, aux excès enclin,
Entre en chiffonnant sa chemise;
Un œillet est un verre plein,
Un lys est une nappe mise.

La mouche boit le vermillon
Et l'or dans les fleurs demi-closes,
Et l'ivrogne est le papillon,
Et les cabarets sont les roses.

De joie et d'extase on s'emplit,
L'ivresse, c'est la délivrance;

Sur aucune fleur on ne lit :
Société de tempérance.

Le faste providentiel
Partout brille, éclate et s'épanche,
Et l'unique livre, le ciel,
Est par l'aube doré sur tranche.

Enfants, dans vos yeux éclatants
Je crois voir l'empyrée éclore ;
Vous riez comme le printemps
Et vous pleurez comme l'aurore.

IX

Je prendrai par la main les deux petits enfants ;
J'aime les bois où sont les chevreuils et les faons,
Où les cerfs tachetés suivent les biches blanches
Et se dressent dans l'ombre effrayés par les
                              [branches ;
Car les fauves sont pleins d'une telle vapeur
Que le frais tremblement des feuilles leur fait peur.
Les arbres ont cela de profond qu'ils vous
                              [montrent
Que l'éden seul est vrai, que les cœurs s'y
                              [rencontrent,
Et que, hors les amours et les nids, tout est vain ;
Théocrite souvent dans le hallier divin
Crut entendre marcher doucement la ménade.
C'est là que je ferai ma lente promenade
Avec les deux marmots. J'entendrai tour à tour
Ce que Georges conseille à Jeanne, doux amour,
Et ce que Jeanne enseigne à George. En patriarche

Que mènent les enfants, je réglerai ma marche
Sur le temps que prendront leurs jeux et leurs
                                        [repas,
Et sur la petitesse aimable de leurs pas.
Ils cueilleront des fleurs, ils mangeront des mûres.
Ô vaste apaisement des forêts! ô murmures!
Avril vient calmer tout, venant tout embaumer.
Je n'ai point d'autre affaire ici-bas que d'aimer.

X

PRINTEMPS

Tout rayonne, tout luit, tout aime, tout est doux;
Les oiseaux semblent d'air et de lumière fous;
L'âme dans l'infini croit voir un grand sourire.
À quoi bon exiler, rois? à quoi bon proscrire?
Proscrivez-vous l'été? m'exilez-vous des fleurs?
Pouvez-vous empêcher les souffles, les chaleurs,
Les clartés, d'être là, sans joug, sans fin, sans
                                        [nombre,
Et de me faire fête, à moi banni, dans l'ombre?
Pouvez-vous m'amoindrir les grands flots haletants,
L'océan, la joyeuse écume, le printemps
Jetant les parfums comme un prodigue en
                                        [démence,
Et m'ôter un rayon de ce soleil immense?
Non. Et je vous pardonne. Allez, trônez, vivez,
Et tâchez d'être rois longtemps, si vous pouvez.
Moi, pendant ce temps-là, je maraude, et je cueille,
Comme vous un empire, un brin de chèvrefeuille,
Et je l'emporte, ayant pour conquête une fleur.
Quand, au-dessus de moi, dans l'arbre, un
                                        [querelleur,

Un mâle, cherche noise à sa douce femelle,
Ce n'est pas mon affaire et pourtant je m'en mêle,
Je dis : Paix là, messieurs les oiseaux, dans les
                                                    [bois !
Je les réconcilie avec ma grosse voix ;
Un peu de peur qu'on fait aux amants les
                                          [rapproche.
Je n'ai point de ruisseau, de torrent, ni de roche ;
Mon gazon est étroit, et, tout près de la mer,
Mon bassin n'est pas grand, mais il n'est pas amer.
Ce coin de terre est humble et me plaît ; car
                                              [l'espace
Est sur ma tête, et l'astre y brille, et l'aigle y passe,
Et le vaste Borée y plane éperdument.
Ce parterre modeste et ce haut firmament
Sont à moi ; ces bouquets, ces feuillages, cette
                                                [herbe
M'aiment, et je sens croître en moi l'oubli superbe.
Je voudrais bien savoir comment je m'y prendrais
Pour me souvenir, moi l'hôte de ces forêts,
Qu'il est quelqu'un, là-bas, au loin, sur cette terre,
Qui s'amuse à proscrire, et règne, et fait la guerre,
Puisque je suis là seul devant l'immensité,
Et puisqu'ayant sur moi le profond ciel d'été
Où le vent souffle avec la douceur d'une lyre,
J'entends dans le jardin les petits enfants rire.

XI

FENÊTRES OUVERTES

LE MATIN. — EN DORMANT

J'entends des voix. Lueurs à travers ma paupière.
Une cloche est en branle à l'église Saint-Pierre.
Cris des baigneurs. Plus près ! plus loin ! non, par
                                                    [ici !

Non, par là! Les oiseaux gazouillent, Jeanne aussi.
Georges l'appelle. Chant des coqs. Une truelle
Racle un toit. Des chevaux passent dans la ruelle.
Grincement d'une faulx qui coupe le gazon.
Chocs. Rumeurs. Des couvreurs marchent sur la
                                            [maison.
Bruits du port. Sifflement des machines chauffées.
Musique militaire arrivant par bouffées.
Brouhaha sur le quai. Voix françaises. Merci.
Bonjour. Adieu. Sans doute il est tard, car voici
Que vient tout près de moi chanter mon
                                    [rouge-gorge.
Vacarme de marteaux lointains dans une forge.
L'eau clapote. On entend haleter un steamer.
Une mouche entre. Souffle immense de la mer.

XII

UN MANQUE

Pourquoi donc s'en est-il allé, le doux amour?
Ils viennent un moment nous faire un peu de jour,
Puis partent. Ces enfants, que nous croyons les
                                            [nôtres,
Sont à quelqu'un qui n'est pas nous. Mais les deux
                                            [autres,
Tu ne les vois donc pas, vieillard? Oui, je les vois,
Tous les deux. Ils sont deux, ils pourraient être
                                            [trois.
Voici l'heure d'aller se promener dans l'ombre
Des grands bois, pleins d'oiseaux dont Dieu seul
                                        [sait le nombre
Et qui s'envoleront aussi dans l'inconnu.

Il a son chapeau blanc, elle montre un pied nu,
Tous deux sont côte à côte; on marche à
                              [l'aventure,
Et le ciel brille, et moi je pousse la voiture.
Toute la plaine en fleur à l'air d'un paradis;
Le lézard court au pied des vieux saules, tandis
Qu'au bout des branches vient chanter le
                              [rouge-gorge.
Mademoiselle Jeanne a quinze mois, et George
En a trente; il la garde; il est l'homme complet;
Des filles comme ça font son bonheur; il est
Dans l'admiration de ces jolis doigts roses,
Leur compare, en disant toutes sortes de choses,
Ses grosses mains à lui qui vont avoir trois ans,
Et rit; il montre Jeanne en route aux paysans.
Ah dame! il marche, lui; cette mioche se traîne;
Et Jeanne rit de voir Georges rire; une reine
Sur un trône, c'est là Jeanne dans son panier;
Elle est belle; et le chêne en parle au marronnier,
Et l'orme la salue et la montre à l'érable,
Tant sous le ciel profond l'enfance est vénérable.
George a le sentiment de sa grandeur; il rit
Mais il protège, et Jeanne a foi dans son esprit;
Georges surveille avec un air assez farouche
Cette enfant qui parfois met un doigt dans sa
                              [bouche;
Les sentiers sont confus et nous nous
                              [embrouillons.
Comme tout le bois sombre est plein de papillons,
Courons, dit Georges. Il veut descendre. Jeanne est
                              [gaie.
Avec eux je chancelle, avec eux je bégaie.
Oh! l'adorable joie, et comme ils sont charmants!
Quel hymne auguste au fond de leurs
                              [gazouillements!
Jeanne voudrait avoir tous les oiseaux qui passent;
Georges vide un pantin dont les ressorts se cassent,

Et médite; et tous deux jasent; leurs cris joyeux
Semblent faire partout dans l'ombre ouvrir des
                                        [yeux;
Georges, tout en mangeant des nèfles et des
                                        [pommes,
M'apporte son jouet; moi qui connais les hommes
Mieux que Georges, et qui sait les secrets du
                                        [destin,
Je raccommode avec un fil son vieux pantin.
Mon Georges, ne va pas dans l'herbe; elle est
                                        [trempée.
Et le vent berce l'arbre, et Jeanne sa poupée.
n sent Dieu dans ce bois pensif dont la douceur
Se mêle à la gaîté du frère et de la sœur;
Nous obéissons, Jeanne et moi, Georges
                                        [commande;
La nourrice leur chante une chanson normande,
De celles qu'on entend le soir sur les chemins,
Et Georges bat du pied, et Jeanne bat des mains.
Et je m'épanouis à leurs divins vacarmes,
Je ris; mais vous voyez sous mon rire mes larmes,
Vieux arbres, n'est-ce pas? et vous n'avez pas cru
Que j'oublierai jamais le petit disparu.

II

JEANNE ENDORMIE. — I

LA SIESTE

Elle fait au milieu du jour son petit somme ;
Car l'enfant a besoin du rêve plus que l'homme,
Cette terre est si laide alors qu'on vient du ciel !
L'enfant cherche à revoir Chérubin, Ariel,
Ses camarades, Puck, Titania, les fées,
Et ses mains quand il dort sont par Dieu
                                                    [réchauffées.
Oh ! comme nous serions surpris si nous voyions,
Au fond de ce sommeil sacré, plein de rayons,
Ces paradis ouverts dans l'ombre, et ces passages
D'étoiles qui font signe aux enfants d'être sages,
Ces apparitions, ces éblouissements !
Donc, à l'heure où les feux du soleil sont calmants,
Quand toute la nature écoute et se recueille,
Vers midi, quand les nids se taisent, quand la
                                                    [feuille
La plus tremblante oublie un instant de frémir,
Jeanne a cette habitude aimable de dormir ;
Et la mère un moment respire et se repose,
Car on se lasse, même à servir une rose.
Ses beaux petits pieds nus dont le pas est peu sûr
Dorment ; et son berceau, qu'entoure un vague
                                                    [azur
Ainsi qu'une auréole entoure une immortelle,
Semble un nuage fait avec de la dentelle ;

On croit, en la voyant dans ce frais berceau-là,
Voir une lueur rose au fond d'un falbala ;
On la contemple, on rit, on sent fuir la tristesse,
Et c'est un astre, ayant de plus la petitesse ;
L'ombre, amoureuse d'elle, a l'air de l'adorer ;
Le vent retient son souffle et n'ose respirer.
Soudain, dans l'humble et chaste alcôve
                                   [maternelle,
Versant tout le matin qu'elle a dans sa prunelle,
Elle ouvre la paupière, étend un bras charmant,
Agite un pied, puis l'autre, et, si divinement
Que des fronts dans l'azur se penchent pour
                                   [l'entendre,
Elle gazouille... — Alors, de sa voix la plus tendre,
Couvrant des yeux l'enfant que Dieu fait rayonner,
Cherchant le plus doux nom qu'elle puisse donner
À sa joie, à son ange en fleur, à sa chimère :
— Te voilà réveillée, horreur ! lui dit sa mère.

III

LA LUNE

Jeanne songeait, sur l'herbe assise, grave et rose ;
Je m'approchai : — Dis-moi si tu veux quelque
[chose,
Jeanne ? — car j'obéis à ces charmants amours,
Je les guette, et je cherche à comprendre toujours
Tout ce qui peut passer par ces divines têtes.
Jeanne m'a répondu : — Je voudrais voir des bêtes.
Alors je lui montrai dans l'herbe une fourmi.
— Vois ! Mais Jeanne ne fut contente qu'à demi.
— Non, les bêtes, c'est gros, me dit-elle.

Leur rêve,
C'est le grand. L'Océan les attire à sa grève,
Les berçant de son chant rauque, et les captivant
Par l'ombre, et par la fuite effrayante du vent ;
Ils aiment l'épouvante, il leur faut le prodige.
— Je n'ai pas d'éléphant sous la main, répondis-je.
Veux-tu quelque autre chose ? ô Jeanne, on te le
[doit !
Parle. — Alors Jeanne au ciel leva son petit doigt.
— Ça, dit-elle. — C'était l'heure où le soir
[commence.
Je vis à l'horizon surgir la lune immense.

II

CHOSES DU SOIR

Le brouillard est froid, la bruyère est grise ;
Les troupeaux de bœufs vont aux abreuvoirs ;
La lune, sortant des nuages noirs,
Semble une clarté qui vient par surprise.

Je ne sais plus quand, je ne sais plus où,
Maître Yvon soufflait dans son biniou.

Le voyageur marche et la lande est brune ;
Une ombre est derrière, une ombre est devant ;
Blancheur au couchant, lueur au levant ;
Ici crépuscule, et là clair de lune.

Je ne sais plus quand, je ne sais plus où,
Maître Yvon soufflait dans son biniou.

La sorcière assise allonge sa lippe ;
L'araignée accroche au toit son filet ;
Le lutin reluit dans le feu follet
Comme un pistil d'or dans une tulipe.

Je ne sais plus quand, je ne sais plus où,
Maître Yvon soufflait dans son biniou.

On voit sur la mer des chasses-marées ;
Le naufrage guette un mât frissonnant ;
Le vent dit : demain ! l'eau dit : maintenant !
Les voix qu'on entend sont désespérées.

Je ne sais plus quand, je ne sais plus où,
Maître Yvon soufflait dans son biniou.

Le coche qui va d'Avranche à Fougère
Fait claquer son fouet comme un vif éclair;
Voici le moment où flottent dans l'air
Tous ces bruits confus que l'ombre exagère.

Je ne sais plus quand, je ne sais plus où,
Maître Yvon soufflait dans son biniou.

Dans les bois profonds brillent des flambées;
Un vieux cimetière est sur un sommet;
Où Dieu trouve-t-il tout ce noir qu'il met
Dans les cœurs brisés et les nuits tombées?

Je ne sais plus quand, je ne sais plus où,
Maître Yvon soufflait dans son biniou.

Des flaques d'argent tremblent sur les sables;
L'orfraie est au bord des talus crayeux;
Le pâtre, à travers le vent, suit des yeux
Le vol monstrueux et vague des diables.

Je ne sais plus quand, je ne sais plus où,
Maître Yvon soufflait dans son biniou.

Un panache gris sort des cheminées;
Le bûcheron passe avec son fardeau;
On entend, parmi le bruit des cours d'eau,
Des frémissements de branches traînées.

Je ne sais plus quand, je ne sais plus où,
Maître Yvon soufflait dans son biniou.

La faim fait rêver les grands loups moroses;
La rivière court, le nuage fuit;
Derrière la vitre où la lampe luit,
Les petits enfants ont des têtes roses.

Je ne sais plus quand, je ne sais plus où,
Maître Yvon soufflait dans son biniou.

III

Ah! vous voulez la lune? Où? dans le fond du
                                    [puits?
Non; dans le ciel. Eh bien, essayons. Je ne puis.
Et c'est ainsi toujours. Chers petits, il vous passe.
Par l'esprit de vouloir la lune, et dans l'espace
J'étends mes mains, tâchant de prendre au vol
                                    [Phœbé.
L'adorable hasard d'être aïeul est tombé
Sur ma tête, et m'a fait une douce fêlure.
Je sens en vous voyant que le sort put m'exclure
Du bonheur, sans m'avoir tout à fait abattu.
Mais causons. Voyez-vous, vois-tu, Georges,
                                    [vois-tu,
Jeanne? Dieu nous connaît, et sait ce qu'ose faire
Un aïeul, car il est lui-même un peu grand-père;
Le bon Dieu, qui toujours contre nous se défend,
Craint ceci: le vieillard qui veut plaire à l'enfant;
Il sait que c'est ma loi qui sort de votre bouche,
Et que j'obéirais; il ne veut pas qu'on touche
Aux étoiles, et c'est pour en être bien sûr
Qu'il les accroche aux clous les plus hauts de
                                    [l'azur.

IV

— Oh! comme ils sont goulus! dit la mère parfois.
Il faut leur donner tout, les cerises des bois,
Les pommes du verger, les gâteaux de la table;

S'ils entendent la voix des vaches dans l'étable
Du lait! vite! et leurs cris sont comme une forêt
De Bondy quand un sac de bonbons apparaît.
Les voilà maintenant qui réclament la lune!

Pourquoi pas? Le néant des géants m'importune;
Moi j'admire, ébloui, la grandeur des petits.
Ah! l'âme des enfants a de forts appétits,
Certes, et je suis pensif devant cette gourmande
Qui voit un univers dans l'ombre, et le demande.
La lune! Pourquoi pas? vous dis-je. Eh bien,
                                        [après?
Pardieu! si je l'avais, je la leur donnerais.

C'est vrai, sans trop savoir ce qu'ils en pourraient
                                        [faire,
Oui, je leur donnerais, lune, ta sombre sphère,
Ton ciel, d'où Swedenborg n'est jamais revenu,
Ton énigme, ton puits sans fond, ton inconnu!
Oui, je leur donnerais, en disant: Soyez sages!
Ton masque obscur qui fait le guet dans les
                                        [nuages,
Tes cratères tordus par de noirs aquilons,
Tes solitudes d'ombre et d'oubli, tes vallons,
Peut-être heureux, peut-être affreux, édens ou
                                        [bagnes,
Lune, et la vision de tes pâles montagnes.
Oui, je crois qu'après tout, des enfants à genoux
Sauraient mieux se servir de la lune que nous;
Ils y mettraient leurs vœux, leur espoir, leur prière;
Ils laisseraient mener par cette aventurière
Leurs petits cœurs pensifs vers le grand Dieu
                                        [profond.
La nuit, quand l'enfant dort, quand ses rêves s'en
                                        [vont,
Certes, ils vont plus loin et plus haut que les
                                        [nôtres.

Je crois aux enfants comme on croyait aux
                             [apôtres ;
Et quand je vois ces chers petits êtres sans fiel
Et sans peur, désirer quelque chose du ciel,
Je le leur donnerais, si je l'avais. La sphère
Que l'enfant veut, doit être à lui, s'il la préfère.
D'ailleurs, n'avez-vous rien au-delà de vos droits ?
Oh ! je voudrais bien voir, par exemple, les rois
S'étonner que des nains puissent avoir un monde !
Oui, je vous donnerais, anges à tête blonde,
Si je pouvais, à vous qui régnez par l'amour,
Ces univers baignés d'un mystérieux jour,
Conduits par des esprits que l'ombre a pour
                             [ministres,
Et l'énorme rondeur des planètes sinistres.
Pourquoi pas ? Je me fie à vous, car je vous vois,
Et jamais vous n'avez fait de mal. Oui, parfois,
En songeant à quel point c'est grand, l'âme
                             [innocente,
Quand ma pensée au fond de l'infini s'absente,
Je me dis, dans l'extase et dans l'effroi sacré,
Que peut-être, là-haut, il est, dans l'Ignoré,
Un dieu supérieur aux dieux que nous rêvâmes,
Capable de donner des astres à des âmes.

IV

LE POÈME
DU JARDIN DES PLANTES

I

Le comte de Buffon fut bonhomme, il créa
Ce jardin imité d'Évandre et de Rhéa
Et plein d'ours plus savants que ceux de la
                                    [Sorbonne,
Afin que Jeanne y puisse aller avec sa bonne ;
Buffon avait prévu Jeanne, et je lui sais gré
De s'être dit qu'un jour Paris un peu tigré,
Complétant ses bourgeois par une variante,
La bête, enchanterait cette âme souriante ;
Les enfants ont des yeux si profonds, que parfois
Ils cherchent vaguement la vision des bois ;
Et Buffon paternel, c'est ainsi qu'il rachète
Sa phrase sur laquelle a traîné sa manchette,
Pour les marmots, de qui les anges sont jaloux,
A fait ce paradis suave, orné de loups.

J'approuve ce Buffon. Les enfants, purs visages,
Regardent l'invisible, et songent, et les sages
Tâchent toujours de plaire à quelqu'un de rêveur.

L'été dans ce jardin montre de la ferveur ;
C'est un éden où juin rayonne, où les fleurs luisent,
Où l'ours bougonne, et Jeanne et Georges m'y
                                    [conduisent.

C'est du vaste univers un raccourci complet.

Je vais dans ce jardin parce que cela plaît
À Jeanne, et que je suis contre elle sans défense.
J'y vais étudier deux gouffres, Dieu, l'enfance,
Le tremblant nouveau-né, le créateur flagrant,
L'infiniment charmant et l'infiniment grand,
La même chose au fond; car c'est la même flamme
Qui sort de l'astre immense et de la petite âme.

Je contemple, au milieu des arbres de Buffon,
Le bison trop bourru, le babouin trop bouffon,
Des bosses, des laideurs, des formes peu choisies,
Et j'apprends à passer à Dieu ses fantaisies.
Dieu, n'en déplaise au prêtre, au bonze, au caloyer,
Est capable de tout, lui qui fait balayer
Le bon goût, ce ruisseau, par Nisard, ce concierge,
Livre au singe excessif la forêt, cette vierge,
Et permet à Dupin de ressembler aux chiens.
(Pauvres chiens!) — Selon l'Inde et les
                           [manichéens,
Dieu doublé du démon expliquerait l'énigme;
Le paradis ayant l'enfer pour borborygme,
La Providence un peu servante d'Anankè,
L'infini mal rempli par l'univers manqué,
Le mal faisant toujours au bien quelque rature,
Telle serait la loi de l'aveugle nature;
De là les contresens de la création.
Dieu, certe, a des écarts d'imagination;
Il ne sait pas garder la mesure; il abuse
De son esprit jusqu'à faire l'oie et la buse;
Il ignore, auteur fauve et sans frein ni cordeau,
Ce point juste où Laharpe arrête Colardeau;
Il se croit tout permis. Malheur à qui l'imite!
Il n'a pas de frontière, il n'a pas de limite;
Et fait pousser l'ivraie au beau milieu du blé,
Sous prétexte qu'il est l'immense et l'étoilé;
Il a d'affreux vautours qui nous tombent des nues;
Il nous impose un tas d'inventions cornues,

Le bouc, l'auroch, l'isard et le colimaçon ;
Il blesse le bon sens, il choque la raison ;
Il nous raille ; il nous fait avaler la couleuvre !
Au moment où, contents, examinant son œuvre,
Rendant pleine justice à tant de qualités,
Nous admirons l'œil d'or des tigres tachetés,
Le cygne, l'antilope à la prunelle bleue,
La constellation qu'un paon a dans sa queue,
D'une cage insensée il tire le verrou,
Et voilà qu'il nous jette au nez le kangourou !
Dieu défait et refait, ride, éborgne, essorille,
Exagère le nègre, hélas, jusqu'au gorille,
Fait des taupes et fait des lynx, se contredit,
Mêle dans les halliers l'histrion au bandit,
Le mandrille au jaguar, le perroquet à l'aigle,
Lie à la parodie insolente et sans règle
L'épopée, et les laisse errer toutes les deux
Sous l'âpre clair-obscur des branchages hideux ;
Si bien qu'on ne sait plus s'il faut trembler ou rire,
Et qu'on croit voir rôder, dans l'ombre que déchire
Tantôt le rayon d'or, tantôt l'éclair d'acier,
Un spectre qui parfois avorte en grimacier.
Moi, je n'exige pas que Dieu toujours s'observe,
Il faut bien tolérer quelques excès de verve
Chez un si grand poète, et ne point se fâcher
Si celui qui nuance une fleur de pêcher
Et courbe l'arc-en-ciel sur l'Océan qu'il dompte,
Après un colibri nous donne un mastodonte !
C'est son humeur à lui d'être de mauvais goût,
D'ajouter l'hydre au gouffre et le ver à l'égout,
D'avoir en toute chose une stature étrange,
Et d'être un Rabelais d'où sort un Michel-Ange.
C'est Dieu ; moi je l'accepte.
Et quant aux nouveau-nés,
De même. Les enfants ne nous sont pas donnés
Pour avoir en naissant les façons du grand monde ;
Les petits en maillot, chez qui la sève abonde,

Poussent l'impolitesse assez loin quelquefois ;
J'en conviens. Et parmi les cris, les pas, les voix,
Les ours et leurs cornacs, les marmots et leurs
                                        [mères,
Dans ces réalités semblables aux chimères,
Ébahi par le monstre et le mioche, assourdi
Comme par la rumeur d'une ruche à midi,
Sentant qu'à force d'être aïeul on est apôtre,
Questionné par l'un, escaladé par l'autre,
Pardonnant aux bambins le bruit, la fiente aux
                                        [nids,
Et le rugissement aux bêtes, je finis
Par ne plus être, au fond du grand jardin sonore,
Qu'un bonhomme attendri par l'enfance et l'aurore,
Aimant ce double feu, s'y plaisant, s'y chauffant,
Et pas moins indulgent pour Dieu que pour
                                        [l'enfant.

II

Les bêtes, cela parle ; et Dupont de Nemours
Les comprend, chants et cris, gaîté, colère, amours.
C'est dans Perrault un fait, dans Homère un
                                        [prodige ;
Phèdre prend leur parole au vol et la rédige ;
La Fontaine, dans l'herbe épaisse et le genêt
Rôdait, guettant, rêvant, et les espionnait ;
Ésope, ce songeur bossu comme le Pinde,
Les entendait en Grèce, et Pilpaï dans l'Inde ;
Les clairs étangs le soir offraient leurs noirs
                                        [jargons
À monsieur Florian, officier de dragons ;
Et l'âpre Ézéchiel, l'affreux prophète chauve,

Homme fauve, écoutait parler la bête fauve.
Les animaux naïfs dialoguent entr'eux.
Et toujours, que ce soit le hibou ténébreux,
L'ours qu'on entend gronder, l'âne qu'on entend
[braire,
Ou l'oie apostrophant le dindon, son grand frère,
Ou la guêpe insultant l'abeille sur l'Hybla,
Leur bêtise à l'esprit de l'homme ressembla.

III

CE QUE DIT LE PUBLIC

CINQ ANS

Les lions, c'est des loups.

SIX ANS

C'est très méchant, les bêtes.

CINQ ANS

Oui.

SIX ANS

Les petits oiseaux ce sont des malhonnêtes ;
Ils sont des sales.

CINQ ANS

Oui.

SIX ANS, *regardant les serpents.*

Les serpents...

CINQ ANS, *les examinant.*

C'est en peau.

SIX ANS

Prends garde au singe ; il va te prendre ton
[chapeau.

CINQ ANS, *regardant le tigre.*

Encore un loup !

SIX ANS

Viens voir l'ours avant qu'on le couche.

CINQ ANS, *regardant l'ours.*

Joli !

SIX ANS

Ça grimpe.

CINQ ANS, *regardant l'éléphant.*

Il a des cornes dans la bouche.

SIX ANS

Moi, j'aime l'éléphant, c'est gros.

SEPT ANS, *survenant et les arrachant
à la contemplation de l'éléphant.*

Allons ! venez !
Vous voyez bien qu'il va vous battre avec son nez.

IV

À GEORGES

Mon doux Georges, viens voir une ménagerie
Quelconque, chez Buffon, au cirque, n'importe où ;
Sans sortir de Lutèce allons en Assyrie,
Et sans quitter Paris partons pour Tombouctou.

Viens voir les léopards de Tyr, les gypaètes,
L'ours grondant, le boa formidable sans bruit,
Le zèbre, le chacal, l'once, et ces deux poètes,
L'aigle ivre de soleil, le vautour plein de nuit.

Viens contempler le lynx sagace, l'amphisbène
À qui Job comparait son faux ami Sepher,
Et l'obscur tigre noir, dont le masque d'ébène
A deux trous flamboyants par où l'on voit l'enfer.

Voir de près l'oiseau fauve et le frisson des ailes,
C'est charmant ; nous aurons, sous de très sûrs
                                            [abris,
Le spectacle des loups, des jaguars, des gazelles,
Et l'éblouissement divin des colibris.

Sortons du bruit humain. Viens au jardin des
                                            [plantes.
Penchons-nous, à travers l'ombre où nous
                                            [étouffons
Sur les douleurs d'en bas, vaguement appelantes,
Et sur les pas confus des inconnus profonds.

L'animal, c'est de l'ombre errant dans les ténèbres ;
On ne sait s'il écoute, on ne sait s'il entend ;

Il a des cris hagards, il a des yeux funèbres ;
Une affirmation sublime en sort pourtant.

Nous qui régnons, combien de choses inutiles
Nous disons, sans savoir le mal que nous faisons !
Quand la vérité vient, nous lui sommes hostiles,
Et contre la raison nous avons des raisons.

Corbière à la tribune et Frayssinous en chaire
Sont fort inférieurs à la bête des bois ;
L'âme dans la forêt songe et se laisse faire ;
Je doute dans un temple, et sur un mont je crois.

Dieu par les voix de l'ombre obscurément se
                                          [nomme ;
Nul Quirinal ne vaut le fauve Pélion ;
Il est bon, quand on vient d'entendre parler
                                          [l'homme,
D'aller entendre un peu rugir le grand lion.

V

ENCORE DIEU,
MAIS AVEC DES RESTRICTIONS

Quel beau lieu ! Là le cèdre avec l'orme chuchote,
L'âne est lyrique et semble avoir vu Don Quichotte,
Le tigre en cage a l'air d'un roi dans son palais,
Les pachydermes sont effroyablement laids ;
Et puis c'est littéraire, on rêve à des idylles
De Viennet en voyant bâiller les crocodiles.
Là, pendant qu'au babouin la singesse se vend,

Pendant que le baudet contemple le savant,
Et que le vautour fait au hibou bon visage,
Certes, c'est un emploi du temps digne d'un sage
De s'en aller songer dans cette ombre, parmi
Ces arbres pleins de nids, où tout semble endormi
Et veille, où le refus consent, où l'amour lutte,
Et d'écouter le vent, ce doux joueur de flûte.

Apprenons, laissons faire, aimons, les cieux sont
                                        [grands;
Et devenons savants, et restons ignorants.
Soyons sous l'infini des auditeurs honnêtes;
Rien n'est muet ni sourd; voyons le plus de bêtes
Que nous pouvons; tirons partie de leurs leçons.
Parce qu'autour de nous tout rêve, nous pensons.
L'ignorance est un peu semblable à la prière;
L'homme est grand par devant et petit par
                                        [derrière;
C'est, d'Euclide à Newton, de Job à Réaumur,
Un indiscret qui veut voir par-dessus le mur,
Et la nature, au fond très moqueuse, paraphe
Notre science avec le cou de la girafe.
Tâchez de voir, c'est bien. Épiez. Notre esprit
Pousse notre science à guetter; Dieu sourit,
Vieux malin.

            Je l'ai dit, Dieu prête à la critique.
Il n'est pas sobre. Il est débordant, frénétique,
Inconvenant; ici le nain, là le géant,
Tout à la fois; énorme; il manque de néant.
Il abuse du gouffre, il abuse du prisme.
Tout, c'est trop. Son soleil va jusqu'au gongorisme;
Lumière outrée. Oui, Dieu vraiment est inégal;
Ici la Sibérie, et là le Sénégal;
Et partout l'antithèse! il faut qu'on s'y résigne;
S'il fait noir le corbeau, c'est qu'il fit blanc le
                                        [cygne;

Aujourd'hui Dieu nous gèle, hier il nous chauffait.
Comme à l'académie on lui dirait son fait !
Que nous veut la comète ? À quoi sert le bolide ?
Quand on est un pédant sérieux et solide,
Plus on est ébloui, moins on est satisfait ;
La férule à Batteux, le sabre à Galifet
Ne tolèrent pas Dieu sans quelque impatience ;
Dieu trouble l'ordre ; il met sur les dents la science ;
À peine a-t-on fini qu'il faut recommencer ;
Il semble que l'on sent dans la main vous glisser
On ne sait quel serpent tout écaillé d'aurore.
Dès que vous avez dit : assez ! il dit : encore !

Ce démagogue donne au pauvre autant de fleurs
Qu'au riche ; il ne sait pas se borner ; ses couleurs,
Ses rayons, ses éclairs, c'est plus qu'on ne souhaite.
Ah ! tout cela fait mal aux yeux ! dit la chouette.
Et la chouette, c'est la sagesse.

                         Il est sûr
Que Dieu taille à son gré le monde en plein azur ;
Il mêle l'ironie à son tonnerre épique ;
Si l'on plane il foudroie et si l'on broute il pique.
(Je ne m'étonne pas que Planche eût l'air piqué.)
Le vent, voix sans raison, sorte de bruit manqué,
Sans jamais s'expliquer et sans jamais conclure,
Rabâche, et l'océan n'est pas exempt d'enflure.
Quant à moi, je serais, j'en fais ici l'aveu,
Curieux de savoir ce que diraient de Dieu,
Du monde qu'il régit, du ciel qu'il exagère,
De l'infini, sinistre et confuse étagère,
De tout ce que ce Dieu prodigue, des amas
D'étoiles de tout genre et de tous les formats,
De sa façon d'emplir d'astres le télescope,
Nonotte et Baculard dans le café Procope.

VI

À JEANNE

Je ne te cache pas que j'aime aussi les bêtes;
Cela t'amuse, et moi cela m'instruit; je sens
Que ce n'est pas pour rien qu'en ces farouches
[têtes
Dieu met le clair-obscur des grands bois
[frémissants.

Je suis le curieux qui, né pour croire et plaindre,
Sonde, en voyant l'aspic sous des roses rampant,
Les sombres lois qui font que la femme doit
[craindre
Le démon, quand la fleur n'a pas peur du serpent.

Pendant que nous donnons des ordres à la terre,
Rois copiant le singe et par lui copiés,
Doutant s'il est notre œuvre ou s'il est notre père,
Tout en bas, dans l'horreur fatale, sous nos pieds,

On ne sait quel noir monde étonné nous regarde
Et songe, et sous un joug, trop souvent odieux,
Nous courbons l'humble monstre et la brute
[hagarde
Qui, nous voyant démons, nous prennent pour des
[dieux.

Oh! que d'étranges lois! quel tragique mélange!
Voit-on le dernier fait, sait-on le dernier mot,
Quel spectre peut sortir de Vénus, et quel ange
Peut naître dans le ventre affreux de Béhémoth?

Transfiguration! mystère! gouffre et cime!
L'âme rejettera le corps, sombre haillon;

La créature abjecte un jour sera sublime,
L'être qu'on hait chenille on l'aime papillon.

VII

Tous les bas âges sont épars sous ces grands
                                        [arbres,
Certes, l'alignement des vases et des marbres,
Ce parterre au cordeau, ce cèdre résigné,
Ce chêne que monsieur Despréaux eut signé,
Ces barreaux noirs croisés sur la fleur odorante,
Font honneur à Buffon qui fut l'un des Quarante
Et mêla, de façon à combler tous nos vœux,
Le peigne de Lenôtre aux effrayants cheveux
De Pan, dieu des halliers, des rochers et des
                                        [plaines;
Cela n'empêche pas les roses d'être pleines
De parfums, de désirs, d'amour et de clarté;
Cela n'empêche pas l'été d'être l'été;
Cela n'ôte à la vie aucune confiance;
Cela n'empêche pas l'aurore en conscience
D'apparaître au zénith qui semble s'élargir,
Les enfants de jouer, les monstres de rugir.

Un bon effroi joyeux emplit ces douces têtes.
Écoutez-moi ces cris charmants. — Viens voir les
                                        [bêtes!
Ils courent. Quelle extase! On s'arrête devant
Des cages où l'on voit des oiseaux bleus rêvant
Comme s'ils attendaient le mois où l'on émigre.
— Regarde ce gros chat. — Ce gros chat c'est le
                                        [tigre.
Les grands font aux petits vénérer les guenons,

Les pythons, les chacals, et nomment par leurs
[noms
Les vieux ours qui, dit-on, poussent l'humeur
[maligne
Jusqu'à manger parfois des soldats de la ligne.

Spectacle monstrueux! Les gueules, les regards
De dragon, lueur fauve au fond des bois hagards,
Les écailles, les dards, la griffe qui s'allonge,
Une apparition d'abîme, l'affreux songe
Réel que l'œil troublé des prophètes amers
Voit sous la transparence effroyable des mers
Et qui se traîne épars dans l'horreur inouïe,
L'énorme bâillement du gouffre qui s'ennuie,
Les mâchoires de l'hydre ouvertes tristement,
On ne sait quel chaos blême, obscur, inclément,
Un essai d'exister, une ébauche de vie
D'où sort le bégaiement furieux de l'envie.
C'est cela l'animal; et c'est ce que l'enfant
Regarde, admire et craint, vaguement triomphant;
C'est de la nuit qu'il vient contempler, lui l'aurore.
Ce noir fourmillement mugit, hurle, dévore;
On est un chérubin rose, frêle et tremblant;
On va voir celui-ci que l'hiver fait tout blanc,
Cet autre dont l'œil jette un éclair du tropique;
Tout cela gronde, hait, menace, siffle, pique,
Mord; mais par sa nourrice on se sent protéger;
Comme c'est amusant d'avoir peur sans danger!
Ce que l'homme contemple, il croit qu'il le
[découvre.
Voir un roi dans son antre, un tigre dans son
[Louvre,
Cela plaît à l'enfance. — Il est joliment laid!
Viens voir! — Étrange instinct! Grâce à qui
[l'horreur plaît!
On vient chercher surtout ceux qu'il faut qu'on
[évite.

— Par ici! — Non, par là! — Tiens, regarde! —
                                   [Viens vite!
— Jette-leur ton gâteau. — Pas tout. — Jette
                                   [toujours.
— Moi, j'aime bien les loups. — Moi, j'aime mieux
                                   [les ours.
Et les fronts sont riants, et le soleil les dore,
Et ceux qui, nés d'hier, ne parlent pas encore,
Pendant ces brouhahas sous les branchages verts,
Sont là, mystérieux, les yeux tout grands ouverts,
Et méditent.
              Afrique aux plis infranchissables,
Ô gouffre d'horizons sinistres, mer des sables,
Sahara, Dahomey, lac Nagaïn, Darfour,
Toi, l'Amérique, et toi, l'Inde, âpre carrefour
Où Zoroastre fait la rencontre d'Homère,
Paysages de lune où rôde la chimère,
Où l'orang-outang marche un bâton à la main,
Où la nature est folle et n'a plus rien d'humain,
Jungles par les sommeils de la fièvre rêvées,
Plaines où brusquement on voit des arrivées
De fleuves tout à coup grossis et déchaînés,
Où l'on entend rugir les lions étonnés
Que l'eau montante enferme en des îles subites,
Déserts dont les gavials sont les noirs cénobites,
Où le boa, sans souffle et sans tressaillement,
Semble un tronc d'arbre à terre et dort
                                   [affreusement,
Terre des baobabs, des bambous, des lianes,
Songez que nous avons des Georges et des
                                   [Jeannes,
Créez des monstres; lacs, forêts, avec vos monts,
Vos noirceurs et vos bruits, composez des
                                   [mammons;
Abîmes, condensez en eux toutes vos gloires,
Donnez-leur vos rochers pour dents et pour
                                   [mâchoires,

Pour voix votre ouragan, pour regard votre
                                                    [horreur;
Donnez-leur des aspects de pape et d'empereur,
Et faites, par-dessus les halliers, leur étable
Et leur palais, bondir leur joie épouvantable.
Certes, le casoar est un bon sénateur,
L'oie a l'air d'un évêque et plaît par sa hauteur,
Dieu quand il fit le singe a rêvé Scaramouche,
Le colibri m'enchante et j'aime l'oiseau-mouche;
Mais ce que de ta verve, ô nature, j'attends
Ce sont les Béhémoths et les Léviathans.
Le nouveau-né qui sort de l'ombre et du mystère
Ne serait pas content de ne rien voir sur terre;
Un immense besoin d'étonnement, voilà
Toute l'enfance, et c'est en songeant à cela
Que j'applaudis, nature, aux géants que tu formes;
L'œil bleu des innocents veut des bêtes énormes;
Travaillez, dieux affreux! Soyez illimités
Et féconds, nous tenons à vos difformités
Autant qu'à vos parfums, autant qu'à vos dictames,
Ô déserts, attendu que les hippopotames,
Que les rhinocéros et que les éléphants
Sont évidemment faits pour les petits enfants.

VIII

C'est une émotion étrange pour mon âme
De voir l'enfant, encor dans les bras de la femme,
Fleur ignorant l'hiver, ange ignorant Satan,
Secouant un hochet devant Léviathan,
Approcher doucement la nature terrible.
Les beaux séraphins bleus qui passent dans la
                                                    [bible,

Envolés d'on ne sait quel ciel mystérieux,
N'ont pas une plus pure aurore dans les yeux
Et n'ont pas sur le front une plus sainte flamme
Que l'enfant innocent riant au monstre infâme.
Ciel noir! Quel vaste cri que le rugissement!
Quand la bête, âme aveugle et visage écumant,
Lance au loin, n'importe où, dans l'étendue hostile,
Sa voix lugubre, ainsi qu'un sombre projectile,
C'est tout le gouffre affreux des forces sans clarté
Qui hurle; c'est l'obscène et sauvage Astarté,
C'est la nature abjecte et maudite qui gronde;
C'est Némée, et Stymphale, et l'Afrique profonde,
C'est le féroce Atlas, c'est l'Athos plus hanté
Par les foudres qu'un lac par les mouches d'été;
C'est Lerne, Pélion, Ossa, c'est Érymanthe,
C'est Calydon funeste et noir, qui se lamente.

★

L'enfant regarde l'ombre où sont les lions roux.
La bête grince; à qui s'adresse ce courroux?
L'enfant jase; sait-on qui les enfants appellent?
Les deux voix, la tragique et la douce, se mêlent;
L'enfant est l'espérance et la bête est la faim;
Et tous deux sont l'attente; il gazouille sans fin
Et chante, et l'animal écume sans relâche;
Ils ont chacun en eux un mystère qui tâche
De dire ce qu'il sait et d'avoir ce qu'il veut;
Leur langue est prise et cherche à dénouer le
                                              [nœud.
Se parlent-ils? Chacun fait son essai; l'un triste,
L'autre charmant; l'enfant joyeusement existe;
Quoique devant lui l'Être effrayant soit debout,
Il a sa mère, il a sa nourrice, il a tout;
Il rit.

★

De quelle nuit sortent ces deux ébauches ?
L'une sort de l'azur ; l'autre de ces débauches,
De ces accouplements du nain et du géant,
De ce hideux baiser de l'abîme au néant
Qu'un nomme le chaos.
Oui, cette cave immonde,
Dont le soupirail blême apparaît sous le monde,
Le chaos, ces chocs noirs, ces danses d'ouragans,
Les éléments gâtés et devenus brigands
Et changés en fléaux dans le cloaque immense,
Le rut universel épousant la démence,
La fécondation de Tout produisant Rien,
Cet engloutissement du vrai, du beau, du bien,
Qu'Orphée appelle Hadès, qu'Homère appelle
                                        [Érèbe,
Et qui rend fixe l'œil fatal des sphinx de Thèbe,
C'est cela, c'est la folle et mauvaise action
Qu'en faisant le chaos fit la création,
C'est l'attaque de l'ombre au soleil vénérable,
C'est la convulsion du gouffre misérable
Essayant d'opposer l'informe à l'idéal,
C'est Tisiphone offrant son ventre à Bélial,
C'est cet ensemble obscur de forces échappées
Où les éclairs font rage et tirent leurs épées,
Où périrent Janus, l'âge d'or et Rhéa,
Qui, si nous en croyons les mages, procréa
L'animal ; et la bête affreuse fut rugie
Et vomie au milieu des nuits par cette orgie.

C'est de là que nous vient le monstre inquiétant.

L'enfant, lui, pur songeur rassurant et content,
Est l'autre énigme ; il sort de l'obscurité bleue.
Tous les petits oiseaux, mésange, hochequeue,
Fauvette, passereau, bavards aux fraîches voix,
Sont ses frères ; tandis que ces marmots des bois
Sentent pousser leur aile, il sent croître son âme
Des azurs embaumés de myrrhe et de cinname,

Des entre-croisements de fleurs et de rayons,
Ces éblouissements sacrés que nous voyons
Dans nos profonds sommeils quand nous sommes
                                        [des justes,
Un pêle-mêle obscur de branchages augustes
Dont les anges au vol divin sont les oiseaux,
Une lueur pareille au clair reflet des eaux
Quand, le soir, dans l'étang les arbres se
                                        [renversent,
Des lys vivants, un ciel qui rit, des chants qui
                                        [bercent,
Voilà ce que l'enfant, rose, a derrière lui.
Il s'éveille ici-bas, vaguement ébloui ;
Il vient de voir l'éden et Dieu ; rien ne l'effraie,
Il ne croit pas au mal ; ni le loup, ni l'orfraie,
Ni le tigre, démon taché, ni ce trompeur,
Le renard, ne le font trembler ; il n'a pas peur,
Il chante ; et quoi de plus touchant pour la pensée
Que cette confiance au paradis, poussée
Jusqu'à venir tout près sourire au sombre enfer !
Quel ange que l'enfant ! Tout, le mal, sombre mer,
Les hydres qu'en leurs flots roulent les vils avernes,
Les griffes, ces forêts, les gueules, ces cavernes,
Les cris, les hurlements, les râles, les abois,
Les rauques visions, la fauve horreur des bois,
Tout, Satan, et sa morne et féroce puissance,
S'évanouit au fond du bleu de l'innocence !
C'est beau. Voir Caliban et rester Ariel !
Avoir dans son humble âme un si merveilleux ciel
Que l'apparition indignée et sauvage
Des êtres de la nuit n'y fasse aucun ravage,
Et se sentir si plein de lumière et si doux
Que leur souffle n'éteigne aucune étoile en vous !

★

Et je rêve. Et je crois entendre un dialogue
Entre la tragédie effroyable et l'églogue;
D'un côté l'épouvante, et de l'autre l'amour;
Dans l'une ni dans l'autre il ne fait encor jour;
L'enfant semble vouloir expliquer quelque chose;
La bête gronde, et, monstre incliné sur la rose,
Écoute... — Et qui pourrait comprendre, ô
                                 [firmament,
Ce que le bégaiement dit au rugissement?

Quel que soit le secret, tout se dresse et médite,
La fleur bénie ainsi que l'épine maudite;
Tout devient attentif; tout tressaille; un frisson
Agite l'air, le flot, la branche, le buisson,
Et dans les clairs-obscurs et dans les crépuscules,
Dans cette ombre où jadis combattaient les
                                 [Hercules,
Où les Bellérophons s'envolaient, où planait
L'immense Amos criant : Un nouveau monde naît !
On sent on ne sait quelle émotion sacrée,
Et c'est, pour la nature où l'éternel Dieu crée,
C'est pour tout le mystère un attendrissement
Comme si l'on voyait l'aube au rayon calmant
S'ébaucher par-dessus d'informes promontoires,
Quand l'âme blanche vient parler aux âmes noires.

IX

La face de la bête est terrible; on y sent
L'Ignoré, l'éternel problème éblouissant
Et ténébreux, que l'homme appelle la Nature;
On a devant soi l'ombre informe, l'aventure
Et le joug, l'esclavage et la rébellion,
Quand on voit le visage effrayant du lion;

Le monstre orageux, rauque, effréné, n'est pas
                                        [libre,
Ô stupeur! et quel est cet étrange équilibre
Composé de splendeur et d'horreur, l'univers,
Où règne un Jéhovah dont Satan est l'envers;
Où les astres, essaim lumineux et livide,
Semblent pris dans un bagne, et fuyant dans le
                                        [vide,
Et jetés au hasard comme on jette les dés,
Et toujours à la chaîne et toujours évadés?
Quelle est cette merveille effroyable et divine
Où, dans l'éden qu'on voit, c'est l'enfer qu'on
                                        [devine,
Où s'éclipse, ô terreur, espoirs évanouis,
L'infini des soleils sous l'infini des nuits,
Où, dans la brute, Dieu disparaît et s'efface?
Quand ils ont devant eux le monstre face à face,
Les mages, les songeurs vertigineux des bois,
Les prophètes blêmis à qui parlent des voix,
Sentent on ne sait quoi d'énorme dans la bête;
Pour eux l'amer rictus de cette obscure tête,
C'est l'abîme, inquiet d'être trop regardé,
C'est l'éternel secret qui veut être gardé
Et qui ne laisse pas entrer dans ses mystères
La curiosité des pâles solitaires;
Et ces hommes, à qui l'ombre fait des aveux,
Sentent qu'ici le sphinx s'irrite, et leurs cheveux
Se dressent, et leur sang dans leurs veines se fige
Devant le froncement de sourcil du prodige.

                          X

Toutes sortes d'enfants, blonds, lumineux, vermeils,
Dont le bleu paradis visite les sommeils
Quand leurs yeux sont fermés la nuit dans les
                                        [alcôves,

Sont là, groupés devant la cage aux bêtes fauves ;
Ils regardent.
        Ils ont sous les yeux l'élément,
Le gouffre, le serpent tordu comme un tourment,
L'affreux dragon, l'onagre inepte, la panthère,
Le chacal abhorré des spectres, qu'il déterre,
Le gorille, fantôme et tigre, et ces bandits,
Les loups, et les grands lynx qui tutoyaient jadis
Les prophètes sacrés accoudés sur des bibles ;
Et, pendant que ce tas de prisonniers terribles
Gronde, l'un vil forçat, l'autre arrogant proscrit,
Que fait le groupe rose et charmant ? Il sourit.

L'abîme est là qui gronde et les enfants sourient.

Ils admirent. Les voix épouvantables crient ;
Tandis que cet essaim de fronts pleins de rayons,
Presque ailé, nous émeut comme si nous voyions
L'aube s'épanouir dans une géorgique,
Tandis que ces enfants chantent, un bruit tragique
Va, chargé de colère et de rébellions,
Du cachot des vautours au bagne des lions.

Et le sourire frais des enfants continue.

Devant cette douceur suprême, humble, ingénue,
Obstinée, on s'étonne, et l'esprit stupéfait
Songe, comme aux vieux temps d'Orphée et de
                         [Japhet,
Et l'on se sent glisser dans la spirale obscure
Du vertige, où tombaient Job, Thalès, Épicure,
Où l'on cherche à tâtons quelqu'un, ténébreux
                         [puits
Où l'âme dit : Réponds ! où Dieu dit : Je ne puis !

Oh ! si la conjecture antique était fondée,
Si le rêve inquiet des mages de Chaldée,

L'hypothèse qu'Hermès et Pythagore font,
Si ce songe farouche était le vrai profond ;
La bête parmi nous, si c'était là Tantale !
Si la réalité redoutable et fatale
C'était ceci : les loups, les boas, les mammons,
Masques sombres, cachant d'invisibles démons !
Oh ! ces êtres affreux dont l'ombre est le repaire,
Ces crânes aplatis de tigre et de vipère,
Ces vils fronts écrasés par le talon divin,
L'ours, rêveur noir, le singe, effroyable sylvain,
Ces rictus convulsifs, ces faces insensées,
Ces stupides instincts menaçant nos pensées,
Ceux-ci pleins de l'horreur nocturne des forêts,
Ceux-là, fuyants aspects, flottants, confus, secrets,
Sur qui la mer répand ses moires et ses nacres,
Ces larves, ces passants des bois, ces simulacres,
Ces vivants dans la tombe animale engloutis,
Ces fantômes ayant pour loi les appétits,
Ciel bleu ! s'il était vrai que c'est là ce qu'on
                                        [nomme
Les damnés, expiant d'anciens crimes chez
                                        [l'homme,
Qui, sortis d'une vie antérieure, ayant
Dans les yeux la terreur d'un passé foudroyant,
Viennent, balbutiant d'épouvante et de haine,
Dire au milieu de nous les mots de la géhenne,
Et qui tâchent en vain d'exprimer leur tourment
À notre verbe avec le sourd rugissement ;
Tas de forçats qui grince et gronde, aboie et
                                        [beugle ;
Muets hurlants qu'éclaire un flamboiement
                                        [aveugle ;
Oh ! s'ils étaient là, nus sous le destin de fer,
Méditant vaguement sur l'éternel enfer ;
Si ces mornes vaincus de la nature immense
Se croyaient à jamais bannis de la clémence ;
S'ils voyaient les soleils s'éteindre par degrés,

Et s'ils n'étaient plus rien que des désespérés ;
Oh ! dans l'accablement sans fond, quand tout se
                                        [brise,
Quand tout s'en va, refuse et fuit, quelle surprise,
Pour ces êtres méchants et tremblants à la fois,
D'entendre tout à coup venir ces jeunes voix !

Quelqu'un est là ! Qui donc ? On parle ! ô noir
                                        [problème !
Une blancheur paraît sur la muraille blême
Où chancelle l'obscure et morne vision.
Le léviathan voit accourir l'alcyon !
Quoi ! le déluge voit arriver la colombe !
La clarté des berceaux filtre à travers la tombe
Et pénètre d'un jour clément les condamnés !
Les spectres ne sont point haïs des nouveau- nés !
Quoi ! l'araignée immense ouvre ses sombres toiles !
Quel rayon qu'un regard d'enfant, saintes étoiles !
Mais puisqu'on peut entrer, on peut donc s'en
                                        [aller !
Tout n'est donc pas fini ! L'azur vient nous parler !
Le ciel est plus céleste en ces douces prunelles !
C'est quand Dieu, pour venir des voûtes éternelles
Jusqu'à la terre, triste et funeste milieu,
Passe à travers l'enfant qu'il est tout à fait Dieu !
Quoi ! le plafond difforme aurait une fenêtre !
On verrait l'impossible espérance renaître !
Quoi ! l'on pourrait ne plus mordre, ne plus
                                        [grincer !
Nous représentons-nous ce qui peut se passer
Dans les craintifs cerveaux des bêtes formidables ?
De la lumière au bas des gouffres insondables !
Une intervention de visages divins !
La torsion du mal dans les brûlants ravins
De l'enfer misérable est soudain apaisée
Par d'innocents regards purs comme la rosée !
Quoi ! l'on voit des yeux luire et l'on entend des
                                        [pas !

Est-ce que nous savons s'ils ne se mettent pas,
Ces monstres, à songer, sitôt la nuit venue,
S'appelant, stupéfaits de cette aube inconnue
Qui se lève sur l'âpre et sévère horizon ?
Du pardon vénérable ils ont le saint frisson ;
Il leur semble sentir que les chaînes les quittent ;
Les échevèlements des crinières méditent ;
L'enfer, cette ruine, est moins trouble et moins
                                        [noir ;
Et l'œil presque attendri de ces captifs croit voir
Dans un pur demi-jour qu'un ciel lointain azure
Grandir l'ombre d'un temple au seuil de la masure.
Quoi ! l'enfer finirait ! l'ombre entendrait raison !
Ô clémence ! ô lueur dans l'énorme prison !
On ne sait quelle attente émeut ces cœurs étranges.

Quelle promesse au fond du sourire des anges !

V

JEANNE ENDORMIE. — II

Elle dort ; ses beaux yeux se rouvriront demain ;
Et mon doigt qu'elle tient dans l'ombre emplit sa

[main ;
Moi, je lis, ayant soin que rien ne la réveille,
Des journaux pieux ; tous m'insultent ; l'un conseille
De mettre à Charenton quiconque lit mes vers ;
L'autre voue au bûcher mes ouvrages pervers ;
L'autre, dont une larme humecte les paupières,
Invite les passants à me jeter des pierres ;
Mes écrits sont un tas lugubre et vénéneux
Où tous les noirs dragons du mal tordent leurs

[nœuds ;
L'autre croit à l'enfer et m'en déclare apôtre ;
L'un m'appelle Antechrist, l'autre Satan, et l'autre
Craindrait de me trouver le soir au coin d'un bois ;
L'un me tend la ciguë et l'autre me dit : Bois !
J'ai démoli le Louvre et tué les otages ;
Je fais rêver au peuple on ne sait quels partages ;
Paris en flamme envoie à mon front sa rougeur ;
Je suis incendiaire, assassin, égorgeur,
Avare, et j'eusse été moins sombre et moins

[sinistre
Si l'empereur m'avait voulu faire ministre ;
Je suis l'empoisonneur public, le meurtrier ;
Ainsi viennent en foule autour de moi crier

Toutes ces voix jetant l'affront, sans fin, sans trêve ;
Cependant l'enfant dort, et, comme si son rêve
Me disait : — Sois tranquille, ô père, et sois
                                          [clément ! —
Je sens sa main presser la mienne doucement.

VI

GRAND ÂGE ET BAS ÂGE MÊLÉS

I

Mon âme est faite ainsi que jamais ni l'idée,
Ni l'homme, quels qu'ils soient, ne l'ont intimidée ;
Toujours mon cœur, qui n'a ni bible ni koran,
Dédaigna le sophiste et brava le tyran ;
Je suis sans épouvante étant sans convoitise ;
La peur ne m'éteint pas et l'honneur seul m'attise ;
J'ai l'ankylose altière et lourde du rocher ;
Il est fort malaisé de me faire marcher
Par désir en avant ou par crainte en arrière ;
Je résiste à la force et cède à la prière,
Mais les biens d'ici-bas font sur moi peu d'effet ;
Et je déclare, amis, que je suis satisfait,
Que mon ambition suprême est assouvie,
Que je me reconnais payé dans cette vie,
Et que les dieux cléments ont comblé tous mes
                                                    [vœux,
Tant que sur cette terre, où vraiment je ne veux
Ni socle olympien, ni colonne trajane,
On ne m'ôtera pas le sourire de Jeanne.

II

CHANT SUR LE BERCEAU

Je veille. Ne crains rien. J'attends que tu
                              [t'endormes.
Les anges sur ton front viendront poser leurs
                              [bouches.
Je ne veux pas sur toi d'un rêve ayant des formes
            Farouches ;

Je veux qu'en te voyant là, ta main dans la mienne,
Le vent change son bruit d'orage en bruit de lyre.
Et que sur ton sommeil la sinistre nuit vienne
            Sourire.

Le poëte est penché sur les berceaux qui
                              [tremblent ;
Il leur parle, il leur dit tout bas de tendres choses,
Il est leur amoureux, et ses chansons ressemblent
            Aux roses.

Il est plus pur qu'avril embaumant la pelouse
Et que mai dont l'oiseau vient piller la corbeille ;
Sa voix est un frisson d'âme, à rendre jalouse
            L'abeille ;

Il adore ces nids de soie et de dentelles ;
Son cœur a des gaîtés dans la fraîche demeure
Qui font rire aux éclats avec des douceurs telles
            Qu'on pleure ;

Il est le bon semeur des fraîches allégresses ;
Il rit. Mais si les rois et leurs valets sans nombre
Viennent, s'il voit briller des prunelles tigresses
            Dans l'ombre,

S'il voit du Vatican, de Berlin ou de Vienne
Sortir un guet-apens, une horde, une bible,
Il se dresse, il n'en faut pas plus pour qu'il
                              [devienne
            Terrible.

S'il voit ce basilic, Rome, ou cette araignée,
Ignace, ou ce vautour, Bismarck, faire leur crime,
Il gronde, il sent monter dans sa strophe indignée
            L'abîme.

C'est dit. Plus de chansons. L'avenir qu'il réclame,
Les peuples et leur droit, les rois et leur bravade,
Sont comme un tourbillon de tempête où cette
                              [âme
            S'évade.

Il accourt. Reviens, France, à ta fierté première !
Délivrance ! Et l'on voit cet homme qui se lève
Ayant Dieu dans le cœur et dans l'œil la lumière
            Du glaive.

Et sa pensée, errante alors comme les proues
Dans l'onde et les drapeaux dans les noires mêlées,
Est un immense char d'aurore avec des roues
            Ailées.

III

LA CICATRICE

Une croûte assez laide est sur la cicatrice.
Jeanne l'arrache, et saigne, et c'est là son caprice ;
Elle arrive, montrant son doigt presque en
                              [lambeau.

— J'ai, me dit-elle, ôté la peau de mon bobo. —
Je la gronde, elle pleure, et, la voyant en larmes,
Je deviens plat. — Faisons la paix, je rends les
                                          [armes,
Jeanne, à condition que tu me souriras. —
Alors la douce enfant s'est jetée en mes bras,
Et m'a dit, de son air indulgent et suprême :
— Je ne me ferai plus de mal, puisque je t'aime. —
Et nous voilà contents, en ce tendre abandon,
Elle de ma clémence et moi de son pardon.

IV

UNE TAPE

De la petite main sort une grosse tape.
— Grand-père, grondez-la! Quoi! c'est vous qu'elle
                                          [frappe!
Vous semblez avec plus d'amour la regarder!
Grondez donc! — L'aïeul dit : — Je ne puis plus
                                          gronder!
Que voulez-vous? Je n'ai gardé que le sourire.
Quand on a vu Judas trahir, Néron proscrire,
Satan vaincre, et régner les fourbes ténébreux,
Et quand on a vidé son cœur profond sur eux;
Quand on a dépensé la sinistre colère;
Quand, devant les forfaits que l'église tolère,
Que la chaire salue et que le prêtre admet,
On a rugi, debout sur quelque âpre sommet;
Quand sur l'invasion monstrueuse du parthe,
Quand sur les noirs serments vomis par Bonaparte,
Quand sur l'assassinat des lois et des vertus,
Sur Paris sans Barbès, sur Rome sans Brutus,

Sur le tyran qui flotte et sur l'état qui sombre,
Triste, on a fait planer l'immense strophe sombre ;
Quand on a remué le plafond du cachot ;
Lorsqu'on a fait sortir tout le bruit de là-haut,
Les imprécations, les éclairs, les huées
De la caverne affreuse et sainte des nuées ;
Lorsqu'on a, dans des jours semblables à des nuits,
Roulé toutes les voix du gouffre, les ennuis,
Et les cris, et les pleurs pour la France trahie,
Et l'ombre, et Juvénal, augmenté d'Isaïe,
Et des écroulements d'iambes furieux
Ainsi que des rochers de haine dans les cieux ;
Quand on a châtié jusqu'aux morts dans leurs
                                    [tombes ;
Lorsqu'on a puni l'aigle à cause des colombes,
Et souffleté Nemrod, César, Napoléon,
Qu'on a questionné même le Panthéon,
Et fait trembler parfois cette haute bâtisse ;
Quand on a fait sur terre et sous terre justice,
Et qu'on a nettoyé de miasmes l'horizon,
Dame ! on rentre un peu las, c'est vrai, dans sa
                                    [maison ;
On ne se fâche pas des mouches familières ;
Les légers coups de bec qui sortent des volières,
Le doux rire moqueur des nids mélodieux,
Tous ces petits démons et tous ces petits dieux
Qu'on appelle marmots et bambins, vous
                                    [enchantent ;
Même quand on les sent vous mordre, on croit
                                    [qu'ils chantent.
Le pardon, quel repos ! Soyez Dante et Caton
Pour les puissants, mais non pour les petits. Va-
                                    [t-on
Faire la grosse voix contre ce frais murmure ?
Va-t-on pour les moineaux endosser son armure ?
Bah ! contre de l'aurore est-ce qu'on se défend ?
Le tonnerre chez lui doit être bon enfant.

V

Ma Jeanne, dont je suis doucement insensé,
Étant femme, se sent reine ; tout l'A B C
Des femmes, c'est d'avoir des bras blancs, d'être
                                        [belles,
De courber d'un regard les fronts les plus rebelles,
De savoir avec rien, des bouquets, des chiffons,
Un sourire, éblouir les cœurs les plus profonds,
D'être, à côté de l'homme ingrat, triste et morose,
Douces plus que l'azur, roses plus que la rose ;
Jeanne le sait ; elle a trois ans, c'est l'âge mûr ;
Rien ne lui manque ; elle est la fleur de mon vieux
                                        [mur,
Ma contemplation, mon parfum, mon ivresse ;
Ma strophe, qui près d'elle a l'air d'une pauvresse,
L'implore, et reçoit d'elle un rayon ; et l'enfant
Sait déjà se parer d'un chapeau triomphant,
De beaux souliers vermeils, d'une robe étonnante ;
Elle a des mouvements de mouche frissonnante ;
Elle est femme, montrant ses rubans bleus ou
                                        [verts.
Et sa fraîche toilette, et son âme au travers ;
Elle est de droit céleste et par devoir jolie ;
Et son commencement de règne est ma folie.

VI

Jeanne était au pain sec dans le cabinet noir,
Pour un crime quelconque, et, manquant au
                                        [devoir,
J'allai voir la proscrite en pleine forfaiture,

Et lui glissai dans l'ombre un pot de confiture
Contraire aux lois. Tous ceux sur qui, dans ma
[cité,
Repose le salut de la société,
S'indignèrent, et Jeanne a dit d'une voix douce :
— Je ne toucherai plus mon nez avec mon pouce ;
Je ne me ferai plus griffer par le minet.
Mais on s'est recrié : — Cette enfant vous connaît ;
Elle sait à quel point vous êtes faible et lâche.
Elle vous voit toujours rire quand on se fâche.
Pas de gouvernement possible. À chaque instant
L'ordre est troublé par vous ; le pouvoir se détend ;
Plus de règle. L'enfant n'a plus rien qui l'arrête.
Vous démolissez tout. — Et j'ai baissé la tête,
Et j'ai dit : — Je n'ai rien à répondre à cela,
J'ai tort. Oui, c'est avec ces indulgences-là
Qu'on a toujours conduit les peuples à leur perte.
Qu'on me mette au pain sec. — Vous le méritez,
[certe,
On vous y mettra. — Jeanne alors, dans son coin
[noir,
M'a dit tout bas, levant ses yeux si beaux à voir,
Pleins de l'autorité des douces créatures :
— Eh bien, moi, je t'irai porter des confitures.

VII

CHANSON
POUR FAIRE DANSER EN ROND
LES PETITS ENFANTS

Grand bal sous le tamarin.
On danse et l'on tambourine.
Tout bas parlent, sans chagrin,

Mathurin à Mathurine,
Mathurine à Mathurin.

C'est le soir, quel joyeux train !
Chantons à pleine poitrine
Au bal plutôt qu'au lutrin.
Mathurin a Mathurine,
Mathurine a Mathurin.

Découpé comme au burin,
L'arbre, au bord de l'eau marine,
Est noir sur le ciel serein.
Mathurin a Mathurine,
Mathurine a Mathurin.

Dans le bois rôde Isengrin.
Le magister endoctrine
Un moineau pillant le grain.
Mathurin a Mathurine,
Mathurine a Mathurin.

Broutant l'herbe brin à brin,
Le lièvre a dans la narine
L'appétit du romarin,
Mathurin a Mathurine,
Mathurine a Mathurin.

Sous l'ormeau le pèlerin
Demande à la pèlerine
Un baiser pour un quatrain.
Mathurin a Mathurine,
Mathurine a Mathurin.

Derrière un pli de terrain,
Nous entendons la clarine
Du cheval d'un voiturin.

Mathurin a Mathurine,
Mathurine a Mathurin.

VIII

LE POT CASSÉ

Ô ciel ! toute la Chine est par terre en morceaux !
Ce vase pâle et doux comme un reflet des eaux,
Couverts d'oiseaux, de fleurs, de fruits, et des
                                        [mensonges
De ce vague idéal qui sort du bleu des songes,
De ce vase unique, étrange, impossible, engourdi,
Gardant sur lui le clair de lune en plein midi,
Qui paraissait vivant, où luisait une flamme,
Qui semblait presque un monstre et semblait
                                    [presque une âme,
Mariette, en faisant la chambre, l'a poussé
Du coude par mégarde, et le voilà brisé !
Beau vase ! Sa rondeur était de rêves pleine,
Des bœufs d'or y broutaient des prés de porcelaine.
Je l'aimais, je l'avais acheté sur les quais,
Et parfois aux marmots pensifs je l'expliquais.
Voici l'Yak ; voici le singe quadrumane ;
Ceci c'est un docteur peut-être, ou bien un âne ;
Il dit la messe, à moins qu'il ne dise hi-han ;
Ça c'est un mandarin qu'on nomme aussi kohan ;
Il faut qu'il soit savant, puisqu'il a ce gros ventre.
Attention, ceci, c'est le tigre en son antre,
Le hibou dans son trou, le roi dans son palais,
Le diable en son enfer ; voyez comme ils sont laids !
Les monstres, c'est charmant, et les enfants le
                                            [sentent.
Des merveilles qui sont des bêtes les enchantent.

Donc, je tenais beaucoup à ce vase. Il est mort.
J'arrivai furieux, terrible, et tout d'abord :
— Qui donc a fait cela ? criai-je. Sombre entrée !
Jeanne alors, remarquant Mariette effarée,
Et voyant ma colère et voyant son effroi,
M'a regardé d'un air d'ange, et m'a dit : — C'est
                                            [moi.

IX

Et Jeanne à Mariette a dit : — Je savais bien
Qu'en répondant c'est moi, papa ne dirait rien.
Je n'ai pas peur de lui puisqu'il est mon grand-
                                            [père.
Vois-tu, papa n'a pas le temps d'être en colère,
Il n'est jamais beaucoup fâché, parce qu'il faut
Qu'il regarde les fleurs, et quand il fait bien chaud
Il nous dit : N'allez pas au grand soleil nu-tête,
Et ne vous laissez pas piquer par une bête,
Courez, ne tirez pas le chien par son collier,
Prenez garde aux faux pas dans le grand escalier,
Et ne vous cognez pas contre les coins des
                                            [marbres.
Jouez. Et puis après il s'en va dans les arbres.

X

Tout pardonner, c'est trop ; tout donner, c'est
                                            [beaucoup !
Eh bien, je donne tout et je pardonne tout

Aux petits; et votre œil sévère me contemple.
Toute cette clémence est de mauvais exemple.
Faire de l'amnistie en chambre est périlleux.
Absoudre des forfaits commis par des yeux bleus
Et par des doigts vermeils et purs, c'est effroyable.
Si cela devenait contagieux, que diable!
Il faut un peu songer à la société.
La férocité sied à la paternité;
Le sceptre doit avoir la trique pour compagne;
L'idéal, c'est un Louvre appuyé sur un bagne;
Le bien doit être fait par une main de fer.
Quoi! si vous étiez Dieu, vous n'auriez pas d'enfer?
Presque pas. Vous croyez que je serais bien aise
De voir mes enfants cuire au fond d'une fournaise?
Eh bien! non. Ma foi non! J'en fais mea-culpa;
Plutôt que Sabaoth je serais Grand-papa.
Plus de religion alors? Comme vous dites.
Plus de société? Retour aux troglodytes,
Aux sauvages, aux gens vêtus de peaux de loups?
Non, retour au vrai Dieu, distinct du Dieu jaloux,
Retour à la sublime innocence première,
Retour à la raison, retour à la lumière!
Alors, vous êtes fou, grand-père. J'y consens.
Tenez, messieurs les forts et messieurs les
                                        [puissants,
Défiez-vous de moi, je manque de vengeance.
Qui suis-je? Le premier venu, plein d'indulgence,
Préférant la jeune aube à l'hiver pluvieux,
Homme ayant fait des lois, mais repentant et
                                        [vieux,
Qui blâme quelquefois, mais qui jamais ne damne,
Autorité foulée aux petits pieds de Jeanne,
Pas sûr de tout savoir, en doutant même un peu,
Toujours tenté d'offrir aux gens sans feu ni lieu
Un coin du toit, un coin du foyer, moins sévère
Aux péchés qu'on honnit qu'aux forfaits qu'on
                                        [révère,

Capable d'avouer les êtres sans aveu.
Ah! ne m'élevez pas au grade de bon Dieu!
Voyez-vous, je ferais toutes sortes de choses
Bizarres; je rirais; j'aurais pitié des roses,
Des femmes, des vaincus, des faibles, des
                                        [tremblants,
Mes rayons seraient doux comme des cheveux
                                        [blancs;
J'aurais un arrosoir assez vaste pour faire
Naître des millions de fleurs dans toute sphère,
Partout, et pour éteindre au loin le triste enfer;
Lorsque je donnerais un ordre, il serait clair;
Je cacherais le cerf aux chiens flairant sa piste;
Qu'un tyran pût jamais se nommer mon copiste,
Je ne le voudrais pas; je dirais : Joie à tous!
Mes miracles seraient ceci : — Les hommes
                                        [doux. —
Jamais de guerre. — Aucun fléau. — Pas de déluge.
— Un croyant dans le prêtre, un juste dans le
                                        [juge. —
Je serais bien coiffé de brouillard, étant Dieu,
C'est convenable; mais je me fâcherais peu,
Et je ne mettrais point de travers mon nuage
Pour un petit enfant qui ne serait pas sage;
Quand j'offrirais le ciel à vous, fils de Japhet,
On verrait que je sais comment le ciel est fait;
Je n'annoncerais point que les nocturnes toiles
Laisseraient pêle-mêle un jour choir les étoiles,
Parce que j'aurais peur, si je vous disais ça,
De voir Newton pousser le coude à Spinosa;
Je ferais à Veuillot le tour épouvantable
D'inviter Jésus-Christ et Voltaire à ma table,
Et de faire verser mon meilleur vin, hélas,
Par l'ami de Lazare à l'ami de Calas;
J'aurais dans mon éden, jardin à large porte,
Un doux water-closet mystérieux, de sorte
Qu'on puisse au paradis mettre le Syllabus;

Je dirais aux rois : Rois, vous êtes des abus,
Disparaissez. J'irais, clignant de la paupière,
Rendre aux pauvres leurs sous sans le dire à
                                    [Saint-Pierre,
Et, sournois, je ferais des trous à son panier
Sous l'énorme tas d'or qu'il nomme son denier ;
Je dirais à l'abbé Dupanloup : Moins de zèle !
Vous voulez à la Vierge ajouter la Pucelle,
C'est cumuler, monsieur l'évêque ; apaisez-vous.
Un Jéhovah trouvant que le peuple à genoux
Ne vaut pas l'homme droit et debout, tête haute,
Ce serait moi. J'aurais un pardon pour la faute,
Mais je dirais : Tâchez de rester innocents.
Et je demanderais aux prêtres, non l'encens,
Mais la vertu. J'aurais de la raison. En somme,
Si j'étais le bon Dieu, je serais un bon homme.

VII

L'IMMACULÉE CONCEPTION

L'IMMACULÉE CONCEPTION

Ô Vierge sainte, conçue sans péché!
(Prière chrétienne.)

L'enfant partout. Ceci se passe aux Tuileries.
Plusieurs Georges, plusieurs Jeannes, plusieurs
[Maries;
Un qui tette, un qui dort; dans l'arbre un
[rossignol;
Un grand déjà rêveur qui voudrait voir Guignol;
Une fille essayant ses dents dans une pomme;
Toute la matinée adorable de l'homme;
L'aube et polichinelle; on court, on jase, on rit;
On parle à sa poupée, elle a beaucoup d'esprit;
On mange des gâteaux et l'on saute à la corde.
On me demande un sou pour un pauvre; j'accorde
Un franc; merci, grand-père! et l'on retourne au
[jeu,
Et l'on grimpe, et l'on danse, et l'on chante. Ô ciel
[bleu!
C'est toi le cheval. Bien. Tu traînes la charrette,
Moi je suis le cocher. À gauche; à droite; arrête.
Jouons aux quatre coins. Non; à colin-maillard.
Leur clarté sur son banc réchauffe le vieillard.
Les bouches des petits sont de murmures pleines,

Ils sont vermeils, ils ont plus de fraîches haleines
Que n'en ont les rosiers de mai dans les ravins,
Et l'aurore frissonne en leurs cheveux divins.
Tout cela c'est charmant. — Tout cela c'est
                          [horrible!

C'est le péché!
            Lisez nos missels, notre bible,
L'abbé Pluche, saint Paul, par Trublet annoté,
Veuillot, tout ce qui fait sur terre autorité.
Une conception seule est immaculée;
Tous les berceaux sont noirs, hors la crèche
                          [étoilée;
Ce grand lit de l'abîme, hyménée, est taché.
Où l'homme dit Amour! le ciel répond Péché!
Tout est souillure, et qui le nie est un athée.
Toute femme est la honte, une seule exceptée.

Ainsi ce tas d'enfants est un tas de forfaits!
Oiseau qui fais ton nid, c'est le mal que tu fais.
Ainsi l'ombre sourit d'une façon maligne
Sur la douce couvée. Ainsi le bon Dieu cligne
Des yeux avec le diable et dit : Prends-moi cela!
Et c'est mon crime, ô ciel, l'innocent que voilà!
Ainsi ce tourbillon de lumière et de joie,
L'enfance, ainsi l'essaim d'âmes que nous envoie
L'amour mystérieux qu'avril épanouit,
Ces constellations d'anges dans notre nuit,
Ainsi la bouche rose, ainsi la tête blonde,
Ainsi cette prunelle aussi claire que l'onde,
Ainsi ces petits pieds courant dans le gazon,
Cette cohue aimable emplissant l'horizon
Et dont le grand soleil qui rit semble être l'hôte,
C'est le fourmillement monstrueux de la faute!
Péché! Péché! Le mal est dans les nouveau-nés!
Oh! quel sinistre affront! Prêtres infortunés!

Au milieu de la vaste aurore ils sont funèbres;
Derrière eux vient la chute informe des ténèbres.
Dans les plis de leur dogme ils ont la sombre nuit.
Le couple a tort, le fruit est vil, le germe nuit.
De l'enfant qui la souille une mère est suivie.
Ils sont les justiciers de ce crime, la vie.
Malheur! pas un hymen, non, pas même le leur,
Pas même leur autel n'est pur. Malheur! malheur!
Ô femmes, sur vos fronts ils mettent d'affreux
                                          [doutes.
Le couronnement d'une est l'outrage de toutes.
Démence! ce sont eux les désobéissants.
On ne sait quel crachat se mêle à leur encens.
Ô la profonde insulte! ils jettent l'anathème
Sur l'œil qui dit : je vois! sur le cœur qui dit :
                                          [j'aime!
Sur l'âme en fête et l'arbre en fleur et l'aube en
                                          [feu,
Et sur l'immense joie éternelle de Dieu
Criant : Je suis le père! et sans borne et sans voile
Semant l'enfant sur terre et dans le ciel l'étoile!

VIII

LES GRIFFONNAGES DE L'ÉCOLIER

LES GRIFFONNAGES DE L'ÉCOLIER

Charles a fait des dessins sur son livre de classe,
Le thème est fatigant au point, qu'étant très lasse,
La plume de l'enfant n'a pu se reposer
Qu'en faisant ce travail énorme : improviser
Dans un livre, partout, en haut, en bas, des
                                    [fresques,
Comme on en voit aux murs des alhambras
                                    [moresques,
Des taches d'encre, ayant des aspects d'animaux,
Qui dévorent la phrase et qui rongent les mots,
Et, le texte mangé, viennent mordre les marges.
Le nez du maître flotte au milieu de ces charges.
Troublant le clair-obscur du vieux latin toscan,
Dans la grande satire où Rome est au carcan,
Sur César, sur Brutus, sur les hautes mémoires,
Charles a tranquillement dispersé ses grimoires.
Ce chevreau, le caprice, a grimpé sur les vers.
Le livre, c'est l'endroit; l'écolier, c'est l'envers.
Sa gaîté s'est mêlée, espiègle, aux stigmates
Du vengeur qui voulait s'enfuir chez les Sarmates.
Les barbouillages sont étranges, profonds, drus.
Les monstres! Les voilà perchés, l'un sur Codrus,
L'autre sur Néron. L'autre égratigne un dactyle.
Un pâté fait son nid dans les branches du style.
Un âne, qui ressemble à monsieur Nisard, brait,

Et s'achève en hibou dans l'obscure forêt;
L'encrier sur lui coule, et, la tête inondée
De cette pluie, il tient dans sa patte un spondée.
Partout la main du rêve a tracé le dessin;
Et c'est ainsi qu'au gré de l'écolier, l'essaim
Des griffonnages, horde hostile aux belles- lettres,
S'est envolé parmi les sombres hexamètres.
Jeu! songe! on ne sait quoi d'enfantin, s'enlaçant
Au poème, lui donne un ineffable accent,
Commente le chef-d'œuvre, et l'on sent l'harmonie
D'une naïveté complétant un génie.
C'est un géant ayant sur l'épaule un marmot.
Charles invente une fleur qu'il fait sortir d'un mot,
Ou lâche un farfadet ailé dans la broussaille
Du rythme effarouché qui s'écarte et tressaille.
Un rond couvre une page. Est-ce un dôme? est-ce
                                              [un œuf?
Une belette en sort qui peut-être est un bœuf.
Le gribouillage règne, et sur chaque vers pose
Les végétations de la métamorphose.
Charles a sur ce latin fait pousser un hallier.
Grâce à lui, ce vieux texte est un lieu singulier
Où le hasard, l'ennui, le lazzi, la rature
Dressent au second plan leur vague architecture.
Son encre a fait la nuit sur le livre étoilé.
Et pourtant, par instants, ce noir réseau brouillé,
À travers ses rameaux, ses porches, ses pilastres,
Laisse passer l'idée et laisse voir les astres.

C'est de cette façon que Charles a travaillé
Au dur chef-d'œuvre antique, et qu'au bronze
                                              [rouillé
Il a plaqué le lierre, et dérangé la masse
Du masque énorme avec une folle grimace.
Il s'est bien amusé. Quel bonheur d'écolier!
Traiter un fier génie en monstre familier!
Être avec ce lion comme avec un caniche!

Aux pédants, groupe triste et laid, faire une niche !
Rendre agréable aux yeux, réjouissant, malin,
Un livre estampillé par monsieur Delalain !
Gai, bondir à pieds joints par-dessus un poème !
Charles est très satisfait de son œuvre, et
                                        [lui-même
— L'oiseau voit le miroir et ne voit pas la glu —
Il s'admire.

Un guetteur survient, homme absolu.
Dans son œil terne luit le pensum insalubre,
Sa lèvre aux coins baissés porte en son pli lugubre
Le rudiment, la loi, le refus des congés,
Et l'auguste fureur des textes outragés.
L'enfance veut des fleurs ; on lui donne la roche.
Hélas ! c'est le censeur du collège. Il approche,
Jette au livre un regard funeste, et dit, hautain :
— Fort bien. Vous copierez mille vers ce matin
Pour manque de respect à vos livres d'étude. —
Et ce geôlier s'en va, laissant là ce Latude.
Or c'est précisément la récréation.
Être à neuf ans Tantale, Encelade, Ixion !
Voir autrui jouer ! Être un banni, qu'on excepte !
Tourner du châtiment la manivelle inepte !
Soupirer sous l'ennui, devant les cieux ouverts,
Et sous cette montagne affreuse, mille vers !
Charles sanglote, et dit : — Ne pas jouer aux
                                        [barres !
Copier du latin ! Je suis chez les barbares. —
C'est midi ; le moment où sur l'herbe on s'assied,
L'heure sainte où l'on doit sauter à cloche-pied ;
L'air est chaud, les taillis sont verts, et la fauvette
S'y débarbouille, ayant la source pour cuvette ;
La cigale est là-bas qui chante dans le blé.
L'enfant a droit aux champs. Charles songe accablé
Devant le livre, hélas, tout noirci par ses crimes.
Il croit confusément ouïr gronder les rimes

D'un Boileau, qui s'entr'ouvre et bâille à ses côtés;
Tous ces bouquins lui font l'effet d'être irrités.
Aucun remords pourtant. Il a la tête haute.
Ne sentant pas de honte, il ne voit pas de faute.
— Suis-je donc en prison? Suis-je donc le vassal
De Noël, lâchement aggravé par Chapsal?
Qu'est-ce donc que j'ai fait? — Triste, il voit passer
                                        [l'heure
De la joie. Il est seul. Tout l'abandonne. Il pleure.
Il regarde, éperdu, sa feuille de papier.
Mille vers! Copier! Copier! Copier!
Copier! Ô pédant, c'est là ce que tu tires
Du bois où l'on entend la flûte des satyres.
Tyran dont le sourcil, sitôt qu'on te répond,
Se fronce comme l'onde aux arches d'un vieux
                                        [pont!
L'enfance a dès longtemps inventé dans sa rage
La charrue à trois socs pour ce dur labourage.
— Allons! dit-il, trichons les pions déloyaux!
Et, farouche, il saisit sa plume à trois tuyaux.
Soudain du livre immense une ombre, une âme, un
                                        [homme
Sort, et dit : — Ne crains rien, mon enfant. Je me
                                        [nomme
Juvénal. Je suis bon. Je ne fais peur qu'aux
                                        [grands. —
Charles lève ses yeux pleins de pleurs transparents,
Et dit : — Je n'ai pas peur. — L'homme, pareil aux
                                        [marbres,
Reprend, tandis qu'au loin on entend sous les
                                        [arbres
Jouer les écoliers, gais et de bonne foi :
— Enfant, je fus jadis exilé comme toi,
Pour avoir comme toi barbouillé des figures.
Comme toi les pédants, j'ai fâché les augures.
Élève de Jauffret que jalouse Massin,
Voyons ton livre. — Il dit, et regarde un dessin

Qui n'a pas trop de queue et pas beaucoup de tête.
— Qu'est-ce que c'est que ça! — Monsieur, c'est
                                        [une bête.
— Ah! tu mets dans mes vers des bêtes! Après
                                        [tout,
Pourquoi pas? puisque Dieu, qui dans l'ombre est
                                        [debout,
En met dans les grands bois et dans les mers
                                        [sacrées.
Il tourne une autre page, et se penche : — Tu
                                        [crées.
Qu'est ceci? Ça m'a l'air fort beau, quoique tortu.
— Monsieur, c'est un bonhomme. — Un
                                [bonhomme, dis-tu?
Eh bien, il en manquait justement un. Mon livre
Est rempli de méchants. Voir un bonhomme vivre
Parmi tous ces gens-là me plaît. Césars bouffis,
Rangez-vous! ce bonhomme est dieu. Merci, mon
                                        [fils. —
Et, d'un doigt souverain, le voilà qui feuillette
Nisard, l'âne, le nez du maître, la belette
Qui peut-être est un bœuf, les dragons, les griffons,
Les pâtés d'encre ailés, mêlés aux vers profonds,
Toute cette gaîté sur son courroux éparse,
Et Juvénal s'écrie ébloui : — C'est très farce!

Ainsi, la grande sœur et la petite sœur,
Ces deux âmes, sont là, jasant; et le censeur,
Obscur comme minuit et froid comme décembre,
serait bien étonné, s'il entrait dans la chambre,
De voir sous le plafond du collège étouffant,
Le vieux poète rire avec le doux enfant.

IX

LES FREDAINES
DU GRAND-PÈRE ENFANT
(1811)

PEPITA

Comme elle avait la résille,
D'abord la rime hésita.
Ce devait être Inésille... —
Mais non, c'était Pepita.

Seize ans. Belle et grande fille... —
(Ici la rime insista :
Rimeur, c'était Inésille.
Rime, c'était Pepita.)

Pepita... — Je me rappelle !
Oh ! le doux passé vainqueur,
Tout le passé, pêle-mêle
Revient à flots dans mon cœur ;

Mer, ton flux roule et rapporte
Les varechs et les galets.
Mon père avait une escorte ;
Nous habitions un palais ;

Dans cette Espagne que j'aime,
Au point du jour, au printemps,
Quand je n'existais pas même,
Pepita — j'avais huit ans —

Me disait : — Fils, je me nomme
Pepa ; mon père est marquis. —

Moi, je me croyais un homme,
Étant en pays conquis.

Dans sa résille de soie
Pepa mettait des doublons;
De la flamme et de la joie
Sortaient de ses cheveux blonds.

Tout cela, jupe de moire,
Veste de toréador,
Velours bleu, dentelle noire,
Dansait dans un rayon d'or.

Et c'était presque une femme
Que Pepita mes amours.
L'indolente avait mon âme
Sous son coude de velours.

Je palpitais dans sa chambre
Comme un nid près du faucon,
Elle avait un collier d'ambre,
Un rosier sur son balcon.

Tous les jours un vieux qui pleure
Venait demander un sou;
Un dragon à la même heure
Arrivait je ne sais d'où.

Il piaffait sous la croisée,
Tandis que le vieux râlait
De sa vieille voix brisée :
La charité, s'il vous plaît!

Et la belle au collier jaune,
Se penchant sur son rosier,

Faisait au pauvre l'aumône
Pour la faire à l'officier.

L'un plus fier, l'autre moins sombre,
Ils partaient, le vieux hagard
Emportant un sou dans l'ombre,
Et le dragon un regard.

J'étais près de la fenêtre,
Tremblant, trop petit pour voir,
Amoureux sans m'y connaître,
Et bête sans le savoir.

Elle disait avec charme :
Marions-nous ! choisissant
Pour amoureux le gendarme
Et pour mari l'innocent.

Je disais quelque sottise ;
Pepa répondait : Plus bas !
M'éteignant comme on attise ;
Et, pendant ces doux ébats,

Les soldats buvaient des pintes
Et jouaient au domino
Dans les grandes chambres peintes
Du palais Masserano.

X

ENFANTS, OISEAUX ET FLEURS

I

J'aime un groupe d'enfants qui rit et qui
                                    [s'assemble ;
J'ai remarqué qu'ils sont presque tous blonds, il
                                    [semble
Qu'un doux soleil levant leur dore les cheveux.
Lorsque Roland, rempli de projets et de vœux,
Était petit, après l'escrime et les parades,
Il jouait dans les champs avec ses camarades
Raymond le paresseux et Jean de Pau ; tous trois
Joyeux ; un moine un jour, passant avec sa croix,
Leur demanda, c'était l'abbé de la contrée :
— Quelle est la chose, enfants, qui vous plaît
                                    [déchirée ?
— La chair d'un bœuf saignant, répondit Jean de
                                    [Pau.
— Un livre, dit Raymond. — Roland dit : Un
                                    [drapeau.

II

Je suis des bois l'hôte fidèle,
Le jardinier des sauvageons.

Quand l'automne vient, l'hirondelle
Me dit tout bas : Déménageons.

Après frimaire, après nivôse,
Je vais voir si les bourgeons frais
N'ont pas besoin de quelque chose
Et si rien ne manque aux forêts.

Je dis aux ronces : Croissez, vierges !
Je dis : Embaume ! au serpolet ;
Je dis aux fleurs bordant les berges :
Faites avec soin votre ourlet.

Je surveille, entr'ouvrant la porte,
Le vent soufflant sur la hauteur ;
Car tromper sur ce qu'il apporte
C'est l'usage de ce menteur.

Je viens dès l'aube, en diligence,
Voir si rien ne fait dévier
Toutes les mesures d'urgence
Que prend avril contre janvier.

Tout finit, mais tout recommence,
Je m'intéresse au procédé
De rajeunissement immense,
Vainement par l'ombre éludé.

J'aime la broussaille mouvante,
Le lierre, le lichen vermeil,
Toutes les coiffures qu'invente
Pour les ruines le soleil.

Quand mai fleuri met des panaches
Aux sombres donjons mécontents,
Je crie à ces vieilles ganaches :
Laissez donc faire le printemps !

III

DANS LE JARDIN

Jeanne et Georges sont là. Le noir ciel orageux
Devient rose, et répand l'aurore sur leurs jeux ;
Ô beaux jours ! Le printemps auprès de moi
                                    [s'empresse ;
Tout verdit ; la forêt est une enchanteresse ;
L'horizon change, ainsi qu'un décor d'opéra ;
Appelez ce doux mois du nom qu'il vous plaira,
C'est mai, c'est floréal ; c'est l'hyménée auguste
De la chose tremblante et de la chose juste,
Du nid et de l'azur, du brin d'herbe et du ciel ;
C'est l'heure où tout se sent vaguement éternel ;
C'est l'éblouissement, c'est l'espoir, c'est l'ivresse ;
La plante est une femme, et mon vers la caresse ;
C'est, grâce aux frais glaïeuls, grâce aux purs
                                    [liserons,
La vengeance que nous poètes nous tirons
De cet affreux janvier, si laid ; c'est la revanche
Qu'avril contre l'hiver prend avec la pervenche ;
Courage, avril ! Courage, ô mois de mai ! Ciel bleu,
Réchauffe, resplendis, sois beau ! Bravo, bon Dieu !
Ah ! jamais la saison ne nous fait banqueroute.
L'aube passe en semant des roses sur sa route.
Flamme ! ombre ! tout est plein de ténèbres et
                                    [d'yeux ;
Tout est mystérieux et tout est radieux ;
Qu'est-ce que l'alcyon cherche dans les tempêtes ?
L'amour ; l'antre et le nid ayant les mêmes fêtes,
Je ne vois pas pourquoi l'homme serait honteux
De ce que les lions pensifs ont devant eux,
De l'amour, de l'hymen sacré, de toi, nature !
Tout cachot aboutit à la même ouverture,
La vie ; et toute chaîne, à travers nos douleurs,

Commence par l'airain et finit par les fleurs.
C'est pourquoi nous avons d'abord la haine infâme,
La guerre, les tourments, les fléaux, puis la femme,
La nuit n'ayant pour but que d'amener le jour.
Dieu n'a fait l'univers que pour faire l'amour.
Toujours, comme un poète aime, comme les sages
N'ont pas deux vérités et n'ont pas deux visages,
J'ai laissé la beauté, fier et suprême attrait,
Vaincre, et faire de moi tout ce qu'elle voudrait ;
Je n'ai pas plus caché devant la femme nue
Mes transports, que devant l'étoile sous la nue
Et devant la blancheur du cygne sur les eaux.
Car dans l'azur sans fond les plus profonds oiseaux
Chantent le même chant, et ce chant, c'est la vie.
Sois puissant, je te plains ; sois aimé, je t'envie.

IV

LE TROUBLE-FÊTE

Les belles filles sont en fuite
Et ne savent où se cacher.
Brune et blonde, grande et petite,
Elles dansaient près du clocher ;

Une chantait, pour la cadence ;
Les garçons aux fraîches couleurs
Accouraient au bruit de la danse,
Mettant à leurs chapeaux des fleurs ;

En revenant de la fontaine,
Elles dansaient près du clocher.
J'aime Toinon, disait le chêne ;
Moi, Suzon, disait le rocher.

Mais l'homme noir du clocher sombre
Leur a crié : — Laides! fuyez! —
Et son souffle brusque a dans l'ombre
Éparpillé ces petits pieds.

Toute la danse s'est enfuie,
Les yeux noirs avec les yeux bleus,
Comme s'envole sous la pluie
Une troupe d'oiseaux frileux.

Et cette déroute a fait taire
Les grands arbres tout soucieux,
Car les filles dansant sur terre
Font chanter les nids dans les cieux.

— Qu'a donc l'homme noir? disent-elles. —
Plus de chants; car le noir témoin
A fait bien loin enfuir les belles,
Et les chansons encor plus loin.

Qu'a donc l'homme noir? — Je l'ignore,
Répond le moineau, gai bandit;
Elles pleurent comme l'aurore.
Mais un myosotis leur dit :

— Je vais vous expliquer ces choses.
Vous n'avez point pour lui d'appas;
Les papillons aiment les roses,
Les hiboux ne les aiment pas.

V

ORA, AMA

Le long des berges court la perdrix au pied leste.

Comme pour l'entraîner dans leur danse céleste,
Les nuages ont pris la lune au milieu d'eux.

Petit Georges, veux-tu? nous allons tous les deux
Nous en aller jouer là-bas sous le vieux saule.

La nuit tombe; on se baigne; et, la faulx sur
                              [l'épaule,
Le faucheur rentre au gîte, essuyant sa sueur.
Le crépuscule jette une vague lueur
Sur des formes qu'on voit rire dans la rivière.

Monsieur le curé passe et ferme son bréviaire;
Il est trop tard pour lire, et ce reste de jour
Conseille la prière à qui n'a plus l'amour.
Aimer, prier, c'est l'aube et c'est le soir de l'âme.

Et c'est la même chose au fond; aimer la femme,
C'est prier Dieu; pour elle on s'agenouille aussi.
Un jour tu seras homme et tu liras ceci.
En attendant, tes yeux sont grands, et je te parle,

Mon Georges, comme si je parlais à mon Charles.
Quand l'aile rose meurt, l'aile bleue a son tour.
La prière a la même audace que l'amour,
Et l'amour a le même effroi que la prière.

Il fait presque grand jour encor dans la clairière.
L'angélus sonne au fond de l'horizon bruni.
Ô ciel sublime! sombre édifice infini!
Muraille inexprimable, obscure et rayonnante!

Oh! comment pénétrer dans la maison tonnante?
Le jeune homme est pensif, le vieillard est troublé,
Et devant l'inconnu, vaguement étoilé,
Le soir tremblant ressemble à l'aube frissonnante.

La prière est la porte et l'amour est la clé.

VI

LA MISE EN LIBERTÉ

Après ce rude hiver, un seul oiseau restait
Dans la cage où jadis tout un monde chantait.
Le vide s'était fait dans la grande volière.
Une douce mésange, autrefois familière,
Était là seule avec ses souvenirs d'oiseau.
N'être jamais sans grain, sans biscuit et sans eau,
Voir entrer quelquefois dans sa cage une mouche,
C'était tout son bonheur. Elle en était farouche.
Rien, pas même un serin, et pas même un pierrot.
La cage, c'est beaucoup; mais le désert, c'est trop.
Triste oiseau! dormir seul, et, quand l'aube
                                        [s'allume,
Être seul à fouiller de son bec sous sa plume!
Le pauvre petit être était redevenu
Sauvage, à faire ainsi tourner ce perchoir nu.
Il semblait par moments s'être donné la tâche
De grimper d'un bâton à l'autre sans relâche;
Son vol paraissait fou; puis soudain le reclus
Se taisait, et, caché, morne, ne bougeait plus.
À voir son gonflement lugubre, sa prunelle,
Et sa tête ployée en plein jour sous son aile,
On devinait son deuil, son veuvage, et l'ennui
Du joyeux chant de tous dans l'ombre évanoui.
Ce matin j'ai poussé la porte de la cage.
J'y suis entré,

                    Deux mâts, une grotte, un bocage,
Meublent cette prison où frissonne un jet d'eau;
Et l'hiver on la couvre avec un grand rideau.

Le pauvre oiseau, voyant entrer ce géant sombre,
A pris la fuite en haut, puis en bas, cherchant
                                        [l'ombre,

Dans une anxiété d'inexprimable horreur;
L'effroi du faible est plein d'impuissante fureur;
Il voletait devant ma main épouvantable.
Je suis, pour le saisir, monté sur une table.
Alors, terrifié, vaincu, jetant des cris,
Il est allé tomber dans un coin; je l'ai pris.
Contre le monstre immense, hélas, que peut
                                   [l'atome?
À quoi bon résister quand l'énorme fantôme
Vous tient, captif hagard, fragile et désarmé?
Il était dans mes doigts inerte, l'œil fermé,
Le bec ouvert, laissant pendre son cou débile,
L'aile morte, muet, sans regard, immobile,
Et je sentais bondir son petit cœur tremblant.

Avril est de l'aurore un frère ressemblant;
Il est éblouissant ainsi qu'elle est vermeille.
Il a l'air de quelqu'un qui rit et qui s'éveille.
Or, nous sommes au mois d'avril, et mon gazon,
Mon jardin, les jardins d'à côté, l'horizon,
Tout, du ciel à la terre, est plein de cette joie
Qui dans la fleur embaume et dans l'astre
                                   [flamboie;
Les ajoncs sont en fête, et dorent les ravins
Où les abeilles font des murmures divins;
Penché sur les cressons, le myosotis goûte
À la source, tombant dans les fleurs goutte à
                                   [goutte;
Le brin d'herbe est heureux; l'âcre hiver se dissout;
La nature paraît contente d'avoir tout,
Parfums, chansons, rayons, et d'être hospitalière.
L'espace aime.

              Je suis sorti de la volière,
Tenant toujours l'oiseau; je me suis approché
Du vieux balcon de bois par le lierre caché;

Ô renouveau ! Soleil ! tout palpite, tout vibre,
Tout rayonne ; et j'ai dit, ouvrant la main : Sois
　　　　　　　　　　　　　　　　[libre !

L'oiseau s'est évadé dans les rameaux flottants,
Et dans l'immensité splendide du printemps ;
Et j'ai vu s'en aller au loin la petite âme
Dans cette clarté rose où se mêle une flamme,
Dans l'air profond, parmi les arbres infinis,
Volant au vague appel des amours et des nids,
Planant éperdument vers d'autres ailes blanches,
Ne sachant quel palais choisir, courant aux
　　　　　　　　　　　　　　　　[branches,
Aux fleurs, aux flots, aux bois fraîchement reverdis,
Avec l'effarement d'entrer au paradis.

Alors, dans la lumière et dans la transparence,
Regardant cette fuite et cette délivrance,
Et ce pauvre être, ainsi disparu dans le port,
Pensif, je me suis dit : Je viens d'être la mort.

XI

JEANNE LAPIDÉE

BRUXELLES. — NUIT DU 27 MAI

Je regardai.

       Je vis, tout près de la croisée,
Celui par qui la pierre avait été lancée;
Il était jeune; encor presque un enfant, déjà
Un meurtrier.

Jeune homme, un dieu te protégea,
Car tu pouvais tuer cette pauvre petite!
Comme les sentiments humains s'écroulent vite
Dans les cœurs gouvernés par le prêtre qui ment,
Et comme un imbécile est féroce aisément!
Loyola sait changer Jocrisse en Schinderhanne,
Car un tigre est toujours possible dans un âne.
Mais Dieu n'a pas permis, sombre enfant, que ta
                             [main
Fît cet assassinat catholique et romain;
Le coup a manqué. Va, triste spectre éphémère,
Deviens de l'ombre. Fuis! Moi, je songe à ta mère.

Ô femme, ne sois pas maudite! Je reçois
Du ciel juste un rayon clément. Qui que tu sois,
Mère, hélas! quel que soit ton enfant, sois bénie!
N'en sois pas responsable et n'en sois pas punie!
Je lui pardonne au nom de mon ange innocent!

Lui-même il fut jadis l'être humble en qui descend
L'immense paradis, sans pleurs, sans deuils, sans
                                        [voiles,
Avec tout son sourire et toutes ses étoiles.
Quand il naquit, de joie et d'amour tu vibras.
Il dormait sur ton sein comme Jeanne en mes
                                        [bras;
Il était de ton toit le mystérieux hôte;
C'était un ange alors, et ce n'est pas ta faute,
Ni la sienne, s'il est un bandit maintenant.
Le prêtre, infortuné lui-même, et frissonnant,
À qui nous confions la croissance future,
Imposteur, a rempli cette âme d'imposture;
L'aveugle a dans ce cœur vidé l'aveuglement.
À ce lugubre élève, à ce maître inclément
Je pardonne; le mal a des pièges sans nombre;
Je les plains; et j'implore au-dessus de nous
                                        [l'ombre.
Pauvre mère, ton fils ne sait pas ce qu'il fait.
Quand Dieu germait en lui, le prêtre l'étouffait.
Aujourd'hui le voilà dans cette Forêt-noire,
Le dogme! Ignace ordonne; il est prêt à tout boire,
Le faux, le vrai, le bien, le mal, l'erreur, le sang!
Tout! Frappe! il obéit. Assassine! il consent.
Hélas! comment veut-on que je lui sois sévère?
Le sommet qui fait grâce au gouffre est le Calvaire.
Mornes bourreaux, à nous martyrs vous vous fiez;
Et nous, les lapidés et les crucifiés,
Nous absolvons le vil caillou, le clou stupide;
Nous pardonnons. C'est juste. Ah! ton fils me
                                        [lapide,
Mère, et je te bénis. Et je fais mon devoir.
Un jour tu mourras, femme, et puisses-tu le voir
Se frapper la poitrine, à genoux sur ta fosse!
Puisse-t-il voir s'éteindre en lui la clarté fausse,
Et sentir dans son cœur s'allumer le vrai feu,
Et croire moins au prêtre et croire plus à Dieu!

XII

JEANNE ENDORMIE. — III

Jeanne dort ; elle laisse, ô pauvre ange banni,
Sa douce petite âme aller dans l'infini ;
Ainsi le passereau fuit dans la cerisaie ;
Elle regarde ailleurs que sur terre, elle essaie,
Hélas, avant de boire à nos coupes de fiel,
De renouer un peu dans l'ombre avec le ciel.
Apaisement sacré ! ses cheveux, son haleine,
Son teint, plus transparent qu'une aile de phalène,
Ses gestes indistincts, son calme, c'est exquis.
Le vieux grand-père, esclave heureux, pays conquis,
La contemple.

       Cet être est ici-bas le moindre
Et le plus grand ; on voit sur cette bouche poindre
Un rire vague et pur qui vient on ne sait d'où ;
Comme elle est belle ! Elle a des plis de graisse au
                             [cou ;
On la respire ainsi qu'un parfum d'asphodèle ;
Une poupée aux yeux étonnés est près d'elle,
Et l'enfant par moments la presse sur son cœur.
Figurez-vous cet ange obscur, tremblant,
                            [vainqueur,
L'espérance étoilée autour de ce visage,
Ce pied nu, ce sommeil d'une grâce en bas âge.
Oh ! quel profond sourire, et compris de lui seul,

Elle rapportera de l'ombre à son aïeul !
Car l'âme de l'enfant, pas encor dédorée,
Semble être une lueur du lointain empyrée,
Et l'attendrissement des vieillards, c'est de voir
Que le matin veut bien se mêler à leur soir.

Ne la réveillez pas. Cela dort, une rose.
Jeanne au fond du sommeil médite et se compose
Je ne sais quoi de plus céleste que le ciel.
De lys en lys, de rêve en rêve, on fait son miel,
Et l'âme de l'enfant travaille, humble et vermeille,
Dans les songes ainsi que dans les fleurs l'abeille.

XIII

L'ÉPOPÉE DU LION

L'ÉPOPÉE DU LION

I

LE PALADIN

Un lion avait pris un enfant dans sa gueule,
Et, sans lui faire mal, dans la forêt, aïeule
Des sources et des nids, il l'avait emporté.
Il l'avait, comme on cueille une fleur en été,
Saisi sans trop savoir pourquoi, n'ayant pas même
Mordu dedans, mépris fier ou pardon suprême ;
Les lions sont ainsi, sombres et généreux.
Le pauvre petit prince était fort malheureux ;
Dans l'antre, qu'emplissait la grande voix bourrue,
Blotti, tremblant, nourri d'herbe et de viande crue,
Il vivait, presque mort et d'horreur hébété.
C'était un frais garçon, fils du roi d'à côté ;
Tout jeune, ayant dix ans, âge tendre où l'œil
[brille ;
Et le roi n'avait plus qu'une petite fille
Nouvelle-née, ayant deux ans à peine ; aussi
Le roi qui vieillissait n'avait-il qu'un souci,
Son héritier en proie au monstre ; et la province
Qui craignait le lion plus encor que le prince
Était fort effarée.

                Un héros qui passait
Dans le pays fit halte, et dit : Qu'est-ce que c'est ?
On lui dit l'aventure ; il s'en alla vers l'antre.

                        ★

Un creux où le soleil lui-même est pâle, et n'entre
Qu'avec précaution, c'était l'antre où vivait
L'énorme bête, ayant le rocher pour chevet.

Le bois avait, dans l'ombre et sur un marécage,
Plus de rameaux que n'a de barreaux une cage ;
Cette forêt était digne de ce consul ;
Un menhir s'y dressait en l'honneur d'Irmensul ;
La forêt ressemblait aux halliers de Bretagne ;
Elle avait pour limite une rude montagne,
Un de ces durs sommets où l'horizon finit ;
Et la caverne était taillée en plein granit,
Avec un entourage orageux de grands chênes ;
Les antres, aux cités rendant haines pour haines,
Contiennent on ne sait quel sombre talion.
Les chênes murmuraient : Respectez le lion !

                        ★

Le héros pénétra dans ce palais sauvage ;
L'antre avait ce grand air de meurtre et de ravage
Qui sied à la maison des puissants, de l'effroi,
De l'ombre, et l'on sentait qu'on était chez un roi ;
Des ossements à terre indiquaient que le maître
Ne se laissait manquer de rien ; une fenêtre
Faite par quelque coup de tonnerre au plafond
L'éclairait ; une brume où la lueur se fond,
Qui semble aurore à l'aigle et nuit à la chouette,
C'est toute la clarté qu'un conquérant souhaite ;
Du reste c'était haut et fier ; on comprenait
Que l'être altier couchait sur un lit de genêt

Et n'avait pas besoin de rideaux de guipure,
Et qu'il buvait du sang, mais aussi de l'eau pure,
Simplement, sans valet, sans coupe et sans hanap.
Le chevalier était armé de pied en cap. Il entra.

★

Tout de suite il vit dans la tanière
Un des plus grands seigneurs couronnés de
[crinière
Qu'on pût voir, et c'était la bête ; elle pensait ;
Et son regard était profond, car nul ne sait
Si les monstres des bois n'en sont pas les pontifes ;
Et ce lion était un maître aux larges griffes,
Sinistre, point facile à décontenancer.
Le héros approcha, mais sans trop avancer.
Son pas était sonore, et sa plume était rouge.
Il ne fit remuer rien dans l'auguste bouge.
La bête était plongée en ses réflexions.
Thésée entrant au gouffre où sont les Ixions
Et les Sisyphes nus et les flots de l'Averne,
Vit à peu près la même implacable caverne.
Le paladin, à qui le devoir disait : va !
Tira l'épée. Alors le lion souleva
Sa tête doucement d'une façon terrible.

Et le chevalier dit : — Salut, ô bête terrible !
Tu caches dans les trous de ton antre un enfant ;
J'ai beau fouiller des yeux ton repaire étouffant,
Je ne l'aperçois pas. Or, je viens le reprendre.
Nous serons bons amis si tu veux me le rendre ;
Sinon, je suis lion aussi, moi, tu mourras ;
Et le père étreindra son enfant dans ses bras,
Pendant qu'ici ton sang fumera, tiède encore ;
Et c'est ce que verra demain la blonde aurore.

Et le lion pensif lui dit : — Je ne crois pas.

★

Sur quoi le chevalier farouche fit un pas,
Brandit sa grande épée, et dit : Prends garde, sire !
On vit le lion, chose effrayante, sourire.
Ne faites pas sourire un lion. Le duel
S'engagea, comme il sied entre géants, cruel,
Tel que ceux qui de l'Inde ensanglantent les
                                        [jungles.
L'homme allongea son glaive et la bête ses ongles ;
On se prit corps à corps, et le monstre écumant
Se mit à manier l'homme effroyablement ;
L'un était le vaillant et l'autre le vorace ;
Le lion étreignit la chair sous la cuirasse,
Et, fauve, et sous sa griffe ardente pétrissant
Ce fer et cet acier, il fit jaillir le sang
Du sombre écrasement de toute cette armure,
Comme un enfant rougit ses doigts dans une
                                        [mûre ;
Et puis l'un après l'autre il ôta les morceaux
Du casque et des brassards, et mit à nu les os.
Et le grand chevalier n'était plus qu'une espèce
De boue et de limon sous la cuirasse épaisse ;
Et le lion mangea le héros. Puis il mit
Sa tête sur le roc sinistre et s'endormit.

II

L'ERMITE

Alors vint un ermite.

                   Il s'avança vers l'antre ;
Grave et tremblant, sa croix au poing, sa corde au
                                        [ventre,
Il entra. Le héros tout rongé gisait là
Informe, et le lion, se réveillant, bâilla.
Le monstre ouvrit les yeux, entendit une haleine,

Et, voyant une corde autour d'un froc de laine,
Un grand capuchon noir, un homme là-dedans,
Acheva de bâiller, montrant toutes ses dents;
Puis, auguste, et parlant comme une porte grince,
Il dit : — Que veux-tu, toi? — Mon roi. — Quel
                              [roi? — Mon prince.
— Qui? — L'enfant. — C'est cela que tu nommes
                              [un roi!
L'ermite salua le lion. — Roi, pourquoi
As-tu pris cet enfant? — Parce que je m'ennuie.
Il me tient compagnie ici les jours de pluie.
— Rends-le-moi. — Non. Je l'ai. — Qu'en veux-tu
                              [faire enfin?
Le veux-tu donc manger? — Dame! si j'avais faim!
— Songe au père, à son deuil, à sa douleur amère.
— Les hommes m'ont tué la lionne, ma mère.
— Le père est roi, seigneur, comme toi. — Pas
                              [autant.
S'il parle, c'est un homme, et moi, quand on
                              [m'entend,
C'est le lion. — S'il perd ce fils... — Il a sa fille.
— Une fille, c'est peu pour un roi. — Ma famille
À moi, c'est l'âpre roche et la fauve forêt,
Et l'éclair qui parfois sur ma tête apparaît;
Je m'en contente. — Sois clément pour une altesse.
— La clémence n'est pas; tout est de la tristesse.
— Veux-tu le paradis? Je t'offre le blanc-seing
Du bon Dieu. — Va-t'en, vieil imbécile de saint!

L'ermite s'en alla.

III

LA CHASSE ET LA NUIT

Le lion solitaire,
Plein de l'immense oubli qu'ont les monstres sur
                              [terre,

Se rendormit, laissant l'intègre nuit venir.
La lune parut, fit un spectre du menhir,
De l'étang un linceul, du sentier un mensonge,
Et du noir paysage inexprimable un songe ;
Et rien ne bougea plus dans la grotte, et, pendant
Que les astres sacrés marchaient vers l'occident
Et que l'herbe abritait la taupe et la cigale,
La respiration du grand lion, égale
Et calme, rassurait les bêtes dans les bois.

Tout à coup des clameurs, des cors et des abois.
Un de ces bruits de meute et d'hommes et de
                                      [cuivres,
Qui font que brusquement les forêts semblent
                                          [ivres,
Et que la nymphe écoute en tremblant dans son lit,
La rumeur d'une chasse épouvantable emplit
Toute cette ombre, lac, montagne, bois, prairie,
Et troubla cette vaste et fauve rêverie.
Le hallier s'empourpra de tous les sombres jeux
D'une lueur mêlée à des cris orageux.
On entendait hurler les chiens chercheurs de
                                        [proies ;
Et des ombres couraient parmi les claires-voies.
Cette altière rumeur d'avance triomphait.
On eût dit une armée ; et c'était en effet
Des soldats envoyés par le roi, par le père,
Pour délivrer le prince et forcer le repaire,
Et rapporter la peau sanglante du lion.
De quel côté de l'ombre est la rébellion,
Du côté de la bête ou du côté de l'homme ?
Dieu seul le sait ; tout est le chiffre, il est la
                                        [somme.

Les soldats avaient fait un repas copieux,
Étaient en bon état, armés d'arcs et d'épieux,
En grand nombre, et conduits par un fier
                                        [capitaine.

Quelques-uns revenaient d'une guerre lointaine,
Et tous étaient des gens éprouvés et vaillants.
Le lion entendait tous ces bruits malveillants,
Car il avait ouvert sa tragique paupière ;
Mais sa tête restait paisible sur la pierre,
Et seulement sa queue énorme remuait.

★

Au-dehors, tout autour du grand antre muet,
Hurlait le brouhaha de la foule indignée ;
Comme un essaim bourdonne autour d'une
                              [araignée,
Comme une ruche autour d'un ours pris au lacet,
Toute la légion des chasseurs frémissait ;
Elle s'était rangée en ordre de bataille.
On savait que le monstre était de haute taille,
Qu'il mangeait un héros comme un singe une noix,
Qu'il était plus hautain qu'un tigre n'est sournois,
Que son regard faisait baisser les yeux à l'aigle ;
Aussi lui faisait-on l'honneur d'un siège en règle.
La troupe à coups de hache abattait les fourrés ;
Les soldats avançaient l'un sur l'autre serrés,
Et les arbres tendaient sur la corde les flèches.
On fit silence, afin que sur les feuilles sèches
On entendît les pas du lion, s'il venait.
Et les chiens, qui selon le moment où l'on est
Savent se taire, allaient devant eux, gueule ouverte,
Mais sans bruit. Les flambeaux dans la bruyère
                              [verte
Rôdaient, et leur lumière allongée en avant
Éclairait ce chaos d'arbres tremblant au vent ;
C'est ainsi qu'une chasse habile se gouverne.
On voyait à travers les branches la caverne,
Sorte de masse informe au fond du bois épais,
Béante, mais muette, ayant un air de paix
Et de rêve, et semblant ignorer cette armée.

D'un âtre où le feu couve il sort de la fumée,
D'une ville assiégée on entend le beffroi ;
Ici rien de pareil ; avec un vague effroi,
Tous observaient, le poing sur l'arc ou sur la pique,
Cette tranquillité sombre de l'antre épique ;
Les dogues chuchotaient entre eux je ne sais quoi ;
De l'horreur qui dans l'ombre obscure se tient coi,
C'est plus inquiétant qu'un fracas de tempête.
Cependant on était venu pour cette bête,
On avançait, les yeux fixés sur la forêt,
Et non sans redouter ce que l'on désirait ;
Les éclaireurs guettaient, élevant leur lanterne ;
On regardait le seuil béant de la caverne ;
Les arbres frissonnaient, silencieux témoins ;
On marchait en bon ordre, on était mille au
                                    [moins...
Tout à coup apparut la face formidable.

★

On vit le lion.

                    Tout devint inabordable
Sur-le-champ, et les bois parurent agrandis ;
Ce fut un tremblement parmi les plus hardis ;
Mais, fût-ce en frémissant, de vaillants archers
                                    [tirent,
Et sur le grand lion les flèches s'abattirent,
Un tourbillon de dards le cribla. Le lion,
Pas plus que sous l'orage Ossa ni Pélion
Ne s'émeuvent, fronça son poil, et grave, austère,
Secoua la plupart des flèches sur la terre ;
D'autres, sur qui ces dards se seraient enfoncés,
Auraient certes trouvé qu'il en restait assez,
Ou se seraient enfuis ; le sang rayait sa croupe ;
Mais il n'y prit point garde, et regarda la troupe ;
Et ces hommes, troublés d'être en un pareil lieu,

Doutaient s'il était monstre ou bien s'il était dieu.
Les chiens muets cherchaient l'abri des fers de
[lance.

Alors le fier lion poussa, dans ce silence,
À travers les grands bois et les marais dormants,
Un de ces monstrueux et noirs rugissements
Qui sont plus effrayants que tout ce qu'on vénère,
Et qui font qu'à demi réveillé, le tonnerre
Dit dans le ciel profond : Qui donc tonne là- bas ?

Tout fut fini. La fuite emporte les combats
Comme le vent la brume, et toute cette armée,
Dissoute, aux quatre coins de l'horizon semée,
S'évanouit devant l'horrible grondement.
Tous, chefs, soldats, ce fut l'affaire d'un moment,
Croyant être en des lieux surhumains où se forme
On ne sait quel courroux de la nature énorme,
Disparurent, tremblants, rampants, perdus, cachés.
Et le monstre cria : — Monts et forêts, sachez
Qu'un lion libre est plus que mille hommes
[esclaves.

★

Les bêtes ont le cri comme un volcan les laves ;
Et cette éruption qui monte au firmament
D'ordinaire suffit à leur apaisement ;
Les lions sont sereins plus que les dieux peut- être ;
Jadis, quand l'éclatant Olympe était le maître,
Les Hercules disaient : — Si nous étranglions
À la fin, une fois pour toutes, les lions ?
Et les lions disaient : — Faisons grâce aux
[Hercules.

Pourtant ce lion-ci, fils des noirs crépuscules,
Resta sinistre, obscur, sombre ; il était de ceux
Qui sont à se calmer rétifs et paresseux,

Et sa colère était d'une espèce farouche.
La bête veut dormir quand le soleil se couche ;
Il lui déplaît d'avoir affaire aux chiens rampants ;
Ce lion venait d'être en butte aux guet-apens ;
On venait d'insulter la forêt magnanime ;
Il monta sur le mont, se dressa sur la cime,
Et reprit la parole, et, comme le semeur
Jette sa graine au loin, prolongea sa clameur
De façon que le roi l'entendit dans sa ville :

— Roi ! tu m'as attaqué d'une manière vile !
Je n'ai point jusqu'ici fait mal à ton garçon ;
Mais, roi, je t'avertis, par-dessus l'horizon,
Que j'entrerai demain dans ta ville à l'aurore,
Que je t'apporterai l'enfant vivant encore,
Que j'invite à me voir entrer tous tes valets,
Et que je mangerai ton fils dans ton palais.

La nuit passa, laissant les ruisseaux fuir sous
                                        [l'herbe
Et la nuée errer au fond du ciel superbe.

Le lendemain on vit dans la ville ceci :

L'aurore ; le désert ; des gens criant merci,
Fuyant, faces d'effroi bien vite disparues ;
Et le vaste lion qui marchait dans les rues.

IV

L'AURORE

Le blême peuple était dans les caves épars.
À quoi bon résister ? Pas un homme aux remparts ;
Les portes de la ville étaient grandes ouvertes.

Ces bêtes à demi divines sont couvertes
D'une telle épouvante et d'un doute si noir,
Leur antre est un si morne et si puissant manoir,
Qu'il est décidément presque impie et peu sage,
Quand il leur plaît d'errer, d'être sur leur passage.
Vers le palais chargé d'un dôme d'or massif
Le lion à pas lents s'acheminait pensif,
Encor tout hérissé des flèches dédaignées;
Une écorce de chêne a des coups de cognées,
Mais l'arbre n'en meurt pas; et, sans voir un
                                        [archer,
Grave, il continuait d'aller et de marcher;
Et le peuple tremblait, laissant la bête seule.
Le lion avançait, tranquille, et dans sa gueule
Effroyable il avait l'enfant évanoui.

Un petit prince est-il un petit homme? Oui.
Et la sainte pitié pleurait dans les ténèbres.
Le doux captif, livide entre ces crocs funèbres,
Était des deux côtés de la gueule pendant,
Pâle, mais n'avait pas encore un coup de dent;
Et, cette proie étant un bâillon dans sa bouche,
Le lion ne pouvait rugir, ennui farouche
Pour un monstre, et son calme était très furieux;
Son silence augmentait la flamme de ses yeux;
Aucun arc ne brillait dans aucune embrasure;
Peut-être craignait-on qu'une flèche peu sûre,
Tremblante, mal lancée au monstre triomphant,
Ne manquât le lion et ne tuât l'enfant.

                    ★

Comme il l'avait promis par-dessus la montagne,
Le monstre, méprisant la ville comme un bagne,
Alla droit au palais, las de voir tout trembler,
Espérant trouver là quelqu'un à qui parler,
La porte ouverte, ainsi qu'au vent le jonc frissonne,

Vacillait. Il entra dans le palais. Personne.

Tout en pleurant son fils, le roi s'était enfui
Et caché comme tous, voulant vivre aussi lui,
S'estimant au bonheur des peuples nécessaire.
Une bête féroce est un être sincère
Et n'aime point la peur; le lion se sentit
Honteux d'être si grand, l'homme étant si petit;
Il se dit, dans la nuit qu'un lion a pour âme :
— C'est bien, je mangerai le fils. Quel père
                                   [infâme ! —
Terrible, après la cour prenant le corridor,
Il se mit à rôder sous les hauts plafonds d'or;
Il vit le trône, et rien dedans; des chambres vertes,
Jaunes, rouges, aux seuils vides, toutes désertes;
Le monstre allait de salle en salle, pas à pas,
Affreux, cherchant un lieu commode à son repas;
Il avait faim. Soudain l'effrayant marcheur fauve
S'arrêta.

                      ★

            Près du parc en fleur, dans une alcôve,
Un pauvre être, oublié dans la fuite, bercé
Par l'immense humble rêve à l'enfance versé,
Inondé de soleil à travers la charmille,
Se réveillait. C'était une petite fille;
L'autre enfant du roi. Seule et nue, elle chantait.
Car l'enfant chante même alors que tout se tait.

Une ineffable voix, plus tendre qu'une lyre,
Une petite bouche avec un grand sourire,
Un ange dans un tas de joujoux, un berceau,
Crèche pour un Jésus ou nid pour un oiseau,
Deux profonds yeux bleus, pleins de clartés
                                   [inconnues,
Col nu, pieds nus, bras nus, ventre nu, jambes
                                   [nues,

Une brassière blanche allant jusqu'au nombril.
Un astre dans l'azur, un rayon en avril,
Un lys du ciel daignant sur cette terre éclore,
Telle était cette enfant plus douce que l'aurore ;
Et le lion venait d'apercevoir cela.

Il entra dans la chambre, et le plancher trembla.

Par-dessus les jouets qui couvraient une table,
Le lion avança sa tête épouvantable,
Sombre en sa majesté de monstre et d'empereur,
Et sa proie en sa gueule augmentait son horreur.
L'enfant le vit, l'enfant cria : — Frère ! mon frère !
Ah ! mon frère ! — et debout, rose dans la lumière
Qui la divinisait et qui la réchauffait,
Regarda ce géant des bois, dont l'œil eût fait
Reculer les Typhons et fuir les Briarées.
Qui sait ce qui se passe en ces têtes sacrées ?
Elle se dressa droite au bord du lit étroit,
Et menaça le monstre avec son petit doigt.
Alors, près du berceau de soie et de dentelle,
Le grand lion posa son frère devant elle,
Comme eût fait une mère en abaissant les bras,
Et lui dit : — Le voici. Là ! ne te fâche pas !

XIV

À DES ÂMES ENVOLÉES

Ces âmes que tu rappelles,
Mon cœur, ne reviennent pas.
Pourquoi donc s'obstinent-elles,
Hélas! à rester là-bas?

Dans les sphères éclatantes,
Dans l'azur et les rayons,
Sont-elles donc plus contentes
Qu'avec nous qui les aimions?

Nous avions sous les tonnelles
Une maison près Saint-Leu.
Comme les fleurs étaient belles!
Comme le ciel était bleu!

Parmi les feuilles tombées,
Nous courions au bois vermeil;
Nous cherchions des scarabées
Sur les vieux murs au soleil;

On riait de ce bon rire
Qu'Éden jadis entendit,
Ayant toujours à se dire
Ce qu'on s'était déjà dit;

Je contais la Mère l'Oie;
On était heureux, Dieu sait!
On poussait des cris de joie
Pour un oiseau qui passait.

XV

LAUS PUERO

I

LES ENFANTS GÂTÉS

En me voyant si peu redoutable aux enfants,
Et si rêveur devant les marmots triomphants,
Les hommes sérieux froncent leurs sourcils
                                    [mornes.
Un grand-père échappé passant toutes les bornes,
C'est moi. Triste, infini dans la paternité,
Je ne suis rien qu'un bon vieux sourire entêté.
Ces chers petits ! Je suis grand-père sans mesure ;
Je suis l'ancêtre aimant ces nains que l'aube azure,
Et regardant parfois la lune avec ennui,
Et la voulant pour eux, et même un peu pour lui ;
Pas raisonnable enfin. C'est terrible. Je règne
Mal, et je ne veux pas que mon peuple me craigne ;
Or, mon peuple, c'est Jeanne et George ; et moi,
                                    [barbon,
Aïeul sans frein, ayant cette rage, être bon,
Je leur fais enjamber toutes les lois, et j'ose
Pousser aux attentats leur république rose ;
La popularité malsaine me séduit ;
Certe, on passe au vieillard, qu'attend la froide
                                    [nuit,
Son amour pour la grâce et le rire et l'aurore ;
Mais des petits, qui n'ont pas fait de crime encore,
Je vous demande un peu si le grand-père doit
Être anarchique, au point de leur montrer du
                                    [doigt,

Comme pouvant dans l'ombre avoir des aventures,
L'auguste armoire où sont les pots de confitures!
Oui, j'ai pour eux, parfois, — ménagères,
                                    [pleurez! —
Consommé le viol de ces vases sacrés.
Je suis affreux. Pour eux je grimpe sur des chaises!
Si je vois dans un coin une assiette de fraises
Réservée au dessert de nous autres, je dis :
— Ô chers petits oiseaux goulus du paradis,
C'est à vous! Voyez-vous, en bas, sous la fenêtre,
Ces enfants pauvres, l'un vient à peine de naître,
Ils ont faim. Faites-les monter, et partagez. —

Jetons le masque. Eh bien! je tiens pour préjugés,
Oui, je tiens pour erreurs stupides les maximes
Qui veulent interdire aux grands aigles les cimes,
L'amour aux seins d'albâtre et la joie aux enfants.
Je nous trouve ennuyeux, assommants, étouffants.
Je ris quand nous enflons notre colère d'homme
Pour empêcher l'enfant de cueillir une pomme,
Et quand nous permettons un faux serment aux
                                    [rois.
Défends moins tes pommiers et défends mieux tes
                                    [droits,
Paysan. Quand l'opprobre est une mer qui monte,
Quand je vois le bourgeois voter oui pour sa
                                    [honte;
Quand Scapin est évêque et Basile banquier;
Quand, ainsi qu'on remue un pion sur l'échiquier,
Un aventurier pose un forfait sur la France,
Et le joue, impassible et sombre, avec la chance
D'être forçat s'il perd et s'il gagne empereur;
Quand on le laisse faire, et qu'on voit sans fureur
Régner la trahison abrutie en orgie,
Alors dans les berceaux moi je me réfugie,
Je m'enfuis dans la douce aurore, et j'aime mieux
Cet essaim d'innocents, petits démons joyeux

Faisant tout ce qui peut leur passer par la tête,
Que la foule acceptant le crime en pleine fête
Et tout ce bas-empire infâme dans Paris;
Et les enfants gâtés que les pères pourris.

II

LE SYLLABUS

Tout en mangeant d'un air effaré vos oranges,
Vous semblez aujourd'hui, mes tremblants petits
                                              [anges,
          Me redouter un peu;
Pourquoi? c'est ma bonté qu'il faut toujours
                                          [attendre,
Jeanne, et c'est le devoir de l'aïeul d'être tendre
          Et du ciel d'être bleu.

N'ayez pas peur. C'est vrai, j'ai l'air fâché, je
                                              [gronde,
Non contre vous. Hélas, enfants, dans ce vil
                                              [monde,
          Le prêtre hait et ment;
Et, voyez-vous, j'entends jusqu'en nos verts asiles
Un sombre brouhaha de choses imbéciles
          Qui passe en ce moment.

Les prêtres font de l'ombre. Ah! je veux m'y
                                          [soustraire:
La plaine resplendit; viens, Jeanne, avec ton frère,
          Viens, George, avec ta sœur;
Un rayon sort du lac, l'aube est dans la chaumière;
Ce qui monte de tout vers Dieu, c'est la lumière;
          Et d'eux, c'est la noirceur.

J'aime une petitesse et je déteste l'autre ;
Je hais leur bégaiement et j'adore le vôtre ;
      Enfants, quand vous parlez,
Je me penche, écoutant ce que dit l'âme pure,
Et je crois entrevoir une vague ouverture
      Des grands cieux étoilés.

Car vous étiez hier, ô doux parleurs étranges,
Les interlocuteurs des astres et des anges ;
      En vous rien n'est mauvais ;
Vous m'apportez, à moi sur qui gronde la nue,
On ne sait quel rayon de l'aurore inconnue ;
      Vous en venez, j'y vais.

Ce que vous dites sort du firmament austère ;
Quelque chose de plus que l'homme et que la terre
      Est dans vos jeunes yeux ;
Et votre voix où rien n'insulte, où rien ne blâme,
Où rien ne mord, s'ajoute au vaste épithalame
      Des bois mystérieux.

Ce doux balbutiement me plaît, je le préfère ;
Car j'y sens l'idéal ; j'ai l'air de ne rien faire
      Dans les fauves forêts.
Et pourtant Dieu sait bien que tout le jour j'écoute
L'eau tomber d'un plafond de rochers goutte à
                      [goutte
      Au fond des antres frais.

Ce qu'on appelle mort et ce qu'on nomme vie
Parle la même langue à l'âme inassouvie ;
      En bas nous étouffons ;
Mais rêver, c'est planer dans les apothéoses,
C'est comprendre ; et les nids disent les mêmes
                      [choses
      Que les tombeaux profonds.

Les prêtres vont criant : Anathème! anathème!
Mais la nature dit de toutes parts : Je t'aime!
        Venez, enfants; le jour
Est partout, et partout on voit la joie éclore;
Et l'infini n'a pas plus d'azur et d'aurore
        Que l'âme n'a d'amour.

J'ai fait la grosse voix contre ces noirs pygmées;
Mais ne me craignez pas; les fleurs sont
                      [embaumées,
        Les bois sont triomphants;
Le printemps est la fête immense, et nous en
                      [sommes;
Venez, j'ai quelquefois fait peur aux petits
                      [hommes,
        Non aux petits enfants.

III

ENVELOPPE D'UNE PIÈCE DE MONNAIE DANS UNE QUÊTE FAITE PAR JEANNE

        Mes amis, qui veut de la joie?
        Moi, toi, vous. Eh bien, donnons tous.
        Donnons aux pauvres à genoux;
        Le soir, de peur qu'on ne nous voie.

        Le pauvre, en pleurs sur le chemin,
        Nu sur son grabat misérable,
        Affamé, tremblant, incurable,
        Est l'essayeur du cœur humain.

Qui le repousse en est plus morne ;
Qui l'assiste s'en va content.
Ce vieux homme humble et grelottant,
Ce spectre du coin de la borne,

Cet infirme aux pas alourdis,
Peut faire, en notre âme troublée,
Descendre la joie étoilée
Des profondeurs du paradis.

Êtes-vous sombre ? Oui, vous l'êtes ;
Eh bien, donnez ; donnez encor.
Riche, en échange d'un peu d'or
Ou d'un peu d'argent que tu jettes,

Indifférent, parfois moqueur,
À l'indigent dans sa chaumière,
Dieu te donne de la lumière
Dont tu peux te remplir le cœur !

Vois, pour ton sequin, blanc ou jaune,
Vil sou que tu crois précieux,
Dieu t'offre une étoile des cieux
Dans la main tendue à l'aumône.

IV

À PROPOS DE LA LOI
DITE LIBERTÉ DE L'ENSEIGNEMENT

Prêtres, vous complotez de nous sauver, à l'aide
Des ténèbres, qui sont en effet le remède
Contre l'astre et le jour ;

Vous faites l'homme libre au moyen d'une chaîne;
Vous avez découvert cette vertu, la haine,
   Le crime étant l'amour.

Vous êtes l'innombrable attaquant le sublime;
L'esprit humain, colosse, a pour tête la cime
   Des hautes vérités;
Fatalement ce front qui se dresse dans l'ombre
Attire à sa clarté le fourmillement sombre
   Des dogmes irrités.

En vain le grand lion rugit, gronde, extermine;
L'insecte vil s'acharne; et toujours la vermine
   Fit tout ce qu'elle put;
Nous méprisons l'immonde essaim qui
       [tourbillonne;
Nous vous laissons bruire, et contre Babylone
   Insurger Lilliput.

Pas plus qu'on ne verrait sous l'assaut des
       [cloportes
Et l'effort des cirons tomber Thèbe aux cent portes
   Et Ninive aux cent tours,
Pas plus qu'on ne verrait se dissiper le Pinde,
Ou l'Olympe, ou l'immense Himalaya de l'Inde
   Sous un vol de vautour,
On ne verra crouler sous vos battements d'ailes
Voltaire et Diderot, ces fermes citadelles,
   Platon qu'Horace aimait,
Et ce vieux Dante ouvert, au fond des cieux qu'il
       [dore,
Sur le noir passé, comme une porte d'aurore
   Sur un sombre sommet.

Ce rocher, ce granit, ce mont, la pyramide,
Debout dans l'ouragan sur le sable numide,
   Hanté par les esprits,

S'aperçoit-il qu'il est, lui l'âpre hiéroglyphe,
Insulté par la fiente ou rayé par la griffe
   De la chauve-souris ?

Non, l'avenir ne peut mourir de vos morsures.
Les flèches du matin sont divines et sûres ;
   Nous vaincrons, nous voyons !
Erreurs, le vrai vous tue ; ô nuit, le jour te vise ;
Et nous ne craignons pas que jamais l'aube épuise
   Son carquois de rayons.

Donc, soyez dédaignés sous la voûte éternelle.
L'idéal n'aura pas moins d'aube en sa prunelle
   Parce que vous vivrez.
La réalité rit et pardonne au mensonge.
Quant à moi, je serai satisfait, moi qui songe
   Devant les cieux sacrés,

Tant que Jeanne sera mon guide sur la terre,
Tant que Dieu permettra que j'aie, ô pur mystère !
   En mon âpre chemin,
Ces deux bonheurs où tient tout l'idéal possible,
Dans l'âme un astre immense, et dans ma main
          [paisible
   Une petite main.

V

LES ENFANTS PAUVRES

  Prenez garde à ce petit être ;
  Il est bien grand, il contient Dieu.
  Les enfants sont, avant de naître,

Des lumières dans le ciel bleu.

Dieu nous les offre en sa largesse;
Ils viennent; Dieu nous en fait don;
Dans leur rire il met sa sagesse
Et dans leur baiser son pardon.

Leur douce clarté nous effleure.
Hélas, le bonheur est leur droit.
S'ils ont faim, le paradis pleure.
Et le ciel tremble, s'ils ont froid.

La misère de l'innocence
Accuse l'homme vicieux.
L'homme tient l'ange en sa puissance.
Oh! quel tonnerre au fond des cieux.

Quand Dieu, cherchant ces êtres frêles
Que dans l'ombre où nous sommeillons
Il nous envoie avec des ailes,
Les retrouve avec des haillons!

VI

AUX CHAMPS

Je me penche attendri sur les bois et les eaux,
Rêveur, grand-père aussi des fleurs et des oiseaux;
J'ai la pitié sacrée et profonde des choses;
J'empêche les enfants de maltraiter les roses;
Je dis : N'effarez point la plante et l'animal;
Riez sans faire peur, jouez sans faire mal.
Jeanne et Georges, fronts purs, prunelles éblouies,

Rayonnent au milieu des fleurs épanouies ;
J'erre, sans le troubler, dans tout ce paradis ;
Je les entends chanter, je songe, et je me dis
Qu'ils sont inattentifs, dans leurs charmants
                              [tapages,
Au bruit sombre que font en se tournant les pages
Du mystérieux livre où le sort est écrit,
Et qu'ils sont loin du prêtre et près de
                              [Jésus- Christ.

VII

ENCORE L'IMMACULÉE CONCEPTION

Attendez. Je regarde une petite fille.
Je ne la connais pas ; mais cela chante et brille ;
C'est du rire, du ciel, du jour, de la beauté,
Et je ne puis passer froidement à côté.
Elle n'a pas trois ans. C'est l'aube qu'on rencontre.
Peut-être elle devrait cacher ce qu'elle montre,
Mais elle n'en sait rien, et d'ailleurs c'est charmant.
Cela, certes, ressemble au divin firmament
Plus que la face auguste et jaune d'un évêque.
Le babil des marmots est ma bibliothèque ;
J'ouvre chacun des mots qu'ils disent, comme on
                              [prend
Un livre, et j'y découvre un sens profond et grand,
Sévère quelquefois. Donc j'écoute cet ange ;
Et ce gazouillement me rassure, me venge,
M'aide à rire du mal qu'on veut me faire, éteint
Ma colère, et vraiment m'empêche d'être atteint
Par l'ombre du hideux sombrero de Basile.
Cette enfant est un cœur, une fête, un asile,

Et Dieu met dans son souffle et Dieu mêle à sa
                                        [voix
Toutes les fleurs des champs, tous les oiseaux des
                                        [bois;
Ma Jeanne, qui pourrait être sa sœur jumelle,
Traînait, l'été dernier, un chariot comme elle,
L'emplissait, le vidait, riait d'un rire fou,
Courait. Tous les enfants ont le même joujou;
Tous les hommes aussi. C'est bien, va, sois ravie,
Et traîne ta charrette, en attendant la vie.

Louange à Dieu! Toujours un enfant m'apaisa.
Doux être! voyez-moi les mains que ça vous a!
Allons, remettez donc vos bas, mademoiselle.
Elle est pieds nus, elle est barbouillée, elle est
                                        [belle;
Sa charrette est cassée, et, comme nous, ma foi,
Elle se fait un char avec n'importe quoi.
Tout est char de triomphe à l'enfant comme à
                                        [l'homme.
L'enfant aussi veut être un peu bête de somme
Comme nous; il se fouette, il s'impose une loi;
Il traîne son hochet comme nous notre roi;
Seulement l'enfant brille où le peuple se vautre.
Bon, voici maintenant qu'on en amène une autre;
Une d'un an, sa sœur sans doute; un grand
                                        [chapeau,
Une petite tête, et des yeux! une peau!
Un sourire! oh! qu'elle est tremblante et délicate!
Chef-d'œuvre, montrez-moi votre petite patte.
Elle allonge le pied et chante... c'est divin.
Quand je songe, et Veuillot n'a pu le dire en vain,
Qu'elles ont toutes deux la tache originelle!
La Chute est leur vrai nom. Chacune porte en elle
L'affreux venin d'Adam (bon style Patouillet);
Elles sont, sous le ciel qu'Ève jadis souillait,
D'horribles péchés, faits d'une façon charmante;

La beauté qui s'ajoute à la faute l'augmente;
Leur grâce est un remords de plus pour le pécheur,
Et leur mère apparaît, noire de leur blancheur;
Ces enfants que l'aube aime et que la fleur

                                   [encense,
C'est la honte portant ce masque, l'innocence;
Dans ces yeux purs, Trublet l'affirme en son

                                   [sermon,
Brille l'incognito sinistre du démon;
C'est le mal, c'est l'enfer, cela sort des abîmes!
Soit. Laissez-moi donner des gâteaux à ces crimes.

VIII

MARIÉE ET MÈRE

Voir la Jeanne de Jeanne! oh! ce serait mon rêve!
Il est dans l'ombre sainte un ciel vierge où se lève
Pour on ne sait quels yeux on ne sait quel soleil;
Les âmes à venir sont là; l'azur vermeil
Les berce, et Dieu les garde, en attendant la vie;
Car, pour l'âme aux destins ignorés asservie,
Il est deux horizons d'attente, sans combats,
L'un avant, l'autre après le passage ici-bas;
Le berceau cache l'un, la tombe cache l'autre.
Je pense à cette sphère inconnue à la nôtre
Où, comme un pâle essaim confusément joyeux,
Des flots d'âmes en foule ouvrent leurs vagues

                                   [yeux;
Puis, je regarde Jeanne, ange que Dieu pénètre,
Et les petits garçons jouant sous ma fenêtre,
Toute cette gaîté de l'âge sans douleur,
Tous ces amours dans l'œuf, tous ces époux en

                                   [fleur;

Et je médite; et Jeanne entre, sort, court, appelle,
Traîne son petit char, tient sa petite pelle,
Fouille dans mes papiers, creuse dans le gazon,
Saute et jase, et remplit de clarté la maison;
Son rire est le rayon, ses pleurs sont la rosée.
Et dans vingt ans d'ici je jette ma pensée,
Et de ce qui sera je me fais le témoin,
Comme on jette une pierre avec la fronde au loin.

Une aurore n'est pas faite pour rester seule.

Mon âme de cette âme enfantine est l'aïeule,
Et dans son jeune sort mon cœur pensif descend.

Un jour, un frais matin quelconque, éblouissant,
Épousera cette aube encor pleine d'étoiles;
Et quelque âme, à cette heure errante sous les
                                        [voiles
Où l'on sent l'avenir en Dieu se reposer,
Profitera pour naître ici-bas d'un baiser
Que se donneront l'une à l'autre ces aurores.
Ô tendre oiseau des bois qui dans ton nid pérores,
Voix éparse au milieu des arbres palpitants
Qui chantes la chanson sonore du printemps,
Ô mésange, ô fauvette, ô tourterelle blanche,
Sorte de rêve ailé fuyant de branche en branche,
Doux murmure envolé dans les champs embaumés,
Je t'écoute et je suis plein de songes. Aimez,
Vous qui vivrez! Hymen! chaste hymen! Ô nature!
Jeanne aura devant elle alors son aventure,
L'être en qui notre sort s'accroît et s'interrompt;
Elle sera la mère au jeune et grave front;
La gardienne d'une aube à qui la vie est due,
Épouse responsable et nourrice éperdue,
La tendre âme sévère, et ce sera son tour
De se pencher, avec un inquiet amour,
Sur le frêle berceau, céleste et diaphane;

Ma Jeanne, ô rêve ! azur ! contemplera sa Jeanne ;
Elle l'empêchera de pleurer, de crier,
Et lui joindra les mains, et la fera prier,
Et sentira sa vie à ce souffle mêlée.
Elle redoutera pour elle une gelée,
Le vent, tout, rien. Ô fleur fragile du pêcher !
Et, quand le doux petit ange pourra marcher,
Elle le mènera jouer aux Tuileries ;
Beaucoup d'enfants courront sous les branches
                                      [fleuries,
Mêlant l'avril de l'homme au grand avril de Dieu ;
D'autres femmes, gaîment, sous le même ciel bleu,
Seront là comme Jeanne, heureuses, réjouies
Par cette éclosion d'âmes épanouies ;
Et, sur cette jeunesse inclinant leur beau front,
Toutes ces mères, sœurs devant Dieu, souriront
Dans l'éblouissement de ces roses sans nombre.

Moi je ne serai plus qu'un œil profond dans
                                       [l'ombre.

IX

Que voulez-vous ? L'enfant me tient en sa
                                       [puissance ;
Je finis par ne plus aimer que l'innocence ;
Tous les hommes sont cuivre et plomb, l'enfance
                                       [est or.
J'adore Astyanax et je gourmande Hector.
Es-tu sûr d'avoir fait ton devoir envers Troie ?
Mon ciel est un azur, qui, par instants, foudroie.
Bonté, fureur, c'est là mon flux et mon reflux,
Et je ne suis borné d'aucun côté, pas plus

Quand ma bouche sourit que lorsque ma voix
                                    [gronde ;
Je me sens plein d'une âme étoilée et profonde ;
Mon cœur est sans frontière, et je n'ai pas
                                    [d'endroit
Où finisse l'amour des petits, et le droit
Des faibles, et l'appui qu'on doit aux misérables ;
Si c'est un mal, il faut me mettre aux Incurables.
Je ne vois pas qu'allant du ciel au genre humain,
Un rayon de soleil s'arrête à mi-chemin ;
La modération du vrai m'est inconnue ;
Je veux le rire franc, je veux l'étoile nue.
Je suis vieux, vous passez, et moi, triste ou
                                    [content,
J'ai la paternité du siècle sur l'instant.
Trouvez-moi quelque chose, et quoi que ce puisse
                                    [être
D'extrême, appartenant à mon emploi d'ancêtre,
Blâme aux uns ou secours aux autres, je le fais.
Un jour, je fus parmi les vainqueurs, j'étouffais ;
Je sentais à quel point vaincre est impitoyable ;
Je pris la fuite. Un roc, une plage de sable
M'accueillirent. La Mort vint me parler. « Proscrit,
Me dit-elle, salut ! » Et quelqu'un me sourit,
Quelqu'un de grand qui rêve en moi, ma
                                    [conscience.
Et j'aimai les enfants, ne voyant que l'enfance,
Ô ciel mystérieux, qui valût mieux que moi.
L'enfant, c'est de l'amour et de la bonne foi.
Le seul être qui soit dans cette sombre vie
Petit avec grandeur puisqu'il l'est sans envie,
C'est l'enfant.
C'est pourquoi j'aime ces passereaux.

★

Pourtant, ces myrmidons je les rêve héros.
France, j'attends qu'ils soient au devoir saisissables.
Dès que nos fils sont grands, je les sens
                              [responsables;
Je cesse de sourire; et je me dis qu'il faut
Livrer une bataille immense à l'échafaud,
Au trône, au sceptre, au glaive, aux Louvres, aux
                              [repaires.
Je suis tendre aux petits, mais rude pour les pères.
C'est ma façon d'aimer les hommes faits; je veux
Qu'on pense à la patrie, empoignée aux cheveux
Et par les pieds traînée autour du camp vandale;
Lorsqu'à Rome, à Berlin, la bête féodale
Renaît et rouvre, affront pour le soleil levant,
Deux gueules qui d'ailleurs s'entremordent souvent,
Je m'indigne. Je sens, ô suprême souffrance,
La diminution tragique de la France,
Et j'accuse quiconque a la barbe au menton;
Quoi! ce grand imbécile a l'âge de Danton!
Quoi! ce drôle est Jocrisse et pourrait être Hoche!
Alors l'aube à mes yeux surgit comme un reproche,
Tout s'éclipse, et je suis de la tombe envieux.
Morne, je me souviens de ce qu'ont fait les vieux;
Je songe à l'océan assiégeant les falaises,
Au vaste écroulement qui suit les Marseillaises,
Aux portes de la nuit, aux Hydres, aux dragons,
À tout ce que ces preux ont jeté hors des gonds!
Je les revois mêlant aux éclairs leur bannière;
Je songe à la joyeuse et farouche manière
Dont ils tordaient l'Europe entre leurs poings
                              [d'airain;
Oh! ces soldats du Nil, de l'Argonne et du Rhin,
Ces lutteurs, ces vengeurs, je veux qu'on les imite!
Je vous le dis, je suis un aïeul sans limite;
Après l'ange je veux l'archange au firmament;
Moi grand-père indulgent, mais ancêtre inclément,
Aussi doux d'un côté que sévère de l'autre,

J'aime la gloire énorme et je veux qu'on s'y vautre
Quand cette gloire est sainte et sauve mon pays!
Dans les Herculanums et dans les Pompéïs
Je ne veux pas qu'on puisse un jour compter nos
                                        [villes;
Je ne vois pas pourquoi les âmes seraient viles;
Je ne vois pas pourquoi l'on n'égalerait pas
Dans l'audace, l'effort, l'espoir, dans le trépas,
Les hommes d'Iéna, d'Ulm et des Pyramides;
Les vaillants ont-ils donc engendré les timides?
Non, vous avez du sang aux veines, jeunes gens!
Nos aïeux ont été des héros outrageants
Pour le vieux monde infâme; il reste de la place
Dans l'avenir; soyez peuple et non populace;
Soyez comme eux géants! Je n'ai pas de raisons
Pour ne point souhaiter les mêmes horizons,
Les mêmes nations en chantant délivrées,
Le même arrachement des fers et des livrées,
Et la même grandeur sans tache et sans remords
À nos enfants vivants qu'à nos ancêtres morts!

XVI

DEUX CHANSONS

I

CHANSON DE GRAND-PÈRE

Dansez, les petites filles,
    Toutes en rond.
En vous voyant si gentilles,
    Les bois riront.

Dansez, les petites reines,
    Toutes en rond.
Les amoureux sous les frênes
    S'embrasseront.

Dansez, les petites folles,
    Toutes en rond.
Les bouquins dans les écoles
    Bougonneront.

Dansez, les petites belles,
    Toutes en rond.
Les oiseaux avec leurs ailes
    Applaudiront.

Dansez, les petites fées,
    Toutes en rond.
Dansez, de bleuets coiffées,
    L'aurore au front.

Dansez, les petites femmes,

Toutes en rond.
Les messieurs diront aux dames
Ce qu'ils voudront.

II

CHANSON D'ANCÊTRE

Parlons de nos aïeux sous la verte feuillée.
Parlons de nos pères, fils! — Ils ont rompu leurs
                                              [fers,
Et vaincu; leur armure est aujourd'hui rouillée.
Comme il tombe de l'eau d'une éponge mouillée,
De leur âme dans l'ombre il tombait des éclairs,
Comme si dans la foudre on les avait trempées.
          Frappez, écoliers,
          Avec les épées
          Sur les boucliers.

Ils craignaient le vin sombre et les pâles ménades;
Ils étaient indignés, ces vieux fils de Brennus,
De voir les rois passer fiers sous les colonnades,
Les cortèges des rois étant des promenades
De prêtres, de soldats, de femmes aux seins nus,
D'hymnes et d'encensoirs, et de têtes coupées.
          Frappez, écoliers,
          Avec les épées
          Sur les boucliers.

Ils ont voulu, couvé, créé la délivrance;
Ils étaient les titans, nous sommes les fourmis;
Ils savaient que la Gaule enfanterait la France;
Quand on a la hauteur, on a la confiance;

Les montagnes, à qui le rayon est promis,
Songent, et ne sont point par l'aurore trompées.
        Frappez, écoliers,
        Avec les épées
        Sur les boucliers.

Quand une ligue était par les princes construite,
Ils grondaient, et, pour peu que la chose en valût
La peine, et que leur chef leur criât : Tout de suite !
Ils accouraient ; alors les rois prenaient la fuite
En hâte, et les chansons d'un vil joueur de luth
Ne sont pas dans les airs plus vite dissipées.
        Frappez, écoliers,
        Avec les épées
        Sur les boucliers.

Lutteurs du gouffre, ils ont découronné le crime,
Brisé les autels noirs, détruit les dieux brigands ;
C'est pourquoi, moi vieillard, penché sur leur
                              [abîme,
Je les déclare grands, car rien n'est plus sublime
Que l'océan avec ses profonds ouragans,
Si ce n'est l'homme avec ses sombres épopées.
        Frappez, écoliers,
        Avec les épées
        Sur les boucliers.

Hélas ! sur leur flambeau, nous leurs fils, nous
                              [soufflâmes.
Fiers aïeux ! ils disaient au faux prêtre : Va-t'en !
Du bûcher misérable ils éteignaient les flammes,
Et c'est par leur secours que plusieurs grandes
                              [âmes,
Mises injustement au bagne par Satan,
Tu le sais, Dieu ! se sont de l'enfer échappées.
        Frappez, écoliers,
        Avec les épées
        Sur les boucliers.

Levez vos fronts ; voyez ce pur sommet, la gloire,
Ils étaient là ; voyez cette cime, l'honneur,
Ils étaient là ; voyez ce hautain promontoire,
La liberté ; mourir libres fut leur victoire ;
Il faudra, car l'orgie est un lâche bonheur,
Se remettre à gravir ces pentes escarpées.
                    Frappez, chevaliers,
                    Avec les épées
                    Sur les boucliers.

XVII

JEANNE ENDORMIE. — IV

L'oiseau chante; je suis au fond des rêveries.

Rose, elle est là qui dort sous les branches fleuries,
Dans son berceau tremblant comme un nid
                              [d'alcyon,
Douce, les yeux fermés, sans faire attention
Au glissement de l'ombre et du soleil sur elle.
Elle est toute petite, elle est surnaturelle.
Ô suprême beauté de l'enfant innocent !
Moi je pense, elle rêve; et sur son front descend
Un entrelacement de visions sereines;
Des femmes de l'azur qu'on prendrait pour des
                              [reines,
Des anges, des lions ayant des airs benins,
De pauvres bons géants protégés par des nains,
Des triomphes de fleurs dans les bois, des trophées
D'arbres célestes, pleins de la lueur des fées,
Un nuage où l'éden apparaît à demi,
Voilà ce qui s'abat sur l'enfant endormi.
Le berceau des enfants est le palais des songes;
Dieu se met à leur faire un tas de doux
                              [mensonges;
De là leur frais sourire et leur profonde paix.

Mais le bon Dieu répond dans la profondeur
                              [sombre :

— Non. Ton rêve est le ciel. Je t'en ai donné
                                   [l'ombre.
Mais ce ciel, tu l'auras. Attends l'autre berceau;
La tombe. —
Ainsi je songe. Ô printemps! Chante, oiseau!

XVIII

QUE LES PETITS LIRONT
QUAND ILS SERONT GRANDS

I

PATRIE

Ô France, ton malheur m'indigne et m'est sacré.
Je l'ai dit, et jamais je ne me lasserai
De le redire, et c'est le grand cri de mon âme,
Quiconque fait du mal à ma mère est infâme.
En quelque lieu qu'il soit caché, tous mes souhaits
Le menacent; sur terre ou là-haut, je le hais.
César, je le flétris; destin, je le secoue.
Je questionne l'ombre et je fouille la boue;
L'empereur, ce brigand, le hasard, ce bandit,
Éveillent ma colère; et ma strophe maudit
Avec des pleurs sanglants, avec des cris funèbres,
Le sort, ce mauvais drôle errant dans les ténèbres;
Je rappelle la nuit, le gouffre, le ciel noir,
Et les événements farouches, au devoir.
Je n'admets pas qu'il soit permis aux sombres
                                        [causes
Qui mêlent aux droits vrais l'aveuglement des
                                        [choses
De faire rebrousser chemin à la raison;
Je dénonce un revers qui vient par trahison;
Quand la gloire et l'honneur tombent dans une
                                        [embûche,
J'affirme que c'est Dieu lui-même qui trébuche;
J'interpelle les faits tortueux et rampants,
La victoire, l'hiver, l'ombre et ses guet-apens;

Je dis à ces passants quelconques de l'abîme
Que je les vois, qu'ils sont en train de faire un
                                      [crime,
Que nous ne sommes point des femmes à genoux,
Que nous réfléchissons, qu'ils prennent garde à
                                      [nous,
Que ce n'est pas ainsi qu'on doit traiter la France,
Et que, même tombée au fond de la souffrance,
Même dans le sépulcre, elle a l'étoile au front.
Je voudrais bien savoir ce qu'ils me répondront.
Je suis un curieux, et je gênerai, certe,
Le destin qu'un regard sévère déconcerte,
Car on est responsable au ciel plus qu'on ne croit.
Quand le progrès devient boiteux, quand Dieu
                                      [décroît
En apparence, ayant sur lui la nuit barbare,
Quand l'homme est un esquif dont Satan prend la
                                      [barre,
Il est certain que l'âme humaine est au cachot,
Et qu'on a dérangé quelque chose là-haut.
C'est pourquoi je demande à l'ombre la parole.
Je ne suis pas de ceux dont la fierté s'envole,
Et qui, pour avoir vu régner des ruffians
Et des gueux, cessent d'être à leur droit confiants ;
Je lave ma sandale et je poursuis ma route ;
Personne n'a jamais vu mon âme en déroute ;
Je ne me trouble point parce qu'en ses reflux
Le vil destin sur nous jette un Rosbach de plus ;
La défaite me fait songer à la victoire ;
J'ai l'obstination de l'altière mémoire ;
Notre linceul toujours eut la vie en ses plis ;
Quand je lis Waterloo, je prononce Austerlitz.
Le deuil donne un peu plus de hauteur à ma tête.
Mais ce n'est pas assez, je veux qu'on soit honnête
Là-haut, et je veux voir ce que les destins font
Chez eux, dans la forêt du mystère profond ;
Car ce qu'ils font chez eux, c'est chez nous qu'on le
                                      [souffre.

Je prétends regarder face à face le gouffre.
Je sais que l'ombre doit rendre compte aux esprits.
Je désire savoir pourquoi l'on nous a pris
Nos villes, notre armée, et notre force utile ;
Et pourquoi l'on filoute et pourquoi l'on mutile
L'immense peuple aimant d'où sortent les clartés ;
Je veux savoir le fond de nos calamités,
Voir le dedans du sort misérable, et connaître
Ces recoins où trop peu de lumière pénètre ;
Pourquoi l'assassinat du Midi par le Nord,
Pourquoi Paris vivant vaincu par Berlin mort,
Pourquoi le bagne à l'ange et le trône au squelette ;
Ô France, je prétends mettre sur la sellette
La guerre, les combats, nos affronts, nos malheurs,
Et je ferai vider leur poche à ces voleurs,
Car juger le hasard, c'est le droit du prophète.
J'affirme que la loi morale n'est pas faite
Pour qu'on souffle dessus là-haut, dans la hauteur,
Et qu'un événement peut être un malfaiteur.
J'avertis l'inconnu que je perds patience ;
Et c'est là la grandeur de notre conscience
Que, seule et triste, ayant pour appui le berceau,
L'innocence, le droit des faibles, le roseau,
Elle est terrible ; elle a, par ce seul mot : Justice,
Entrée au ciel ; et, si la comète au solstice
S'égare, elle pourrait lui montrer son chemin ;
Elle requiert Dieu même au nom du genre
                                    [humain ;
Elle est la vérité, blanche, pâle, immortelle ;
Pas une force n'est la force devant elle ;
Les lois qu'on ne voit pas penchent de son côté ;
Oui, c'est là la puissance et c'est là la beauté
De notre conscience, — écoute ceci, prêtre, —
Qu'elle ne comprend pas qu'un attentat puisse être
Par quelqu'un qui serait juste, prémédité ;
Oui, sans armes, n'ayant que cette nudité,
Le vrai, quand un éclair tombe mal sur la terre,

Quand un des coups obscurs qui sortent du
                                    [mystère
Frappe à tâtons, et met les peuples en danger,
S'il lui plaisait d'aller là-haut l'interroger
Au milieu de cette ombre énorme qu'on vénère,
Tranquille, elle ferait bégayer le tonnerre.

II

PERSÉVÉRANCE

N'importe. Allons au but, continuons. Les choses,
Quand l'homme tient la clef, ne sont pas longtemps
                                    [closes.
Peut-être qu'elle-même, ouvrant ses pâles yeux,
La nuit, lasse du mal, ne demande pas mieux
Que de trouver celui qui saura la convaincre.
Le devoir de l'obstacle est de se laisser vaincre.

L'obscurité nous craint et recule en grondant.
Regardons les penseurs de l'âge précédent,
Ces héros, ces géants qu'une même âme anime,
Détachés par la mort de leur travail sublime,
Passer, les pieds poudreux et le front étoilé ;
Saluons la sueur du relais dételé ;
Et marchons. Nous aussi, nous avons notre étape.
Le pied de l'avenir sur notre pavé frappe ;
En route ! Poursuivons le chemin commencé ;
Augmentons l'épaisseur de l'ombre du passé ;
Laissons derrière nous, et le plus loin possible,
Toute l'antique horreur de moins en moins visible.
Déjà le précurseur dans ces brumes brilla ;
Platon vint jusqu'ici, Luther a monté là ;

Voyez, de grands rayons marquent de grands
[passages;
L'ombre est pleine partout du flamboiement des
sages;
Voici l'endroit profond où Pascal s'est penché,
Criant : gouffre! Jean-Jacque où je marche a
[marché;
C'est là que, s'envolant lui-même aux cieux,
[Voltaire,
Se sentant devenir sublime, a perdu terre,
Disant : Je vois! ainsi qu'un prophète ébloui.
Luttons, comme eux; luttons, le front épanoui;
Marchons! un pas qu'on fait, c'est un champ qu'on
[révèle;
Déchiffrons dans les temps nouveaux la loi
[nouvelle;
Le cœur n'est jamais sourd, l'esprit n'est jamais las,
Et la route est ouverte aux fiers apostolats.

Ô tous! vivez, marchez, croyez! soyez tranquilles.
— Mais quoi! le râle sourd des discordes civiles,
Ces siècles de douleurs, de pleurs, d'adversités,
Hélas! tous ces souffrants, tous ces déshérités,
Tous ces proscrits, le deuil, la haine universelle,
Tout ce qui dans le fond des âmes s'amoncelle,
Cela ne va-t-il pas éclater tout à coup?
La colère est partout, la fureur est partout;
Les cieux sont noirs; voyez, regardez; il éclaire! —
Qu'est-ce que la fureur? qu'importe la colère?
La vengeance sera surprise de son fruit;
Dieu nous transforme; il a pour tâche en notre
[nuit
L'auguste avortement de la foudre en aurore.

Dieu prend dans notre cœur la haine et la dévore;
Il se jette sur nous des profondeurs du jour,
Et nous arrache tout de l'âme, hors l'amour;

Avec ce bec d'acier, la conscience, il plonge
Jusqu'à notre pensée et jusqu'à notre songe,
Fouille notre poitrine et, quoi que nous fassions,
Jusqu'aux vils intestins qu'on nomme passions ;
Il pille nos instincts mauvais, il nous dépouille
De ce qui nous tourmente et de ce qui nous
                            [souille ;
Et, quand il nous a faits pareils au ciel béni,
Bons et purs, il s'envole, et rentre à l'infini ;
Et, lorsqu'il a passé sur nous, l'âme plus grande
Sent qu'elle ne hait plus, et rend grâce, et
                            [demande :
Qui donc m'a prise ainsi dans ses serres de feu ?
Et croit que c'est un aigle, et comprend que c'est
                            [Dieu.

III

PROGRÈS

En avant, grande marche humaine !
Peuple, change de région.
Ô larve, deviens phénomène ;
Ô troupeau, deviens légion.
Cours, aigle, où tu vois l'aube éclore.
L'acceptation de l'aurore
N'est interdite qu'aux hiboux.
Dans le soleil Dieu se devine ;
Le rayon a l'âme divine
Et l'âme humaine à ses deux bouts.

Il vient de l'une et vole à l'autre ;
Il est pensée, étant clarté ;

En haut archange, en bas apôtre,
En haut flamme, en bas liberté.
Il crée Horace ainsi que Dante,
Dore la rose au vent pendante,
Et le chaos où nous voguons ;
De la même émeraude il touche
L'humble plume de l'oiseau-mouche
Et l'âpre écaille des dragons.
Prenez les routes lumineuses,
Prenez les chemins étoilés.
Esprits semeurs, âmes glaneuses,
Allez, allez, allez, allez !
Esclaves d'hier, tristes hommes,
Hors des bagnes, hors des sodomes,
Marchez, soyez vaillants, montez ;
Ayez pour triomphe la gloire
Où vous entrez, ô foule noire,
Et l'opprobre dont vous sortez !

Homme, franchis les mers. Secoue
Dans l'écume tout le passé ;
Allume en étoupe à ta proue
Le chanvre du gibet brisé.
Gravis les montagnes. Écrase
Tous les vieux monstres dans la vase ;
Ressemble aux anciens Apollons ;
Quand l'épée est juste, elle est pure ;
Va donc ! car l'homme a pour parure
Le sang de l'hydre à ses talons.

IV

FRATERNITÉ

Je rêve l'équité, la vérité profonde,
L'amour qui veut, l'espoir qui luit, la foi qui fonde,
Et le peuple éclairé plutôt que châtié.

Je rêve la douceur, la bonté, la pitié,
Et le vaste pardon. De là ma solitude.

★

La vieille barbarie humaine a l'habitude
De s'absoudre, et de croire, hélas, que ce qu'on
                                        [veut,
Prêtre ou juge, on a droit de le faire, et qu'on peut
Ôter sa conscience en mettant une robe.
Elle prend l'équité céleste, elle y dérobe
Ce qui la gêne, y met ce qui lui plaît ; biffant
Tout ce qu'on doit au faible, à la femme, à
                                        [l'enfant,
Elle change le chiffre, elle change la somme,
Et du droit selon Dieu fait la loi selon l'homme.
De là les hommes-dieux, de là les rois-soleils ;
De là sur les pavés tant de ruisseaux vermeils ;
De là les Laffemas, les Vouglans, les Bâvilles ;
De là l'effroi des champs et la terreur des villes,
Les lapidations, les deuils, les cruautés,
Et le front sérieux des sages insultés.

★

Jésus paraît ; qui donc s'écrie : Il faut qu'il meure !
C'est le prêtre. Ô douleur ! À jamais, à demeure,
Et quoi que nous disions, et quoi que nous
                                        [songions,
Les euménides sont dans les religions ;
Mégère est catholique ; Alecton est chrétienne ;
Clotho, nonne sanglante, accompagnait l'antienne
D'Arbuez, et l'on entend dans l'église sa voix ;
Ces bacchantes du meurtre encourageaient
                                        [Louvois ;
Et les monts étaient pleins du cri de ces ménades
Quand Bossuet poussait Boufflers aux
                                        [dragonnades.

★

Ne vous figurez pas, si Dieu lui-même accourt,
Que l'antique fureur de l'homme reste court,
Et recule devant la lumière céleste.
Au plus pur vent d'en haut elle mêle sa peste,
Elle mêle sa rage aux plus doux chants d'amour,
S'enfuit avec la nuit, mais rentre avec le jour.
Le progrès le plus vrai, le plus beau, le plus sage,
Le plus juste, subit son monstrueux passage.
L'aube ne peut chasser l'affreux spectre importun.
Cromwell frappe un tyran, Charles; il en reste un,
Cromwell. L'atroce meurt, l'atrocité subsiste.
Le bon sens, souriant et sévère exorciste,
Attaque ce vampire et n'en a pas raison.
Comme une sombre aïeule habitant la maison,
La barbarie a fait de nos cœurs ses repaires,
Et tient les fils après avoir tenu les pères.
L'idéal un jour naît sur l'ancien continent,
Tout un peuple ébloui se lève rayonnant,
Le quatorze juillet jette au vent les bastilles,
Les révolutions, ô Liberté, tes filles,
Se dressent sur les monts et sur les océans,
Et gagnent la bataille énorme des géants,
Toute la terre assiste à la fuite inouïe
Du passé, néant, nuit, larve, ombre évanouie!
L'inepte barbarie attente à ce laurier,
Et perd Torquemada, mais retrouve Carrier.
Elle se trouble peu de toute cette aurore.
La vaste ruche humaine, éveillée et sonore,
S'envole dans l'azur, travaille aux jours meilleurs,
Chante, et fait tous les miels avec toutes les fleurs;
La vieille âme du vieux Caïn, l'antique Haine
Est là, voit notre éden et songe à sa géhenne,
Ne veut pas s'interrompre et ne veut pas finir,
Rattache au vil passé l'éclatant avenir,
Et remplace, s'il manque un chaînon à sa chaîne,

Le père Letellier par le Père Duchêne ;
De sorte que Satan peut, avec les maudits,
Rire de notre essai manqué de paradis.
Eh bien, moi, je dis : Non ! tu n'es pas en démence,
Mon cœur, pour vouloir l'homme indulgent, bon,
                                    [immense ;
Pour crier : Sois clément ! sois clément ! sois
                                    [clément !
Et parce que ta voix n'a pas d'autre enrouement !

★

Tu n'es pas furieux parce que tu souhaites
Plus d'aube au cygne et moins de nuit pour les
                                    [chouettes ;
Parce que tu gémis sur tous les opprimés ;
Non, ce n'est pas un fou celui qui dit : Aimez !
Non, ce n'est pas errer et rêver que de croire
Que l'homme ne naît point avec une âme noire,
Que le bon est latent dans le pire, et qu'au fond
Peu de fautes vraiment sont de ceux qui les font.
L'homme est au mal ce qu'est à l'air le baromètre ;
Il marque les degrés du froid, sans rien omettre,
Mais sans rien ajouter, et, s'il monte ou descend,
Hélas ! la faute en est au vent, ce noir passant.
L'homme est le vain drapeau d'un sinistre édifice ;
Tout souffle qui frémit, flotte, serpente, glisse
Et passe, il le subit, et le pardon est dû
À ce haillon vivant dans les cieux éperdu.
Hommes, pardonnez-vous. Ô mes frères, vous êtes
Dans le vent, dans le gouffre obscur, dans les
                                    [tempêtes ;
Pardonnez-vous. Les cœurs saignent, les ans sont
                                    [courts ;
Ah ! donnez-vous les uns aux autres ce secours !
Oui, même quand j'ai fait le mal, quand je
                                    [trébuche

Et tombe, l'ombre étant la cause de l'embûche,
La nuit faisant l'erreur, l'hiver faisant le froid,
Être absous, pardonné, plaint, aimé, c'est mon
[droit.

Un jour, je vis passer une femme inconnue.
Cette femme semblait descendre de la nue ;
Elle avait sur le dos des ailes, et du miel
Sur sa bouche entr'ouverte, et dans ses yeux le ciel.
À des voyageurs las, à des errants sans nombre,
Elle montrait du doigt une route dans l'ombre,
Et semblait dire : On peut se tromper de chemin.
Son regard faisait grâce à tout le genre humain ;
Elle était radieuse et douce ; et, derrière elle,
Des monstres attendris venaient, baisant son aile,
Des lions graciés, des tigres repentants,
Nemrod sauvé, Néron en pleurs ; et par instants
À force d'être bonne elle paraissait folle.
Et, tombant à genoux, sans dire une parole,
Je l'adorai, croyant deviner qui c'était.
Mais elle, — devant l'ange en vain l'homme se tait, —
Vit ma pensée, et dit : Faut-il qu'on t'avertisse ?
Tu me crois la pitié ; fils, je suis la justice.

V

L'ÂME À LA POURSUITE DU VRAI

I

Je m'en irai dans les chars sombres
Du songe et de la vision ;
Dans la blême cité des ombres

Je passerai comme un rayon ;
J'entendrai leurs vagues huées ;
Je semblerai dans les nuées
Le grand échevelé de l'air ;
J'aurai sous mes pieds le vertige,
Et dans les yeux plus de prodige
Que le météore et l'éclair.

Je rentrerai dans ma demeure,
Dans le noir monde illimité.
Jetant à l'éternité l'heure
Et la terre à l'immensité,
Repoussant du pied nos misères,
Je prendrai le vrai dans mes serres
Et je me transfigurerai,
Et l'on ne verra plus qu'à peine
Un reste de lueur humaine
Trembler sous mon sourcil sacré.

Car je ne serai plus un homme ;
Je serai l'esprit ébloui
À qui le sépulcre se nomme,
À qui l'énigme répond : Oui.
L'ombre aura beau se faire horrible ;
Je m'épanouirai terrible,
Comme Élie à Gethsémani,
Comme le vieux Thalès de Grèce,
Dans la formidable allégresse
De l'abîme et de l'infini.

Je questionnerai le gouffre
Sur le secret universel,
Et le volcan, l'urne de soufre,
Et l'océan, l'urne de sel ;
Tout ce que les profondeurs savent,
Tout ce que les tourmentes lavent,
Je sonderai tout ; et j'irai

Jusqu'à ce que, dans les ténèbres,
Je heurte mes ailes funèbres
À quelqu'un de démesuré.

Parfois m'envolant jusqu'au faîte,
Parfois tombant de tout mon poids,
J'entendrai crier sur ma tête
Tous les cris de l'ombre à la fois,
Tous les noirs oiseaux de l'abîme,
L'orage, la foudre sublime,
L'âpre aquilon séditieux,
Tous les effrois qui, pêle-mêle,
Tourbillonnent, battant de l'aile,
Dans le précipice des cieux.

La Nuit pâle, immense fantôme
Dans l'espace insondable épars,
Du haut du redoutable dôme,
Se penchera de toutes parts ;
Je la verrai lugubre et vaine,
Telle que la vit Antisthène
Qui demandait aux vents : Pourquoi ?
Telle que la vit Épicure,
Avec des plis de robe obscure
Flottant dans l'ombre autour de moi.

— Homme ! la démence t'emporte,
Dira le nuage irrité.
— Prends-tu la nuit pour une porte ?
Murmurera l'obscurité.
L'espace dira : — Qui t'égare ?
Passeras-tu, barde, où Pindare
Et David ne sont point passés ?
— C'est ici, criera la tempête,
Qu'Hésiode a dit : Je m'arrête !
Qu'Ézéchiel a dit : Assez !

Mais tous les efforts des ténèbres
Sur mon essor s'épuiseront
Sans faire fléchir mes vertèbres
Et sans faire pâlir mon front ;
Au sphinx, au prodige, au problème,
J'apparaîtrai, monstre moi-même,
Être pour deux destins construit,
Ayant, dans la céleste sphère,
Trop de l'homme pour la lumière,
Et trop de l'ange pour la nuit.

II

L'ombre dit au poète : — Imite
Ceux que retient l'effroi divin ;
N'enfreins pas l'étrange limite
Que nul n'a violée en vain ;
Ne franchis pas l'obscure grève
Où la nuit, la tombe et le rêve
Mêlent leurs souffles inouïs,
Où l'abîme sans fond, sans forme,
Rapporte dans sa houle énorme
Les prophètes évanouis.

Tous les essais que tu peux faire
Sont inutiles et perdus.
Prends un culte ; choisis ; préfère ;
Tes vœux ne sont pas entendus ;
Jamais le mystère ne s'ouvre ;
La tranquille immensité couvre
Celui qui devant Dieu s'enfuit
Et celui qui vers Dieu s'élance
D'une égalité de silence
Et d'une égalité de nuit.

Va sur l'Olympe où Stésichore,
Cherchant Jupiter, le trouva ;

Va sur l'Horeb qui fume encore
Du passage de Jéhovah;
Ô songeur, ce sont là des cimes,
De grands buts, des courses sublimes...
On en revient désespéré,
Honteux, au fond de l'ombre noire,
D'avoir abdiqué jusqu'à croire!
Indigné d'avoir adoré!

L'Olympien est de la brume;
Le Sinaïque est de la nuit.
Nulle part l'astre ne s'allume,
Nulle part l'ombre ne bleuit.
Que l'homme vive et s'en contente;
Qu'il reste l'homme; qu'il ne tente
Ni l'obscurité, ni l'éther;
Sa flamme à la fange est unie,
L'homme est pour le ciel un génie,
Mais l'homme est pour la terre un ver.
L'homme a Dante, Shakespeare, Homère;
Ses arts sont un trépied fumant;
Mais prétend-il de sa chimère
Illuminer le firmament?
C'est toujours quelque ancienne idée
De l'Élide ou de la Chaldée
Que l'âge nouveau rajeunit.
Parce que tu luis dans ta sphère,
Esprit humain, crois-tu donc faire
De la flamme jusqu'au Zénith!

Après Socrate et le Portique,
Sans t'en douter, tu mets le feu
À la même chimère antique
Dont l'Inde ou Rome ont fait un dieu;
Comme cet Éson de la fable,
Tu retrempes dans l'ineffable,
Dans l'absolu, dans l'infini,

Quelque Ammon d'Égypte ou de Grèce,
Ce qu'avant toi maudit Lucrèce,
Ce qu'avant toi Job a béni.

Tu prends quelque être imaginaire,
Vieux songe de l'humanité,
Et tu lui donnes le tonnerre,
L'auréole, l'éternité.
Tu le fais, tu le renouvelles ;
Puis, tremblant, tu te le révèles,
Et tu frémis en le créant ;
Et, lui prêtant vie, abondance,
Sagesse, bonté, providence,
Tu te chauffes à ce néant !

Sous quelque mythe qu'il s'enferme,
Songeur, il n'est point de Baal
Qui ne contienne en lui le germe
D'un éblouissant idéal ;
De même qu'il n'est pas d'épine,
Pas d'arbre mort dans la ruine,
Pas d'impur chardon dans l'égout,
Qui, si l'étincelle le touche,
Ne puisse, dans l'âtre farouche,
Faire une aurore tout à coup !

Vois dans les forêts la broussaille,
Culture abjecte du hasard ;
Déguenillée, elle tressaille
Au glissement froid du lézard ;
Jette un charbon, ce houx sordide
Va s'épanouir plus splendide
Que la tunique d'or des rois ;
L'éclair sort de la ronce infâme ;
Toutes les pourpres de la flamme ;
Dorment dans ce haillon des bois.

Comme un enfant qui s'émerveille
De tirer, à travers son jeu,
Une splendeur gaie et vermeille
Du vil sarment qu'il jette au feu,
Tu concentres toute la flamme
De ce que peut rêver ton âme
Sur le premier venu des dieux,
Puis tu t'étonnes, ô poussière,
De voir sortir une lumière
De cet Irmensul monstrueux.

À la vague étincelle obscure
Que tu tires d'un Dieu pervers,
Tu crois raviver la nature,
Tu crois réchauffer l'univers ;
Ô nain, ton orgueil s'imagine
Avoir retrouvé l'origine,
Que tous vont s'aimer désormais,
Qu'on va vaincre les nuits immondes,
Et tu dis : La lueur des mondes
Va flamboyer sur les sommets !

Tu crois voir une aube agrandie
S'élargir sous le firmament
Parce que ton rêve incendie
Un Dieu, qui rayonne un moment.
Non. Tout est froid. L'horreur t'enlace.
Tout est l'affreux temple de glace,
Morne à Delphes, sombre à Béthel.
Tu fais à peine, esprit frivole,
En brûlant le bois de l'idole,
Tiédir la pierre de l'autel.

III

Je laisse ces paroles sombres
Passer sur moi sans m'émouvoir

Comme on laisse dans les décombres
Frissonner les branches le soir;
J'irai, moi le curieux triste;
J'ai la volonté qui persiste;
L'énigme traître a beau gronder;
Je serai, dans les brumes louches,
Dans les crépuscules farouches,
La face qui vient regarder.

Vie et mort! ô gouffre! Est-ce un piège
La fleur qui s'ouvre et se flétrit,
L'atome qui se désagrège,
Le néant qui se repétrit?
Quoi! rien ne marche! rien n'avance!
Pas de moi! Pas de survivance!
Pas de lien! Pas d'avenir!
C'est pour rien, ô tombes ouvertes,
Qu'on entend vers les découvertes
Les chevaux du rêve hennir!

Est-ce que la nature enferme
Pour des avortements bâtards
L'élément, l'atome, le germe,
Dans le cercle des avatars?
Que serait donc ce monde immense,
S'il n'avait pas la conscience
Pour lumière et pour attribut?
Épouvantable échelle noire
De renaissances sans mémoire
Dans une ascension sans but!

La larve du spectre suivie,
Ce serait tout! Quoi donc! ô sort,
J'aurais un devoir dans la vie
Sans avoir un droit dans la mort!
Depuis la pierre jusqu'à l'ange,

Qu'est-ce alors que ce vain mélange
D'êtres dans l'obscur tourbillon?
L'aube est-elle sincère ou fausse?
Naître, est-ce vivre? En quoi la fosse
Diffère-t-elle du sillon?

— Mange le pain, je mange l'homme,
Dit Tibère. A-t-il donc raison?
Satan la femme, Ève la pomme,
Est-ce donc la même moisson?
Nemrod souffle comme la bise;
Gengis le sabre au poing, Cambyse
Avec un flot d'hommes démons,
Tue, extermine, écrase, opprime,
Et ne commet pas plus de crime
Qu'un roc roulant du haut des monts!

Oh non! la vie au noir registre,
Parmi le genre humain troublé,
Passe, inexplicable et sinistre,
Ainsi qu'un espion voilé;
Grands et petits, les fous, les sages,
S'en vont, nommés dans les messages
Qu'elle jette au ciel triste ou bleu;
Malheur aux méchants! et la tombe
Est la bouche de bronze où tombe
Tout ce qu'elle dénonce à Dieu.

— Mais ce Dieu même, je le nie;
Car il aurait, ô vain croyant,
Créé sa propre calomnie
En créant ce monde effrayant. —
Ainsi parle, calme et funèbre,
Le doute appuyé sur l'algèbre;
Et moi qui sens frémir mes os,
Allant des langes aux suaires,

Je regarde les ossuaires
Et je regarde les berceaux.

Mort et vie! énigmes austères!
Dessous est la réalité.
C'est là que les Kants, les Voltaires,
Les Euclides ont hésité.
Eh bien! j'irai, moi qui contemple,
Jusqu'à ce que, perçant le temple,
Et le dogme, ce double mur,
Mon esprit découvre et dévoile
Derrière Jupiter l'étoile,
Derrière Jéhovah l'azur!

Car il faut qu'enfin on rencontre
L'indestructible vérité,
Et qu'un front de splendeur se montre
Sous ces masques d'obscurité;
La nuit tâche, en sa noire envie,
D'étouffer le germe de vie,
De toute-puissance et de jour,
Mais moi, le croyant de l'aurore,
Je forcerai bien Dieu d'éclore
À force de joie et d'amour!

Est-ce que vous croyez que l'ombre
A quelque chose à refuser
Au dompteur du temps et du nombre,
À celui qui veut tout oser,
Au poète qu'emporte l'âme,
Qui combat dans leur culte infâme
Les payens comme les hébreux,
Et qui, la tête la première,
Plonge, éperdu, dans la lumière,
À travers leur dieu ténébreux!

LES CHANSONS
DES RUES ET DES BOIS

À un certain moment de la vie, si occupé qu'on soit de l'avenir, la pente à regarder en arrière est irrésistible. Notre adolescence, cette morte charmante, nous apparaît, et veut qu'on pense à elle. C'est d'ailleurs une sérieuse et mélancolique leçon que la mise en présence de deux âges dans le même homme, de l'âge qui commence et de l'âge qui achève ; l'un espère dans la vie, l'autre dans la mort.

Il n'est pas inutile de confronter le point de départ avec le point d'arrivée, le frais tumulte du matin avec l'apaisement du soir, et l'illusion avec la conclusion.

Le cœur de l'homme a un recto sur lequel est écrit *Jeunesse*, et un verso sur lequel est écrit *Sagesse*. C'est ce recto et ce verso qu'on trouvera dans ce livre.

La réalité est dans ce livre, modifiée par tout ce qui dans l'homme va au-delà du réel. Ce livre est écrit beaucoup avec le rêve, un peu avec le souvenir.

Rêver est permis aux vaincus ; se souvenir est permis aux solitaires.

Hauteville-House, octobre 1865.

LE CHEVAL

LE CHEVAL

Je l'avais saisi par la bride ;
Je tirais, les poings dans les nœuds,
Ayant dans les sourcils la ride
De cet effort vertigineux.

C'était le grand cheval de gloire,
Né de la mer comme Astarté,
À qui l'aurore donne à boire
Dans les urnes de la clarté ;

L'alérion aux bonds sublimes,
Qui se cabre, immense, indompté,
Plein du hennissement des cimes,
Dans la bleue immortalité.

Tout génie, élevant sa coupe,
Dressant sa torche, au fond des cieux,
Superbe, a passé sur la croupe
De ce monstre mystérieux.

Les poètes et les prophètes,
Ô terre, tu les reconnais
Aux brûlures que leur ont faites
Les étoiles de son harnais.

Il souffle l'ode, l'épopée,
Le drame, les puissants effrois,
Hors des fourreaux les coups d'épée,
Les forfaits hors du cœur des rois.

Père de la source sereine,
Il fait du rocher ténébreux
Jaillir pour les Grecs Hippocrène
Et Raphidim pour les Hébreux.

Il traverse l'Apocalypse;
Pâle, il a la mort sur son dos.
Sa grande aile brumeuse éclipse
La lune devant Ténédos.

Le cri d'Amos, l'humeur d'Achille
Gonfle sa narine et lui sied;
La mesure du vers d'Eschyle,
C'est le battement de son pied.

Sur le fruit mort il penche l'arbre,
Les mères sur l'enfant tombé;
Lugubre, il fait Rachel de marbre,
Il fait de pierre Niobé.

Quand il part, l'idée est sa cible;
Quand il se dresse, crins au vent,
L'ouverture de l'impossible
Luit sous ses deux pieds de devant.

Il défie Éclair à la course;
Il a le Pinde, il aime Endor;
Fauve, il pourrait relayer l'Ourse
Qui traîne le Chariot d'or.

Il plonge au noir zénith; il joue
Avec tout ce qu'on peut oser;

Le zodiaque, énorme roue,
A failli parfois l'écraser.

Dieu fit le gouffre à son usage.
Il lui faut les cieux non frayés,
L'essor fou, l'ombre, et le passage
Au-dessus des pics foudroyés.

Dans les vastes brumes funèbres
Il vole, il plane; il a l'amour
De se ruer dans les ténèbres
Jusqu'à ce qu'il trouve le jour.

Sa prunelle sauvage et forte
Fixe sur l'homme, atome nu,
L'effrayant regard qu'on rapporte
De ces courses dans l'inconnu.

Il n'est docile, il n'est propice
Qu'à celui qui, la lyre en main,
Le pousse dans le précipice,
Au-delà de l'esprit humain.

Son écurie, où vit la fée,
Veut un divin palefrenier;
Le premier s'appelait Orphée;
Et le dernier, André Chénier.

Il domine notre âme entière;
Ezéchiel sous le palmier
L'attend, et c'est dans sa litière
Que Job prend son tas de fumier.

Malheur à celui qu'il étonne
Ou qui veut jouer avec lui!

Il ressemble au couchant d'automne
Dans son inexorable ennui.

Plus d'un sur son dos se déforme;
Il hait le joug et le collier;
Sa fonction est d'être énorme
Sans s'occuper du cavalier.

Sans patience et sans clémence,
Il laisse, en son vol effréné,
Derrière sa ruade immense
Malebranche désarçonné.

Son flanc ruisselant d'étincelles
Porte le reste du lien
Qu'ont tâché de lui mettre aux ailes
Despréaux et Quintilien.

Pensif, j'entraînais loin des crimes,
Des dieux, des rois, de la douleur,
Ce sombre cheval des abîmes
Vers le pré de l'idylle en fleur.

Je le tirais vers la prairie
Où l'aube, qui vient s'y poser,
Fait naître l'églogue attendrie
Entre le rire et le baiser.

C'est là que croît, dans la ravine
Où fuit Plaute, où Racan se plaît,
L'épigramme, cette aubépine,
Et ce trèfle, le triolet.

C'est là que l'abbé Chaulieu prêche,
Et que verdit sous les buissons
Toute cette herbe tendre et fraîche
Où Segrais cueille ses chansons.

Le cheval luttait; ses prunelles,
Comme le glaive et l'yatagan,
Brillaient; il secouait ses ailes
Avec des souffles d'ouragan.

Il voulait retourner au gouffre;
Il reculait, prodigieux,
Ayant dans ses naseaux le soufre
Et l'âme du monde en ses yeux.

Il hennissait vers l'invisible;
Il appelait l'ombre au secours;
À ses appels le ciel terrible
Remuait des tonnerres sourds.

Les bacchantes heurtaient leurs cistres,
Les sphinx ouvraient leurs yeux profonds;
On voyait, à leurs doigts sinistres,
S'allonger l'ongle des griffons.

Les constellations en flamme
Frissonnaient à son cri vivant
Comme dans la main d'une femme
Une lampe se courbe au vent.

Chaque fois que son aile sombre
Battait le vaste azur terni,
Tous les groupes d'astres de l'ombre
S'effarouchaient dans l'infini.

Moi, sans quitter la plate-longe,
Sans le lâcher, je lui montrais
Le pré charmant, couleur de songe,
Où le vers rit sous l'antre frais.

Je lui montrais le champ, l'ombrage,
Les gazons par juin attiédis ;
Je lui montrais le pâturage
Que nous appelons paradis.

— Que fais-tu là ? me dit Virgile.
Et je répondis, tout couvert
De l'écume du monstre agile :
— Maître, je mets Pégase au vert.

JEUNESSE

I
FLORÉAL

I

ORDRE DU JOUR DE FLORÉAL

Victoire, amis ! je dépêche
En hâte et de grand matin
Une strophe toute fraîche
Pour crier le bulletin.

J'embouche sur la montagne
La trompette aux longs éclats ;
Sachez que le printemps gagne
La bataille des lilas.

Jeanne met dans sa pantoufle
Son pied qui n'est plus frileux ;
Et voici qu'un vaste souffle
Emplit les abîmes bleus.

L'oiseau chante, l'agneau broute ;
Mai, poussant des cris railleurs,
Crible l'hiver en déroute
D'une mitraille de fleurs.

II

Orphée, aux bois du Caystre,
Écoutait, quand l'astre luit,
Le rire obscur et sinistre
Des inconnus de la nuit.

Phtas, la sibylle thébaine,
Voyait près de Phygalé
Danser des formes d'ébène
Sur l'horizon étoilé.

Eschyle errait à la brune
En Sicile, et s'enivrait
Des flûtes du clair de lune
Qu'on entend dans la forêt.

Pline, oubliant toutes choses
Pour les nymphes de Milet,
Épiait leurs jambes roses
Quand leur robe s'envolait.

Plaute, rôdant à Viterbe
Dans les vergers radieux,
Ramassait parfois dans l'herbe
Des fruits mordus par les dieux.

Versaille est un lieu sublime
Où le faune, un pied dans l'eau,
Offre à Molière la rime,
Étonnement de Boileau.

Le vieux Dante, à qui les âmes
Montraient leur sombre miroir,
Voyait s'évader des femmes
Entre les branches le soir.

André Chénier sous les saules
Avait l'éblouissement
De ces fuyantes épaules

Dont Virgile fut l'amant.
Shakespeare, aux aguets derrière
Le chêne aux rameaux dormants,
Entendait dans la clairière
De vagues trépignements.

Ô feuillage, tu m'attires;
Un dieu t'habite; et je crois
Que la danse des satyres
Tourne encore au fond des bois.

III

ΨΥΧΗ

Psyché dans ma chambre est entrée,
Et j'ai dit à ce papillon :
— « Nomme-moi la chose sacrée.
« Est-ce l'ombre? est-ce le rayon?

« Est-ce la musique des lyres?
« Est-ce le parfum de la fleur?
« Quel est entre tous les délires
« Celui qui fait l'homme meilleur?

« Quel est l'encens? quelle est la flamme?
« Et l'organe de l'avatar,
« Et pour les souffrants le dictame,
« Et pour les heureux le nectar?

« Enseigne-moi ce qui fait vivre,
« Ce qui fait que l'œil brille et voit!
« Enseigne-moi l'endroit du livre
« Où Dieu pensif pose son doigt.

« Qu'est-ce qu'en sortant de l'Erèbe
« Dante a trouvé de plus complet ?
« Quel est le mot des sphinx de Thèbe
« Et des ramiers du Paraclet ?

« Quelle est la chose, humble et superbe,
« Faite de matière et d'éther,
« Où Dieu met le plus de son verbe
« Et l'homme le plus de sa chair ?

« Quel est le pont que l'esprit montre,
« La route de la fange au ciel,
« Où Vénus Astarté rencontre
« À mi-chemin Ithuriel ?

« Quelle est la clef splendide et sombre,
« Comme aux élus chère aux maudits,
« Avec laquelle on ferme l'ombre
« Et l'on ouvre le paradis ?

« Qu'est-ce qu'Orphée et Zoroastre,
« Et Christ que Jean vint suppléer,
« En mêlant la rose avec l'astre,
« Auraient voulu pouvoir créer ?

« Puisque tu viens d'en haut, déesse,
« Ange, peut-être le sais-tu ?
« Ô Psyché ! quelle est la sagesse ?
« Ô Psyché ! quelle est la vertu ?

« Qu'est-ce que, pour l'homme et la terre,
« L'infini sombre a fait de mieux ?
« Quel est le chef-d'œuvre du père ?
« Quel est le grand éclair des cieux ? »

Posant sur mon front, sous la nue,
Ses ailes qu'on ne peut briser,
Entre lesquelles elle est nue,
Psyché m'a dit : C'est le baiser.

IV

LE POÈTE BAT AUX CHAMPS

I

Aux champs, compagnons et compagnes !
Fils, j'élève à la dignité
De géorgiques les campagnes
Quelconques où flambe l'été !

Flamber, c'est là toute l'histoire
Du cœur, des sens, de la saison,
Et de la pauvre mouche noire
Que nous appelons la raison.

Je te fais molosse, ô mon dogue !
L'acanthe manque ? j'ai le thym.
Je nomme Vaugirard églogue ;
J'installe Amyntas à Pantin.

La nature est indifférente
Aux nuances que nous créons
Entre Gros-Guillaume et Dorante ;
Tout pampre a ses Anacréons.

L'idylle volontiers patoise.
Et je ne vois point que l'oiseau
Préfère Haliarte à Pontoise
Et Coronée à Palaiseau.

Les plus beaux noms de la Sicile
Et de la Grèce ne font pas
Que l'âne au fouet soit plus docile,
Que l'amour fuie à moins grands pas.

Les fleurs sont à Sèvre aussi fraîches
Que sur l'Hybla, cher au sylvain;
Montreuil mérite avec ses pêches
La garde du dragon divin.

Marton nue est Phyllis sans voiles;
Fils, le soir n'est pas plus vermeil,
Sous son chapeau d'ombre et d'étoiles,
À Banduse qu'à Montfermeil.

Bercy pourrait griser sept Sages;
Les Auteuils sont fils des Tempés;
Si l'Ida sombre a des nuages,
La guinguette a des canapés.

Rien n'est haut ni bas; les fontaines
Lavent la pourpre et le sayon;
L'aube d'Ivry, l'aube d'Athènes,
Sont faites du même rayon.

J'ai déjà dit parfois ces choses,
Et toujours je les redirai;
Car du fond de toutes les proses
Peut s'élancer le vers sacré.

Si Babet a la gorge ronde,
Babet égale Pholoé.
Comme Chypre la Beauce est blonde.
Larifla descend d'Evohé.

Toinon, se baignant sur la grève,
À plus de cheveux sur le dos
Que la Callyrhoé qui rêve
Dans le grand temple d'Abydos.

Çà, que le bourgeois fraternise
Avec les satyres cornus !
Amis, le corset de Denise
Vaut la ceinture de Vénus.

II

Donc, fuyons Paris ! plus de gêne !
Bergers, plantons là Tortoni !
Allons boire à la coupe pleine
Du printemps, ivre d'infini.

Allons fêter les fleurs exquises,
Partons ! quittons, joyeux et fous,
Pour les dryades, les marquises,
Et pour les faunes, les voyous !

Plus de bouquins, point de gazettes !
Je hais cette submersion.
Nous irons cueillir des noisettes
Dans l'été, fraîche vision.

La banlieue, amis, peut suffire.
La fleur, que Paris souille, y naît.
Flore y vivait avec Zéphyre
Avant de vivre avec Brunet.

Aux champs les vers deviennent strophes.
À Paris l'étang, c'est l'égout.
Je sais qu'il est des philosophes
Criant très haut : — « Lutèce est tout !

« Les champs ne valent pas la ville ! »
Fils, toujours le bon sens hurla
Quand Voltaire à Damilaville
Dit ces calembredaines-là.

III

Aux champs, la nuit est vénérable,
Le jour rit d'un rire enfantin ;
Le soir berce l'orme et l'érable,
Le soir est beau ; mais le matin,

Le matin, c'est la grande fête ;
C'est l'auréole où la nuit fond,
Où le diplomate a l'air bête,
Où le bouvier a l'air profond.

La fleur d'or du pré d'azur sombre,
L'astre, brille au ciel clair encor ;
En bas, le bleuet luit dans l'ombre,
Étoile bleue en un champ d'or.

L'oiseau court, les taureaux mugissent ;
Les feuillages sont enchantés ;
Les cercles du vent s'élargissent
Dans l'ascension des clartés.

L'air frémit ; l'onde est plus sonore ;
Toute âme entrouvre son secret ;
L'univers croit, quand vient l'aurore,
Que sa conscience apparaît.

IV

Quittons Paris et ses casernes.
Plongeons-nous, car les ans sont courts,

Jusqu'aux genoux dans les luzernes
Et jusqu'au cœur dans les amours.

Joignons les baisers aux spondées;
Souvenons-nous que le hautbois
Donnait à Platon des idées
Voluptueuses, dans les bois.

Vanve a d'indulgentes prairies;
Ville-d'Avray ferme les yeux
Sur les douces gamineries
Des cupidons mystérieux.

Là, les Jeux, les Ris et les Farces
Poursuivent, sous les bois flottants,
Les chimères de joie éparses
Dans la lumière du printemps.

L'onde à Triel est bucolique;
Asnière a des flux et reflux
Où vogue l'adorable clique
De tous ces petits dieux joufflus.

Le sel attique et l'eau de Seine
Se mêlent admirablement.
Il n'est qu'une chose malsaine,
Jeanne, c'est d'être sans amant.

Que notre ivresse se signale!
Allons où Pan nous conduira.
Ressuscitons la bacchanale,
Cette aïeule de l'opéra.

Laissons, et même envoyons paître
Les bœufs, les chèvres, les brebis,
La raison, le garde champêtre!
Fils, avril chante, crions bis!

Qu'à Gif, grâce à nous, le notaire
Et le marguillier soient émus,
Fils, et qu'on entende à Nanterre
Les vagues flûtes de l'Hémus !

Acclimatons Faune à Vincenne,
Sans pourtant prendre pour conseil
L'immense Aristophane obscène,
Effronté comme le soleil.

Rions du maire, ou de l'édile ;
Et mordons, en gens convaincus,
Dans cette pomme de l'idylle
Où l'on voit les dents de Moschus.

V

INTERRUPTION

À UNE LECTURE DE PLATON

Je lisais Platon. — J'ouvris
La porte de ma retraite,
Et j'aperçus Lycoris,
C'est-à-dire Turlurette.

Je n'avais pas dit encor
Un seul mot à cette belle.
Sous un vague plafond d'or
Mes rêves battaient de l'aile.

La belle, en jupon gris-clair,
Montait l'escalier sonore ;

Ses frais yeux bleus avaient l'air
De revenir de l'aurore.

Elle chantait un couplet
D'une chanson de la rue
Qui dans sa bouche semblait
Une lumière apparue.

Son front éclipsa Platon.
Ô front céleste et frivole!
Un ruban sous son menton
Rattachait son auréole.

Elle avait l'accent qui plaît,
Un foulard pour cachemire,
Dans sa main son pot au lait,
Des flammes dans son sourire.

Et je lui dis (le Phédon
Donne tant de hardiesse!) :
— Mademoiselle, pardon,
Ne seriez-vous pas déesse?

VI

Quand les guignes furent mangées,
Elle s'écria tout à coup :
— J'aimerais bien mieux des dragées.
Est-il ennuyeux, ton Saint-Cloud!

On a grand-soif; au lieu de boire,
On mange des cerises; voi,

C'est joli, j'ai la bouche noire
Et j'ai les doigts bleus; laisse-moi. —

Elle disait cent autres choses,
Et sa douce main me battait.
Ô mois de juin! rayons et roses!
L'azur chante et l'ombre se tait.

J'essuyai, sans trop lui déplaire,
Tout en la laissant m'accuser,
Avec des fleurs sa main colère,
Et sa bouche avec un baiser.

VII

GENIO LIBRI

Ô toi qui dans mon âme vibres,
Ô mon cher esprit familier,
Les espaces sont clairs et libres;
J'y consens, défais ton collier,

Mêle les dieux, confonds les styles,
Accouple au pœan les agnus;
Fais dans les grands cloîtres hostiles
Danser les nymphes aux seins nus.

Sois de France, sois de Corinthe,
Réveille au bruit de ton clairon
Pégase fourbu qu'on éreinte
Au vieux coche de Campistron.

Tresse l'acanthe et la liane;
Grise l'augure avec l'abbé;

Que David contemple Diane,
Qu'Actéon guette Bethsabé.

Du nez de Minerve indignée
Au crâne chauve de saint Paul
Suspends la toile d'araignée
Qui prendra les rimes au vol.

Fais rire Marion courbée
Sur les œgipans ahuris.
Cours, saute, emmène Alphésibée
Souper au Café de Paris.

Sois gai, hardi, glouton, vorace;
Flâne, aime; sois assez coquin
Pour rencontrer parfois Horace
Et toujours éviter Berquin.

Peins le nu d'après l'Homme antique,
Païen et biblique à la fois,
Constate la pose plastique
D'Ève ou de Rhée au fond des bois.

Des amours observe la mue.
Défais ce que les pédants font,
Et, penché sur l'étang, remue
L'art poétique jusqu'au fond.

Trouble La Harpe, ce coq d'Inde,
Et Boileau, dans leurs sanhédrins;
Saccage tout; jonche le Pinde
De césures d'alexandrins.

Prends l'abeille pour sœur jumelle;
Aie, ô rôdeur du frais vallon,
Un alvéole à miel, comme elle,
Et, comme elle, un brave aiguillon.

Plante là toute rhétorique,
Mais au vieux bon sens fais écho;
Monte en croupe sur la bourrique,
Si l'ânier s'appelle Sancho.

Qu'Argenteuil soit ton Pausilippe.
Sois un peu diable, et point démon,
Joue, et pour Fanfan la Tulipe
Quitte Ajax fils de Télamon.

Invente une églogue lyrique
Prenant terre au bois de Meudon,
Où le vers danse une pyrrhique
Qui dégénère en rigodon.

Si Loque, Coche, Graille et Chiffe
Dans Versailles viennent à toi,
Présente galamment la griffe
À ces quatre filles de roi.

Si Junon s'offre, fais ta tâche;
Fête Aspasie, admets Ninon;
Si Goton vient, sois assez lâche
Pour rire et ne pas dire : Non.

Sois le chérubin et l'éphèbe.
Que ton chant libre et disant tout
Vole, et de la lyre de Thèbe
Aille au mirliton de Saint-Cloud.

Qu'en ton livre, comme au bocage,
On entende un hymne, et jamais
Un bruit d'ailes dans une cage!
Rien des bas-fonds, tout des sommets!

Fais ce que tu voudras, qu'importe !
Pourvu que le vrai soit content ;
Pourvu que l'alouette sorte
Parfois de ta strophe en chantant ;

Pourvu que Paris où tu soupes
N'ôte rien à ton naturel ;
Que les déesses dans tes groupes
Gardent une lueur du ciel ;

Pourvu que la luzerne pousse
Dans ton idylle, et que Vénus
Y trouve une épaisseur de mousse
Suffisante pour ses pieds nus ;

Pourvu que Grimod la Reynière
Signale à Brillat-Savarin
Une senteur de cressonnière
Mêlée à ton hymne serein ;

Pourvu qu'en ton poème tremble
L'azur réel des claires eaux ;
Pourvu que le brin d'herbe y semble
Bon au nid des petits oiseaux ;

Pourvu que Psyché soit baisée
Par ton souffle aux cieux réchauffé ;
Pourvu qu'on sente la rosée
Dans ton vers qui boit du café.

II

LES COMPLICATIONS
DE L'IDÉAL

I

PAULO MINORA CANAMUS

À UN AMI

C'est vrai, pour un instant je laisse
Tous nos grands problèmes profonds;
Je menais des monstres en laisse,
J'errais sur le char des griffons.

J'en descends; je mets pied à terre;
Plus tard, demain, je pousserai
Plus loin encor dans le mystère
Les strophes au vol effaré.

Mais l'aigle aujourd'hui me distance;
(Sois tranquille, aigle, on t'atteindra)
Ma strophe n'est plus qu'une stance;
Meudon remplace Denderah.

Je suis avec l'onde et le cygne,
Dans les jasmins, dans floréal,
Dans juin, dans le blé, dans la vigne,
Dans le grand sourire idéal.

Je sors de l'énigme et du songe.
La mort, le joug, le noir, le bleu,
L'échelle des êtres qui plonge
Dans ce gouffre qu'on nomme Dieu;

Les vastes profondeurs funèbres,
L'abîme infinitésimal,
La sombre enquête des ténèbres,
Le procès que je fais au mal;

Mes études sur tout le bagne,
Sur les Juifs, sur les Esclavons;
Mes visions sur la montagne;
J'interromps tout cela; vivons.

J'ajourne cette œuvre insondable;
J'ajourne Méduse et Satan;
Et je dis au sphinx formidable:
Je parle à la rose, va-t'en.

Ami, cet entracte te fâche.
Qu'y faire? les bois sont dorés;
Je mets sur l'affiche: Relâche;
Je vais rire un peu dans les prés.

Je m'en vais causer dans la loge
D'avril, ce portier de l'été.
Exiges-tu que j'interroge
Le bleuet sur l'éternité?

Faut-il qu'à l'abeille en ses courses,
Au lys, au papillon qui fuit,
A la transparence des sources,
Je montre le front de la nuit?

Faut-il, effarouchant les ormes,
Les tilleuls, les joncs, les roseaux,
Pencher les problèmes énormes
Sur le nid des petits oiseaux?

Mêler l'abîme à la broussaille ?
Mêler le doute à l'aube en pleurs ?
Quoi donc ! ne veux-tu pas que j'aille
Faire la grosse voix aux fleurs ?

Sur l'effrayante silhouette
Des choses que l'homme entrevoit,
Vais-je interpeller l'alouette
Perchée aux tuiles de mon toit ?

Ne serai-je pas à cent lieues
Du bon sens, le jour où j'irai
Faire expliquer aux hochequeues
Le latin du Dies Iræ ?

Quand, de mon grenier, je me penche
Sur la laveuse qu'on entend,
Joyeuse, dans l'écume blanche
Plonger ses coudes en chantant,

Veux-tu que, contre cette sphère
De l'infini sinistre et nu
Où saint Jean frémissant vient faire
Des questions à l'Inconnu,

Contre le globe âpre et sans grèves,
Sans bornes, presque sans espoir,
Où la vague foudre des rêves
Se prolonge dans le ciel noir.

Contre l'astre et son auréole,
Contre l'immense que-sait-on,
Je heurte la bulle qui vole
Hors du baquet de Jeanneton ?

II

RÉALITÉ

La nature est partout la même,
À Gonesse comme au Japon.
Mathieu Dombasle est Triptolème ;
Une chlamyde est un jupon.

Lavallière dans son carrosse,
Pour Louis ou pour Mars épris,
Était tout juste aussi féroce
Qu'en son coquillage Cypris.

Ô fils et frères, ô poètes,
Quand la chose est, dites le mot.
Soyez de purs esprits, et faites.
Rien n'est bas quand l'âme est en haut.

Un hoquet à Silène échappe
Parmi les roses de Pœstum.
Quand Horace étale Priape.
Shakspeare peut risquer Bottom.

La vérité n'a pas de bornes.
Grâce au grand Pan, dieu bestial,
Fils, le réel montre ses cornes
Sur le front bleu de l'idéal.

III

EN SORTANT DU COLLÈGE

PREMIÈRE LETTRE

Puisque nous avons seize ans,
Vivons, mon vieux camarade,
Et cessons d'être innocents ;
Car c'est là le premier grade.

Vivre c'est aimer. Apprends
Que, dans l'ombre où nos cœurs rêvent,
J'ai vu deux yeux bleus, si grands
Que tous les astres s'y lèvent.

Connais-tu tous ces bonheurs?
Faire des songes féroces,
Envier les grands seigneurs
Qui roulent dans des carrosses,

Avoir la fièvre, enrager,
Être un cœur saignant qui s'ouvre,
Souhaiter d'être un berger
Ayant pour cahute un Louvre,

Sentir, en mangeant son pain
Comme en ruminant son rêve,
L'amertume du pépin
De la sombre pomme d'Ève;

Être amoureux, être fou,
Être un ange égal aux oies,
Être un forçat sous l'écrou;
Eh bien, j'ai toutes ces joies!

Cet être mystérieux
Qu'on appelle une grisette
M'est tombé du haut des cieux.
Je souffre. J'ai la recette.

Je sais l'art d'aimer; j'y suis
Habile et fort au point d'être
Stupide, et toutes les nuits
Accoudé sur ma fenêtre.

DEUXIÈME LETTRE

Elle habite en soupirant
La mansarde mitoyenne.
Parfois sa porte, en s'ouvrant,
Pousse le coude à la mienne.

Elle est fière; parlons bas.
C'est une forme azurée
Qui, pour ravauder des bas,
Arrive de l'empyrée.

J'y songe quand le jour naît,
J'y rêve quand le jour baisse.
Change en casque son bonnet,
Tu croirais voir la Sagesse.

Sa cuirasse est un madras;
Elle sort avec la ruse
D'avoir une vieille au bras
Qui lui tient lieu de Méduse.

On est sens dessus dessous
Rien qu'à voir la mine altière
Dont elle prend pour deux sous
De persil chez la fruitière.

Son beau regard transparent
Est grave sans airs moroses.
On se la figure errant
Dans un bois de lauriers-roses.

Pourtant, comme nous voyons
Que parfois de ces Palmyres
Il peut tomber des rayons,
Des baisers et des sourires;

Un drôle, un étudiant,
Rôde sous ces chastes voiles ;
Je hais fort ce mendiant
Qui tend la main aux étoiles.

Je ne sors plus de mon trou.
L'autre jour, étant en verve,
Elle m'appela : Hibou.
Je lui répondis : Minerve.

IV

PAUPERTAS

Être riche n'est pas l'affaire ;
Toute l'affaire est de charmer ;
Du palais le grenier diffère
En ce qu'on y sait mieux aimer.

L'aube au seuil, un grabat dans l'angle ;
Un éden peut être un taudis ;
Le craquement du lit de sangle
Est un des bruits du paradis.

Moins de gros sous, c'est moins de rides.
L'or de moins, c'est le doute ôté.
Jamais l'amour, ô cieux splendides !
Ne s'éraille à la pauvreté.

À quoi bon vos trésors mensonges
Et toutes vos piastres en tas,
Puisque le plafond bleu des songes
S'ajuste à tous les galetas !

Croit-on qu'au Louvre on se débraille
Comme dans mon bouge vainqueur,

Et que l'éclat de la muraille
S'ajoute aux délices du cœur ?

La terre, que gonfle la sève,
Est un lieu saint, mystérieux,
Sublime, où la nudité d'Ève
Éclipse tout, hormis les cieux.

L'opulence est vaine, et s'oublie
Dès que l'idéal apparaît,
Et quand l'âme est d'extase emplie
Comme de souffles la forêt.

Horace est pauvre avec Lydie ;
Les amours ne sont point accrus
Par le marbre de Numidie
Qui pave les bains de Scaurus.

L'amour est la fleur des prairies.
Ô Virgile, on peut être Églé
Sans traîner dans les Tuileries
Des flots de velours épinglé.

Femmes, nos vers qui vous défendent,
Point avares et point pédants,
Pour vous chanter, ne vous demandent
Pas d'autres perles que vos dents.

Femmes, ni Chénier ni Properce
N'ajoutent la condition
D'une alcôve tendue en perse
À vos yeux, d'où sort le rayon.

Une Madelon bien coiffée,
Blanche et limpide, et riant frais,

Sera pour Perrault une fée,
Une dryade pour Segrais.

Suzon qui, tresses dénouées,
Chante en peignant ses longs cheveux,
Fait envoler dans les nuées
Tous nos songes et tous nos vœux.

Margot, c'est Glycère en cornette;
Ô chimères qui me troublez,
Le jupon de serge d'Annette
Flotte en vos azurs étoilés.

Que m'importe, dans l'ombre obscure,
L'habit qu'on revêt le matin,
Et que la robe soit de bure
Lorsque la femme est de satin!

Le sage a son cœur pour richesse.
Il voit, tranquille accapareur,
Sans trop de respect la duchesse,
La grisette sans trop d'horreur.

L'amour veut que sans crainte on lise
Les lettres de son alphabet;
Si la première est Arthémise,
Certes, la seconde est Babet.

Les pauvres filles sont des anges
Qui n'ont pas plus d'argent parfois
Que les grives et les mésanges
Et les fauvettes dans les bois.

Je ne rêve, en mon amourette,
Pas plus d'argent, ô vieux Paris,

Sur la gaieté de Turlurette
Que sur l'aile de la perdrix.

Est-ce qu'on argente la grâce?
Est-ce qu'on dore la beauté?
Je crois, quand l'humble Alizon passe,
Voir la lumière de l'été.

V

Ô HYMÉNÉE!

Pancrace entre au lit de Lucinde;
Et l'heureux hymen est bâclé
Quand un maire a mis le coq d'Inde
Avec la fauvette sous clé.

Un docteur tout noir d'encre passe
Avec Cyllanire à son bras;
Un bouc mène au bal une grâce;
L'aurore épouse le fatras.

C'est la vieille histoire éternelle;
Faune et Flore; on pourrait, hélas,
Presque dire : — À quoi bon la belle? —
Si la bête n'existait pas.

Dans un vase une clématite,
Qui tremble, et dont l'avril est court!
Je trouve la fleur bien petite,
Et je trouve le pot bien lourd.

Que Philistine est adorable,
Et que Philistin est hideux!

L'épaule blanche à l'affreux râble
S'appuie, en murmurant : Nous deux !

Le capricieux des ténèbres,
Cupidon compose, ô destin !
De toutes ces choses funèbres
Son éclat de rire enfantin.

Fatal amour ! charmant, morose,
Taquin, il prend le mal au mot ;
D'autant plus sombre qu'il est rose,
D'autant plus dieu qu'il est marmot !

VI

HILARITAS

Chantez ; l'ardent refrain flamboie ;
Jurez même, noble ou vilain !
Le chant est un verre de joie
Dont le juron est le trop-plein.

L'homme est heureux sous la tonnelle
Quand il a bien empaqueté
Son rhumatisme de flanelle
Et sa sagesse de gaieté.

Le rire est notre meilleure aile ;
Il nous soutient quand nous tombons.
Le philosophe indulgent mêle
Les hommes gais aux hommes bons.

Un mot gai suffit pour abattre
Ton fier courroux, ô grand Caton.

L'histoire amnistie Henri quatre
Protégé par Jarnicoton.

Soyons joyeux, Dieu le désire.
La joie aux hommes attendris
Montre ses dents, et semble dire :
Moi qui pourrais mordre, je ris.

VII

MEUDON

Pourquoi pas montés sur des ânes ?
Pourquoi pas au bois de Meudon ?
Les sévères sont les profanes ;
Ici tout est joie et pardon.

Rien n'est tel que cette ombre verte,
Et que ce calme un peu moqueur,
Pour aller à la découverte
Tout au fond de son propre cœur.

On chante. L'été nous procure
Un bois pour nous perdre. Ô buissons !
L'amour met dans la mousse obscure
La fin de toutes les chansons.

Paris foule ces violettes ;
Breda, terre où Ninon déchut,
Y répand ces vives toilettes
À qui l'on dirait presque : Chut !

Prenez garde à ce lieu fantasque !
Ève à Meudon achèvera

Le rire ébauché sous le masque
Avec le diable à l'Opéra.

Le démon dans ces bois repose;
Non le grand vieux Satan fourchu;
Mais ce petit belzébuth rose
Qu'Agnès cache dans son fichu.

On entre plein de chaste flamme,
L'œil au ciel, le cœur dilaté;
On est ici conduit par l'âme,
Mais par le faune on est guetté.

La source, c'est la nymphe nue;
L'ombre au doigt vous passe un anneau;
Et le liseron insinue
Ce que conseille le moineau.

Tout chante; et pas de fausses notes.
L'hymne est tendre; et l'esprit de corps
Des fauvettes et des linottes
Éclate en ces profonds accords.

Ici l'aveu que l'âme couve
Échappe aux cœurs les plus discrets;
La clef des champs qu'à terre on trouve
Ouvre le tiroir aux secrets.

Ici l'on sent, dans l'harmonie,
Tout ce que le grand Pan caché
Peut mêler de vague ironie
Au bois sombre où rêve Psyché.

Les belles deviennent jolies;
Les cupidons viennent et vont;

Les roses disent des folies
Et les chardonnerets en font.

La vaste genèse est tournée
Vers son but : renaître à jamais.
Tout vibre ; on sent de l'hyménée
Et de l'amour sur les sommets.

Tout veut que tout vive et revive,
Et que les cœurs et que les nids,
L'aube et l'azur, l'onde et la rive,
Et l'âme et Dieu, soient infinis.

Il faut aimer. Et sous l'yeuse,
On sent, dans les beaux soirs d'été,
La profondeur mystérieuse
De cette immense volonté.

Cachant son feu sous sa main rose,
La vestale ici n'entendrait
Que le sarcasme grandiose
De l'aurore et de la forêt.

Le printemps est une revanche.
Ce bois sait à quel point les thyms,
Les joncs, les saules, la pervenche,
Et l'églantier, sont libertins.

La branche cède, l'herbe plie ;
L'oiseau rit du prix Montyon ;
Toute la nature est remplie
De rappels à la question.

Le hallier sauvage est bien aise
Sous l'œil serein de Jéhovah,

Quand un papillon déniaise
Une violette, et s'en va.

Je me souviens qu'en mon bas âge,
Ayant à peine dix-sept ans,
Ma candeur un jour fit usage
De tous ces vieux rameaux flottants.

J'employai, rôdant avec celle
Qu'admiraient mes regards heureux,
Toute cette ombre où l'on chancelle,
À me rendre plus amoureux.

Nous fîmes des canapés d'herbes ;
Nous nous grisâmes de lilas ;
Nous palpitions, joyeux, superbes,
Éblouis, innocents, hélas !

Penchés sur tout, nous respirâmes
L'arbre, le pré, la fleur, Vénus ;
Ivres, nous remplissions nos âmes
De tous les souffles inconnus.

Nos baisers devenaient étranges,
De sorte que, sous ces berceaux,
Après avoir été deux anges,
Nous n'étions plus que deux oiseaux.

C'était l'heure où le nid se couche,
Où dans le soir tout se confond ;
Une grande lune farouche
Rougissait dans le bois profond.

L'enfant, douce comme une fête,
Qui m'avait en chantant suivi,
Commençait, pâle et stupéfaite,
À trembler de mon œil ravi ;

Son sein soulevait la dentelle...
Homère! ô brouillard de l'Ida!
— Marions-nous! s'écria-t-elle,
Et la belle fille gronda :

— Cherche un prêtre, et sans plus attendre,
Qu'il nous marie avec deux mots.
Puis elle reprit, sans entendre
Le chuchotement des rameaux,

Sans remarquer dans ce mystère
Le profil des buissons railleurs :
— Mais où donc est le presbytère?
Quel est le prêtre de ces fleurs?

Un vieux chêne était là; sa tige
Eût orné le seuil d'un palais.
— Le curé de Meudon? lui dis-je.
L'arbre me dit : — C'est Rabelais.

VIII

BAS À L'OREILLE DU LECTEUR

Dans l'amoureux, qu'Éros grise,
L'imbécile est ébauché;
La ponte d'une bêtise
Suit le rêve d'un péché.

Crains les belles. On se laisse
Vaincre aisément par Lola.
Dieu compose de faiblesse
Ces toutes-puissances-là.

C'est en jouant que la femme,
C'est en jouant que l'enfant,
Prennent doucement notre âme.
Le faible est le triomphant.

La vertu, de sa main blanche
Et de son beau fil doré,
Recoud sans cesse la manche
Par où Joseph fut tiré.

IX

SENIOR EST JUNIOR

I

Comme de la source on dévie !
Qu'un petit-fils ressemble peu !
Tacite devient Soulavie.
Hercle se change en Palsembleu.

La lyre a fait les mandolines ;
Minos a procréé Séguier ;
La première des crinolines
Fut une feuille de figuier.

L'amour pour nous n'est présentable
Qu'ivre, coiffé de son bandeau,
Sa petite bedaine à table ;
L'antique amour fut buveur d'eau.

La Bible, en ses épithalames,
Bénit l'eau du puits large et rond.

L'homme ancien ne comprend les femmes
Qu'avec des cruches sur le front.

Agar revient de la fontaine,
Sephora revient du torrent,
Sans chanter tonton mirontaine,
Le front sage, et l'œil ignorant.

La citerne est l'entremetteuse
Du grave mariage hébreu.
Le diable l'emplit et la creuse ;
Dieu dans cette eau met le ciel bleu.

Beaux jours. Cantique des cantiques !
Oh ! les charmants siècles naïfs !
Comme ils sont jeunes, ces antiques !
Les Baruchs étaient les Baïfs.

C'est le temps du temple aux cent marches,
Et de Ninive, et des sommets
Où les anges aux patriarches
Offraient, pensifs, d'étranges mets.

Ezéchiel en parle encore ;
Le ciel s'inquiétait de Job ;
On entendait Dieu dès l'aurore
Dire : As-tu déjeuné, Jacob ?

II

Paix et sourire à ces temps calmes !
Les nourrices montraient leurs seins ;
Et l'arbre produisait des palmes,
Et l'homme produisait des saints.

Nous sommes loin de ces amphores
Ayant pour anses deux bras blancs,
Et de ces cœurs, mêlés d'aurores,
Allant l'un vers l'autre à pas lents.

L'antique passion s'apaise.
Nous sommes un autre âge d'or.
Aimer, c'est vieux. Rosine pèse
Bartholo, puis compte Lindor.

Moins simples, nous sommes plus sages.
Nos amours sont une forêt
Où, vague, au fond des paysages,
La Banque de France apparaît.

III

Rhodope, la reine d'Égypte,
Allait voir Amos dans son trou,
Respects du dôme pour la crypte,
Visite de l'astre au hibou,

Et la pharaonne superbe
Était contente chez Amos
Si la roche offrait un peu d'herbe
Aux longues lèvres des chameaux.

Elle l'adorait satisfaite,
Sans demander d'autre faveur,
Pendant que le morne prophète
Bougonnait dans un coin, rêveur.

Amestris, la Ninon de Thèbe,
Avait à son char deux griffons ;
Elle était semblable à l'Érèbe
À cause de ses yeux profonds.

Pour qu'avec un tendre sourire
Elle vînt jusqu'à son chenil,
Le mage Oxus à l'hétaïre
Offrait un rat sacré du Nil.

Un antre traversé de poutres
Avec des clous pur accrocher
Des peaux saignantes et des outres,
Telle était la chambre à coucher.

Près de Sarah, Jod le psalmiste
Dormait là sur le vert genêt,
Chargeant quelque hyène alarmiste
D'aboyer si quelqu'un venait.

Phur, pontife des Cinq Sodomes,
Fut un devin parlant aux vents,
Un voyant parmi les fantômes,
Un borgne parmi les vivants ;

Pour un lotus bleu, don inepte,
La blonde Starnabuzaï
Le recevait, comme on accepte
Un abbé qui n'est point haï.

Ségor, bonze à la peau brûlée,
Nu dans les bois, lascif, bourru,
Maigre, invitait Penthésilée
À grignoter un oignon cru.

Chramnéès, prêtre au temple d'Électre,
Demeurant, en de noirs pays,
Dans un sépulcre avec un spectre,
Conviait à souper Thaïs.

Thaïs venait, et cette belle,
Coupe en main, le roc pour chevet,

Ayant le prêtre à côté d'elle
Et le spectre en face, buvait.

Dans ce passé crépusculaire,
Les femmes se laissaient charmer
Par les gousses d'ail et l'eau claire
Dont se composait l'Art d'Aimer.

IV

Nos Phyllyres, nos Gloriantes,
Nos Lydés aux cheveux flottants
Ont fait beaucoup de variantes
À ce programme des vieux temps.

Aujourd'hui monsignor Nonotte
N'entre chez Blanche au cœur d'acier
Qu'après avoir payé la note
Qu'elle peut avoir chez l'huissier.

Aujourd'hui le roi de Bavière
N'est admis chez doña Carmen
Que s'il apporte une rivière,
De fort belle eau, dans chaque main.

Les belles que sous son feuillage
Retient Bade aux flots non bourbeux,
Ne vont point dans ce vieux village
Pour voir des chariots à bœufs.

Sans argent, Bernis en personne,
Balbutiant son quos ego,
Tremble au moment où sa main sonne
À la porte de Camargo.

D'Ems à Cythère, quel fou rire
Si Hafiz, fumant son chibouck,
Prétendait griser Sylvanire
Avec du vin de peau de bouc !

V

Le cœur ne fait plus de bêtises.
Avoir des chèques est plus doux
Que d'aller sous les frais cytises
Verdir dans l'herbe ses genoux.

Le soir mettre sous clef des piastres
Cause à l'âme un plus tendre émoi
Qu'une rencontre sous les astres
Disant à voix basse : Est-ce toi ?

Rien n'enchante plus une amante
Et n'échauffe mieux un cœur froid
Qu'une pile d'or qui s'augmente
Pendant que la pudeur décroît.

Les amours actuels abondent
En combinaisons d'échiquiers.
Doit, Avoir. Nos bergères tondent
Moins de moutons que de banquiers.

Le cœur est le compteur suprême.
La femme enfin a deviné
L'effrayant pouvoir de Barême
Ayant le torse de Phryné.

Tout en chantant Schubert et Webre,
Elle en vient à réaliser
L'application de l'algèbre
À l'amour, à l'âme, au baiser.

Berthe a l'air vierge; on la vénère;
Dans l'azur du rêve elle a lu
Que parfois un millionnaire,
Lourd, vient se prendre à cette glu.

Pour soulager un peu les riches
De leur argent, pesant amas,
Il sied que Paris ait les biches
Et Londres les anonymas.

VI

À tant l'heure l'éventail joue.
C'est plus cher si l'œil est plus vif.
À Daphnis présentant sa joue
Chloé présente son tarif.

Pasithée, Anna, Circélyre,
Lise au front mollement courbé,
Palmyre en pleurs, Berthe en délire,
S'amourachent par A + B.

Leurs instincts ne sont point volages.
Les mains ouvertes, en rêvant,
Toutes contemplent des feuillages
De bank-notes, tremblant au vent.

On a ces belles, on les dompte,
On est des jeunes gens altiers,
Vivons! et l'on sort d'Amathonte
Par le corridor des dettiers.

Dans tel et tel théâtre bouffe,
La musique vive et sans art
Des écus et des sous étouffe
Les cavatines de Mozart.

Les chanteuses sont ainsi faites
Qu'on est parfois, sous le rideau,
Dévalisé par les fauvettes,
Dans la forêt de Calzado.

VII

Sue un rouble par chaque pore,
Sinon, porte ton cœur plutôt
Au tigre noire de Singapore
Qu'à Flora, qu'embaume Botot.

Femme de cire, Catherine,
Glacée, et douce à tout venant,
S'offre, et d'un buste de vitrine
Elle a le sourire tournant.

Oh ! ces marchandes de jeunesse !
Stella vend ses soupirs ardents,
Luz vend son rire de faunesse
Cassant des noix avec ses dents.

Rose est pensive ; Alba la brune
Est l'asphodèle de Sion ;
Glycéris semble au clair de lune
La blancheur dans la vision ;

Regardez, c'est Paula, c'est Laure,
C'est Phœbé ; dix-huit ans, vingt ans ;
Voyez ; les jeunes sont l'aurore
Et les vieilles sont le printemps.

Leur sein attend, frais comme un songe,
Effleuré par leurs cheveux blonds,
Que Samuel Bernard y plonge
Son poing brutal plein de doublons.

Au-dessus du juif qui prospère,
Par le plafond ouvert, descend
Le petit Cupidon, grand-père
De tous les baisers d'à présent.

VIII

La nuit, la femme tend sa toile.
Tous ses chiffres sont en arrêt,
Non pour dépister une étoile,
Mais pour découvrir Turcaret.

C'est la sombre calculatrice;
Elle a la ruse du dragon;
Elle est fée; et c'est en Jocrisse
Qu'elle transfigure Harpagon.

Elle compose ses trophées
De vins bus, de brelans carrés,
Et de bouteilles décoiffées,
Et de financiers dédorés

Et puis, tout change et tourne en elle;
L'aile de Cupidon connaît
Ses sens, son cœur, sa tête, et l'aile
Des moulins connaît son bonnet.

Sa vie est un bruyant poème;
On songe, on rit, point de souci,
Et les verres sont de Bohême,
Et les buveurs en sont aussi.

Ce monstre adorable et terrible
Ne dit pas Toujours, mais Encor!
Et, rempli de nos cœurs, son crible
Ne laisse passer que notre or.

Hélas! pourquoi ces laideurs basses
S'imprimant toutes à la fois,
Dieu profond! sur ces jeunes grâces
Faites pour chanter dans les bois!

IX

Buvez! riez! — moi je m'obstine
Aux songes de l'amour ancien;
Je sens en moi l'âme enfantine
D'Homère, vieux musicien.

Je vis aux champs; j'aime et je rêve;
Je suis bucolique et berger;
Je dédie aux dents blanches d'Ève
Tous les pommiers de mon verger.

Je m'appelle Amyntas, Mnasyle,
Qui vous voudrez; je dis : Croyons.
Pensons, aimons! et je m'exile
Dans les parfums et les rayons.

À peine en l'idylle décente
Entend-on le bruit d'un baiser.
La prairie est une innocente
Qu'il ne faut point scandaliser.

Tout en soupirant comme Horace,
Je vois ramper dans le champ noir,
Avec des reflets de cuirasse,
Les grands socs qu'on traîne le soir.

J'habite avec l'arbre et la plante;
Je ne suis jamais fatigué
De regarder la marche lente
Des vaches qui passent le gué.

J'entends, debout sur quelque cime,
Le chant qu'un nid sous un buisson
Mêle au blêmissement sublime
D'un lever d'astre à l'horizon.

Je suis l'auditeur solitaire;
Et j'écoute en moi, hors de moi,
Le Je ne sais qui du mystère
Murmurant le Je ne sais quoi.

J'aime l'aube ardente et rougie,
Le midi, les cieux éblouis,
La flamme, et j'ai la nostalgie
Du soleil, mon ancien pays.

Le matin, toute la nature
Vocalise, fredonne, rit,
Je songe. L'aurore est si pure,
Et les oiseaux ont tant d'esprit!

Tout chante, geai, pinson, linotte,
Bouvreuil, alouette au zénith,
Et la source ajoute sa note,
Et le vent parle, et Dieu bénit.

J'aime toute cette musique,
Ces refrains, jamais importuns,
Et le bon vieux plain-chant classique
Des chênes aux capuchons bruns.

Je vous mets au défi de faire
Une plus charmante chanson
Que l'eau vive où Jeanne et Néère
Trempent leurs pieds dans le cresson.

III

POUR JEANNE SEULE

I

Je ne mets pas en peine
Du clocher ni du beffroi;
Je ne sais rien de la reine,
Et je ne sais rien du roi;

J'ignore, je le confesse,
Si le seigneur est hautain,
Si le curé dit la messe
En grec ou bien en latin;

S'il faut qu'on pleure ou qu'on danse,
Si les nids jasent entr'eux;
Mais sais-tu ce que je pense?
C'est que je suis amoureux.

Sais-tu, Jeanne, à quoi je rêve?
C'est au mouvement d'oiseau
De ton pied blanc qui se lève
Quand tu passes le ruisseau.

Et sais-tu ce qui me gêne?
C'est qu'à travers l'horizon,
Jeanne, une invisible chaîne
Me tire vers ta maison.

Et sais-tu ce qui m'ennuie ?
C'est l'air charmant et vainqueur.
Jeanne, dont tu fais la pluie
Et le beau temps dans mon cœur.

Et sais-tu ce qui m'occupe,
Jeanne ? c'est que j'aime mieux
La moindre fleur de ta jupe
Que tous les astres des cieux.

II

Jeanne chante ; elle se penche
Et s'envole ; elle me plaît ;
Et, comme de branche en branche,
Va de couplet en couplet.

De quoi donc me parlait-elle ?
Avec sa fleur au corset,
Et l'aube dans sa prunelle,
Qu'est-ce donc qu'elle disait ?

Parlait-elle de la gloire,
Des camps, du ciel, du drapeau,
Ou de ce qu'il faut de moire
Au bavolet d'un chapeau ?

Son intention fut-elle
De troubler l'esprit voilé
Que Dieu dans ma chair mortelle
Et frémissante a mêlé ?

Je ne sais. J'écoute encore.
Était-ce psaume ou chanson ?

Les fauvettes de l'aurore
Donnent le même frisson.

J'étais comme en une fête ;
J'essayais un vague essor ;
J'eusse voulu sur ma tête
Mettre une couronne d'or,

Et voir sa beauté sans voiles,
Et joindre à mes jours ses jours,
Et prendre au ciel les étoiles,
Et qu'on vînt à mon secours !

J'étais ivre d'une femme ;
Mal charmant qui fait mourir.
Hélas ! je me sentais l'âme
Touchée et prête à s'ouvrir ;

Car pour qu'un cerveau se fêle
Et s'échappe en songes vains,
Il suffit du bout de l'aile
D'un de ces oiseaux divins.

III

DUEL EN JUIN

À UN AMI

Jeanne a laissé de son jarret
Tomber un joli ruban rose
Qu'en vers on diviniserait,
Qu'on baise simplement en prose.

Comme femme elle met des bas,
Comme ange elle a droit à des ailes ;
Résultat ; demain je me bats.
Les jours sont longs, les nuits sont belles,

On fait les foins, et ce barbon,
L'usage, roi de l'équipée,
Veut qu'on prenne un pré qui sent bon
Pour se donner des coups d'épée.

Pendant qu'aux lueurs du matin
La lame à la lame est croisée,
Dans l'herbe humide et dans le thym,
Les grives boivent la rosée.

Tu sais ce marquis insolent ?
Il ordonne, il rit. Jamais ivre
Et toujours gris ; c'est son talent.
Il faut ou le fuir, ou le suivre.

Qui le fuit a l'air d'un poltron,
Qui le suit est un imbécile.
Il est jeune, gai, fanfaron,
Leste, vif, pétulant, fossile.

Il hait Voltaire ; il se croit né
Pas tout à fait comme les autres ;
Il sert la messe, il sert Phryné ;
Il mêle Gnide aux patenôtres.

Le ruban perdu, ce muguet
L'a trouvé ; quelle bonne fête !
Il s'en est vanté chez Saguet ;
Moi, je passais par là, tout bête ;

J'analysais, précisément
Dans cet instant-là, les bastilles,
Les trônes, Dieu, le firmament,
Et les rubans des jeunes filles ;

Et j'entendis un quolibet ;
Comme il s'en donnait, le coq d'Inde !
Car on insulte dans Babet
Ce qu'on adore dans Florinde.

Le marquis agitait en l'air
Un fil, un chiffon, quelque chose
Qui parfois semblait un éclair
Et parfois semblait une rose.

Tout de suite je reconnus
Ce diminutif adorable
De la ceinture de Vénus.
J'aime, donc je suis misérable ;

Mon pouls dans mes tempes battait ;
Et le marquis riait de Jeanne !
Le soir la campagne se tait,
Le vent dort, le nuage flâne ;

Mais le poète a le frisson,
Il se sent extraordinaire,
Il va, couvant une chanson
Dans laquelle roule un tonnerre.

Je me dis : — Cyrus dégaina
Pour reprendre une bandelette
De la reine Abaïdorna
Que ronge aujourd'hui la belette.

Serai-je moins brave et moins beau
Que Cyrus, roi d'Ur et de Sarde ?

Cette reine dans son tombeau
Vaut-elle Jeanne en sa mansarde ? —

Faire le siège d'un ruban !
Quelle œuvre ! il faut un art farouche ;
Et ce n'est pas trop d'un Vauban
Complété par un Scaramouche.

Le marquis barrait le chemin.
Prompt comme Joubert sur l'Adige,
J'arrachai l'objet de sa main.
— Monsieur ! cria-t-il. — Soit, lui dis-je.

Il se dressa tout en courroux,
Et moi, je pris ma mine altière.
— Je suis marquis, dit-il, et vous ?
— Chevalier de la Jarretière.

— Soyez deux. — J'aurai mon témoin.
— Je vous tue, et je vous tiens quitte.
— Où ça ? — Là, dans ces tas de foin.
— Vous en déjeunerez ensuite.

C'est pourquoi demain, réveillés,
Les faunes, au bruit des rapières,
Derrière les buissons mouillés,
Ouvriront leurs vagues paupières.

IV

La nature est pleine d'amour,
Jeanne, autour de nos humbles joies ;
Et les fleurs semblent tour à tour
Se dresser pour que tu les voies.

Vive Angélique ! à bas Orgon !
L'hiver, qu'insultent nos huées,
Recule, et son profil bougon
Va s'effaçant dans les nuées.

La sérénité de nos cœurs,
Où chantent les bonheurs sans nombre,
Complète, en ces doux mois vainqueurs,
L'évanouissement de l'ombre.

Juin couvre de fleurs les sommets,
Et dit partout les mêmes choses ;
Mais est-ce qu'on se plaint jamais
De la prolixité des roses ?

L'hirondelle, sur ton front pur,
Vient si près de tes yeux fidèles
Qu'on pourrait compter dans l'azur
Toutes les plumes de ses ailes.

Ta grâce est un rayon charmant ;
Ta jeunesse, enfantine encore,
Éclaire le bleu firmament,
Et renvoie au ciel de l'aurore.

De sa ressemblance avec toi
Le lys pur sourit dans sa gloire ;
Ton âme est une urne de foi
Où la colombe voudrait boire.

V

Ami, j'ai quitté vos fêtes.
Mon esprit, à demi-voix,
Hors de tout ce que vous faites,
Est appelé par les bois.

J'irai, loin des murs de marbre,
Tant que je pourrai marcher,
Fraterniser avec l'arbre,
La fauvette et le rocher.

Je fuirai loin de la ville
Tant que Dieu clément et doux
Voudra me mettre un peu d'huile
Entre les os des genoux.

Ne va pas croire du reste
Que, bucolique et hautain,
J'exige, pour être agreste,
Le vieux champ grec ou latin;

Ne crois pas que ma pensée,
Vierge au soupir étouffé,
Ne sachant où prendre Alcée,
Se rabatte sur d'Urfé;

Ne crois pas que je demande
L'Hémus où Virgile erra.
Dans de la terre normande
Mon églogue poussera.

Pour mon vers, que l'air secoue,
Les pommiers sont suffisants;
Et mes bergers, je l'avoue,
Ami, sont des paysans.

Mon idylle est ainsi faite;
Franche, elle n'a pas besoin
D'avoir dans son miel l'Hymète
Et l'Arcadie en son foin.

Elle chante, et se contente,
Sur l'herbe où je viens m'asseoir,
De l'haleine haletante
Du bœuf qui rentre le soir.

Elle n'est point misérable
Et ne pense pas déchoir
Parce qu'Alain, sous l'érable,
Ôte à Toinon son mouchoir.

Elle honore Théocrite;
Mais ne se fâche pas trop
Que la fleur soit Marguerite
Et que l'oiseau soit Pierrot.

J'aime les murs pleins de fentes
D'où sortent les liserons,
Et les mouches triomphantes
Qui soufflent dans leurs clairons.

J'aime l'église et ses tombes,
L'invalide et son bâton;
J'aime, autant que les colombes
Qui jadis venaient, dit-on,

Conter leurs métempsychoses
À Terpandre dans Lesbos,
Les petites filles roses
Sortant du prêche en sabots.

J'aime autant Sedaine et Jeanne
Qu'Orphée et Pratérynnis.
Le blé pousse, l'oiseau plane,
Et les cieux sont infinis.

VI

À JEANNE

Ces lieux sont purs ; tu les complètes.
Ce bois, loin des sentiers battus,
Semble avoir fait des violettes,
Jeanne, avec toutes tes vertus.

L'aurore ressemble à ton âge ;
Jeanne, il existe sous les cieux
On ne sait quel doux voisinage
Des bons cœurs avec les beaux lieux.

Tout ce vallon est une fête
Qui t'offre son humble bonheur ;
C'est un nimbe autour de ta tête ;
C'est un éden en ton honneur.

Tout ce qui t'approche désire
Se faire regarder par toi,
Sachant que ta chanson, ton rire,
Et ton front, sont de bonne foi.

Ô Jeanne, ta douceur est telle
Qu'en errant dans ces bois bénis,
Elle fait dresser devant elle
Les petites têtes des nids.

VII

LES ÉTOILES FILANTES

I

À qui donc le grand ciel sombre
Jette-t-il ses astres d'or ?

Pluie éclatante de l'ombre,
Ils tombent... — Encor! encor!

Encor! — lueurs éloignées,
Feux purs, pâles orients,
Ils scintillent... — ô poignées
De diamants effrayants!

C'est de la splendeur qui rôde,
Ce sont des points univers,
La foudre dans l'émeraude!
Des bleuets dans des éclairs!

Réalités et chimères
Traversant nos soirs d'été!
Escarboucles éphémères
De l'obscure éternité!

De quelle main sortent-elles?
Cieux, à qui donc jette-t-on
Ces tourbillons d'étincelles?
Est-ce à l'âme de Platon?

Est-ce à l'esprit de Virgile?
Est-ce aux monts? est-ce au flot vert?
Est-ce à l'immense évangile
Que Jésus-Christ tient ouvert?

Est-ce à la tiare énorme
De quelque Moïse enfant
Dont l'âme a déjà la forme
Du firmament triomphant?

Ces feux vont-ils aux prières?
À qui l'Inconnu profond
Ajoute-t-il ces lumières,
Vagues flammes de son front?

Est-ce, dans l'azur superbe,
Aux religions que Dieu,
Pour accentuer son verbe,
Jette ces langues de feu?

Est-ce au-dessus de la Bible
Que flamboie, éclate et luit
L'éparpillement terrible
Du sombre écrin de la nuit?

Nos questions en vain pressent
Le ciel, fatal ou béni.
Qui peut dire à qui s'adressent
Ces envois de l'infini?

Qu'est-ce que c'est que ces chutes
D'éclairs au ciel arrachés?
Mystère! sont-ce des luttes?
Sont-ce des hymens? Cherchez.

Sont-ce les anges du soufre?
Voyons-nous quelque essaim bleu
D'argyraspides du gouffre
Fuir sur des chevaux de feu?

Est-ce le Dieu des désastres,
Le Sabaoth irrité,
Qui lapide avec des astres
Quelque soleil révolté?

II

Mais qu'importe! l'herbe est verte,
Et c'est l'été! ne pensons,
Jeanne, qu'à l'ombre entrouverte,
Qu'aux parfums et qu'aux chansons.

La grande saison joyeuse
Nous offre les prés, les eaux,
Les cressons mouillés, l'yeuse,
Et l'exemple des oiseaux.

L'été, vainqueur des tempêtes,
Doreur des cieux essuyés,
Met des rayons sur nos têtes
Et des fraises sous nos pieds.

Été sacré! l'air soupire.
Dieu, qui veut tout apaiser,
Fait le jour pour le sourire
Et la nuit pour le baiser.

L'étang frémit sous les aulnes;
La plaine est un gouffre d'or
Où court, dans les grands blés jaunes,
Le frisson de messidor.

C'est l'instant qu'il faut qu'on aime,
Et qu'on le dise aux forêts,
Et qu'on ait pour but suprême
La mousse des antres frais!

À quoi bon songer aux choses
Qui se passent dans les cieux?
Viens, donnons notre âme aux roses;
C'est ce qui l'emplit le mieux.

Viens, laissons là tous ces rêves,
Puisque nous sommes aux mois
Où les charmilles, les grèves,
Et les cœurs, sont pleins de voix!

L'amant entraîne l'amante,
Enhardi dans son dessein

Par la trahison charmante
Du fichu montrant le sein.

Ton pied sous ta robe passe,
Jeanne, et j'aime mieux le voir,
Que d'écouter dans l'espace
Les sombres strophes du soir.

Il ne faut pas craindre, ô belle,
De montrer aux prés fleuris
Qu'on est jeune, peu rebelle,
Blanche, et qu'on vient de Paris!

La campagne est caressante
Au frais amour ébloui;
L'arbre est gai pourvu qu'il sente
Que Jeanne va dire oui.

Aimons-nous! et que les sphères
Fassent ce qu'elles voudront!
Il est nuit; dans les clairières
Les chansons dansent en rond;

L'ode court dans les rosées;
Tout chante; et dans les torrents
Les idylles déchaussées
Baignent leurs pieds transparents;

La bacchanale de l'ombre
Se célèbre vaguement
Sous les feuillages sans nombre
Pénétrés de firmament;

Les lutins, les hirondelles,
Entrevus, évanouis,

Font un ravissant bruit d'ailes
Dans la bleue horreur des nuits;

La fauvette et la sirène
Chantent des chants alternés
Dans l'immense ombre sereine
Qui dit aux âmes : Venez!

Car les solitudes aiment
Ces caresses, ces frissons,
Et, le soir, les rameaux sèment
Les sylphes sur les gazons;

L'elfe tombe des lianes
Avec des fleurs plein les mains;
On voit de pâles dianes
Dans la lueur des chemins;

L'ondin baise les nymphées;
Le hallier rit quand il sent
Les courbures que les fées
Font aux brins d'herbe en passant.

Viens; les rossignols t'écoutent;
Et l'éden n'est pas détruit
Par deux amants qui s'ajoutent
À ces noces de la nuit.

Viens, qu'en son nid qui verdoie,
Le moineau bohémien
Soit jaloux de voir ma joie,
Et ton cœur si près du mien!

Charmons l'arbre et sa ramure
Du tendre accompagnement

Que nous faisons au murmure
Des feuilles, en nous aimant.

À la face des mystères,
Crions que nous nous aimons !
Les grands chênes solitaires
Y consentent sur les monts.

Ô Jeanne, c'est pour ces fêtes,
Pour ces gaietés, pour ces chants,
Pour ces amours, que sont faites
Toutes les grâces des champs !

Ne tremble pas, quoiqu'un songe
Emplisse mes yeux ardents.
Ne crains d'eux aucun mensonge
Puisque mon âme est dedans.

Reste chaste sans panique.
Sois charmante avec grandeur.
L'épaisseur de la tunique,
Jeanne, rend l'amour boudeur.

Pas de terreur, pas de transe ;
Le ciel diaphane absout
Du péché de transparence
La gaze du canezout.

La nature est attendrie ;
Il faut vivre ! Il faut errer
Dans la douce effronterie
De rire et de s'adorer.

Viens, aime, oublions le monde,
Mêlons l'âme à l'âme, et vois
Monter la lune profonde
Entre les branches des bois !

III

Les deux amants, sous la nue,
Songent, charmants et vermeils... —
L'immensité continue
Ses semailles de soleils.

À travers le ciel sonore,
Tandis que, du haut des nuits,
Pleuvent, poussière d'aurore,
Les astres épanouis,

Tas de feux tombants qui perce
Le zénith vaste et bruni,
Braise énorme que disperse
L'encensoir de l'infini ;

En bas, parmi la rosée,
Étalant l'arum, l'œillet,
La pervenche, la pensée,
Le lys, lueur de juillet,

De brume à demi noyée,
Au centre de la forêt,
La prairie est déployée,
Et frissonne, et l'on dirait

Que la terre, sous les voiles
Des grands bois mouillés de pleurs,
Pour recevoir les étoiles
Tend son tablier de fleurs.

IV

POUR D'AUTRES

I

Mon vers, s'il faut te le redire,
On veut te griser dans les bois.
Les faunes ont caché ta lyre
Et mis à sa place un hautbois.

Va donc. La fête est commencée;
L'oiseau mange en herbe le blé;
L'abeille est ivre de rosée;
Mai rit, dans les fleurs attablé.

Emmène tes deux camarades,
L'esprit gaulois, l'esprit latin;
Ne crois pas que tu te dégrades
Dans la lavande et dans le thym.

Sans être effronté, sois agile;
Entre gaiement dans le vallon;
Presse un peu le pas de Virgile,
Retiens par la manche Villon.

Tu devras boire à coupe pleine,
Et de ce soin Pan a chargé
La Jeanneton de La Fontaine
Qu'Horace appelait Lalagé

On t'attend. La fleur est penchée
Dans les antres diluviens ;
Et Silène, à chaque bouchée,
S'interrompt pour voir si tu viens.

II

JOUR DE FÊTE

AUX ENVIRONS DE PARIS

Midi chauffe et sèche la mousse ;
Les champs sont pleins de tambourins ;
On voit dans une lueur douce
Des groupes vagues et sereins.

Là-bas, à l'horizon, poudroie
Le vieux donjon de saint Louis ;
Le soleil dans toute sa joie
Accable les champs éblouis.

L'air brûlant fait, sous ses haleines
Sans murmures et sans échos,
Luire en la fournaise des plaines
La braise des coquelicots.

Les brebis paissent inégales ;
Le jour est splendide et dormant ;
Presque pas d'ombre ; les cigales
Chantent sous le bleu flamboiement.

Voilà les avoines rentrées.
Trêve au travail. Amis, du vin !

Des larges tonnes éventrées
Sort l'éclat de rire divin.

Le buveur chancelle à la table
Qui boite fraternellement.
L'ivrogne se sent véritable ;
Il oublie, ô clair firmament,

Tout, la ligne droite, la gêne,
La loi, le gendarme, l'effroi,
L'ordre ; et l'échalas de Surène
Raille le poteau de l'octroi.

L'âne broute, vieux philosophe ;
L'oreille est longue ; l'âne en rit.
Peu troublé d'un excès d'étoffe,
Et content si le pré fleurit.

Les enfants courent par volée.
Clichy montre, honneur aux anciens !
Sa grande muraille étoilée
Par la mitraille des Prussiens.

La charrette roule et cahote ;
Paris élève au loin sa voix,
Noir chiffonnier qui dans sa hotte
Porte le sombre tas des rois.

On voit au loin les cheminées
Et les dômes d'azur voilés ;
Des filles passent, couronnées
De joie et de fleurs, dans les blés.

III

La bataille commença.
Comment ? Par un doux sourire.

Elle me dit : — Comme ça,
Vous ne voulez pas m'écrire ?

— Un billet doux ? — Non, des vers.
— Je n'en fais point, répondis-je. —
Ainsi parfois de travers
Le dialogue voltige.

Après le sourire vint
Un regard, oh ! qu'elle est fière !
Moi, candidat quinze-vingt,
Je me dis : Elle est rosière.

Et je me mis à songer
À cent vertus, rehaussées
Par mes mauvaises pensées
D'adolescent en danger.

Je me taisais, cela passe
Pour puissance et profondeur.
Son sourire était la grâce.
Et son regard la pudeur.

Ce regard et ce sourire
M'entraient dans l'âme. Soudain,
Elle chanta. Comment dire
Ce murmure de l'Eden.

Cette voix grave, touchante,
Tendre, aux soupirs nuancés !...
— Quoi ! m'écriai-je, méchante,
Vous achevez les blessés !

IV

LISBETH

Le jour, d'un bonhomme sage
J'ai l'auguste escarpement ;

Je me conforme à l'usage
D'être abruti doctement,

Je me scrute et me dissèque,
Je me compare au poncif
De l'homme que fit Sénèque
Sur sa table d'or massif.

Je chasse la joie agile.
Je profite du matin
Pour regarder dans Virgile
Un paysage en latin.

Je lis Lactance, Ildefonse,
Saint Ambroise, comme il sied
Et Juste Lipse, où j'enfonce
Souvent, jusqu'à perdre pied.

Je me dis : Vis dans les sages.
Toujours l'honnête homme ouvrit
La fenêtre des vieux âges
Pour aérer son esprit.

Et je m'en vais sur la cime
Dont Platon sait le chemin.
Je me dis : Soyons sublime !
Mais je redeviens humain.

Et mon âme est confondue,
Et mon orgueil est dissous,
Par une alcôve tendue
D'un papier de quatre sous,

Et l'amour, ce doux maroufle,
Est le maître en ma maison,
Tous les soirs, quand Lisbeth souffle
Sa chandelle et ma raison.

V

CHELLES

J'aime Chelles et ses cressonnières,
Et le doux tic-tac des moulins
Et des cœurs, autour des meunières;
Quant aux blancs meuniers, je les plains.

Les meunières aussi sont blanches;
C'est pourquoi je vais là souvent
Mêler ma rêverie aux branches
Des aulnes qui tremblent au vent.

J'ai l'air d'un pèlerin; les filles
Me parlent, gardant leur troupeau;
Je ris, j'ai parfois des coquilles
Avec des fleurs, sur mon chapeau.

Quand j'arrive avec mon caniche,
Chelles, bourg dévot et coquet,
Croit voir passer, fuyant leur niche,
Saint Roch, et son chien saint Roquet.

Ces effets de ma silhouette
M'occupent peu; je vais marchant,
Tâchant de prendre à l'alouette
Une ou deux strophes de son chant.

J'admire les papillons frêles
Dans les ronces du vieux castel;
Je ne touche point à leurs ailes.
Un papillon est un pastel.

Je suis un fou qui semble un sage.
J'emplis, assis dans le printemps,

Du grand trouble du paysage
Mes yeux vaguement éclatants.

Ô belle meunière de Chelles,
Le songeur te guette effaré
Quand tu montes à tes échelles,
Sûre de ton bas bien tiré.

VI

DIZAIN DE FEMMES

Une de plus que les muses;
Elles sont dix. On croirait,
Quand leurs jeunes voix confuses
Bruissent dans la forêt,

Entendre, sous les caresses
Des grands vieux chênes boudeurs,
Un brouhaha de déesses
Passant dans les profondeurs.

Elles sont dix châtelaines
De tout le pays voisin.
La ruche vers leurs haleines
Envoie en chantant l'essaim.

Elles sont dix belles folles,
Démons dont je suis cagot;
Obtenant des auréoles
Et méritant le fagot.

Que de cœurs cela dérobe,
Même à nous autres manants!

Chacune étale à sa robe
Quatre volants frissonnants,

Et court par les bois, sylphide
Toute parée, en dépit
De la griffe qui, perfide,
Dans les ronces se tapit.

Oh! ces anges de la terre!
Pensifs, nous les décoiffons;
Nous adorons le mystère
De la robe aux plis profonds.

Jadis Vénus sur la grève
N'avait pas l'attrait taquin
Du jupon qui se soulève
Pour montrer le brodequin.

Les antiques Arthémises
Avaient des fronts élégants,
Mais n'étaient pas si bien mises
Et ne portaient point de gants.

La gaze ressemble au rêve;
Le satin, au pli glacé,
Brille, et la toilette achève
Ce que l'œil a commencé.

La marquise en sa calèche
Plaît, même au butor narquois;
Car la grâce est une flèche
Dont la mode est le carquois.

L'homme, sot par étiquette,
Se tient droit sur son ergot;

Mais Dieu créa la coquette
Dès qu'il eut fait le nigaud.

Oh! toutes ces jeunes femmes,
Ces yeux où flambe midi,
Ces fleurs, ces chiffons, ces âmes,
Quelle forêt de Bondy!

Non, rien ne nous dévalise
Comme un minois habillé,
Et comme une Cydalise
Où Chapron a travaillé!

Les jupes sont meurtrières.
La femme est un canevas
Que, dans l'ombre, aux couturières
Proposent les Jéhovahs.

Cette aiguille qui l'arrange
D'une certaine façon
Lui donne la force étrange
D'un rayon dans un frisson.

Un ruban est une embûche,
Une guimpe est un péril;
Et, dans l'Éden, où trébuche
La nature à son avril,

Satan — que le diable enlève! —
N'eût pas risqué son pied-bot
Si Dieu sur les cheveux d'Ève
Eût mis un chapeau d'Herbaut.

Toutes les dix, sous les voûtes
Des grands arbres, vont chantant;

On est amoureux de toutes;
On est farouche et content.

On les compare, on hésite
Entre ces robes qui font
La lueur d'une visite
Arrivant du ciel profond.

Oh! pour plaire à cette moire,
À ce gros de Tours flambé,
On se rêve plein de gloire,
On voudrait être un abbé.

On sort du hallier champêtre,
La tête basse, à pas lents,
Le cœur pris, dans ce bois traître,
Par les quarante volants.

VII

CHOSES ÉCRITES À CRÉTEIL

Sachez qu'hier, de ma lucarne,
J'ai vu, j'ai couvert de clins d'yeux
Une fille qui dans la Marne
Lavait des torchons radieux.

Près d'un vieux pont, dans les saulées,
Elle lavait, allait, venait;
L'aube et la brise étaient mêlées
À la grâce de son bonnet.

Je la voyais de loin. Sa mante
L'entourait de plis palpitants.

Aux folles brouissailles qu'augmente
L'intempérance du printemps.

Aux buissons que le vent soulève,
Que juin et mai, frais barbouilleurs,
Foulant la cuve de la sève,
Couvrent d'une écume de fleurs,

Aux sureaux pleins de mouches sombres,
Aux genêts du bord, tous divers,
Aux joncs échevelant leurs ombres
Dans la lumière des flots verts,

Elle accrochait des loques blanches.
Je ne sais quels haillons charmants
Qui me jetaient, parmi les branches,
De profonds éblouissements.

Ces nippes, dans l'aube dorée,
Semblaient, sous l'aulne et le bouleau,
Les blancs cygnes de Cythérée
Battant de l'aile au bord de l'eau.

Des cupidons, fraîche couvée,
Me montraient son pied fait au tour;
Sa jupe semblait relevée
Par le petit doigt de l'amour.

On voyait, je vous le déclare,
Un peu plus haut que le genou.
Sous un pampre un vieux faune hilare
Murmurait tout bas : Casse-cou!

Je quittai ma chambre d'auberge,
En souriant comme un bandit;

Et je descendis sur la berge
Qu'une herbe, glissante, verdit.

Je pris un air incendiaire,
Je m'adossai contre un pilier,
Et je lui dis : « Ô lavandière !
(Blanchisseuse étant familier)

« L'oiseau gazouille, l'agneau bêle,
« Gloire à ce rivage écarté !
« Lavandière, vous êtes belle.
« Votre rire est de la clarté.

« Je suis capable de faiblesses.
« Ô lavandière, quel beau jour !
« Les fauvettes sont des drôlesses
« Qui chantent des chansons d'amour.

« Voilà six mille ans que les roses
« Conseillent, en se prodiguant,
« L'amour aux cœurs les plus moroses.
« Avril est un vieil intrigant.

« Les rois sont ceux qu'adorent celles
« Qui sont charmantes comme vous ;
« La Marne est pleine d'étincelles ;
« Femme, le ciel immense est doux.

« Ô laveuse à la taille mince,
« Qui vous aime est dans un palais.
« Si vous vouliez, je serais prince ;
« Je serais dieu, si tu voulais. — »

La blanchisseuse, gaie et tendre.
Sourit, et, dans le hameau noir,
Sa mère au loin cessa d'entendre
Le bruit vertueux du battoir.

Les vieillards grondent et reprochent,
Mais, ô jeunesse! il faut oser.
Deux sourires qui se rapprochent
Finissent par faire un baiser.

Je m'arrête. L'idylle est douce,
Mais ne veut pas, je vous le dis,
Qu'au-delà du baiser on pousse
La peinture du paradis.

VIII

LE LENDEMAIN

Un vase, flanqué d'un masque,
En faïence de Courtrai,
Vieille floraison fantasque
Où j'ai mis un rosier vrai,

Sur ma fenêtre grimace,
Et, quoiqu'il soit assez laid,
Ce matin, du toit d'en face,
Un merle ami lui parlait.

Le merle, oiseau leste et braque,
Bavard jamais enrhumé,
Est pitre dans la baraque
Toute en fleurs, du mois de mai.

Il contait au pot aux roses
Un effronté boniment,
Car il faut de grosses choses
Pour faire rire un Flamand.

Sur une patte, et l'air farce,
Et comme on vide un panier,
Il jetait sa verve éparse
De son toit à mon grenier.

Gare au mauvais goût des merles !
J'omets ses propos hardis ;
Son bec semait peu de perles ;
Et moi, rêveur, je me dis :

La minute est opportune ;
Je suis à m'éprendre enclin ;
Puisque j'ai cette fortune
De rencontrer un malin,

Il faut que je le consulte
Sur ma conquête d'hier.
Et je criai : — Merle adulte,
Sais-tu pourquoi je suis fier ?

Il dit, gardant sa posture,
Semblable au diable boiteux :
— C'est pour la même aventure
Dont Gros-Guillaume est honteux.

IX

Fuis l'éden des anges déchus ;
Ami, prends garde aux belles filles ;
Redoute à Paris les fichus,
Redoute à Madrid les mantilles.

Tremble pour tes ailes, oiseau,
Et pour tes fils, marionnette.

Crains un peu l'œil de Calypso,
Et crains beaucoup l'œil de Jeannette.

Quand leur tendresse a commencé,
Notre servitude est prochaine.
Veux-tu savoir leur A B C?
Ami, c'est Amour, Baiser, Chaîne.

Le soleil dore une prison,
Un rosier parfume une geôle,
Et c'est là, vois-tu, la façon
Dont une fille nous enjôle.

Pris, on a sa pensée au vent
Et dans l'âme une sombre lyre,
Et bien souvent on pleure avant
Qu'on ait eu le temps de sourire.

Viens dans les prés, le gai printemps
Fait frissonner les vastes chênes,
L'herbe rit, les bois sont contents,
Chantons! oh, les claires fontaines!

X

L'enfant avril est le frère
De l'enfant amour; tous deux
Travaillent en sens contraire
À notre cœur hasardeux.

L'enfant amour nous rend traîtres
L'enfant avril nous rend fous.
Ce sont les deux petits prêtres
Du supplice immense et doux.

La mousse des prés exhale
Avril, qui chante drinn drinn,
Et met une succursale
De Cythère à Gretna-Green.

Avril, dont la fraîche embûche
À nos vices pour claqueurs,
De ses petits doigts épluche
Nos scrupules dans nos cœurs.

Cependant, il est immense ;
Cet enfant est un géant ;
Il se mêle à la démence
Qu'a l'Éternel en créant.

Lorsqu'il faut que tout rayonne,
Et que tout paie un tribut,
Avril se proportionne
À l'énormité du but.
La rosée est son mystère ;
Travail profond ! sa lueur
Au front sacré de la terre
Fait perler cette sueur.

XI

POST-SCRIPTUM DES RÊVES

C'était du temps que j'étais jeune ;
Je maigrissais ; rien ne maigrit
Comme cette espèce de jeûne
Qu'on appelle nourrir l'esprit.

J'étais devenu vieux, timide,
Et jaune comme un parchemin,
À l'ombre de la pyramide
Des bouquins de l'esprit humain.

Tous ces tomes que l'âge rogne
Couvraient ma planche et ma cloison.
J'étais parfois comme un ivrogne
Tant je m'emplissais de raison.

Cent bibles encombraient ma table ;
Cent systèmes étaient dedans ;
On eût, par le plus véritable,
Pu se faire arracher les dents.

Un jour que je lisais Jamblique,
Callinique, Augustin, Plotin,
Un nain tout noir à mine oblique
Parut et me dit en latin :

— « Ne va pas plus loin. Jette l'ancre,
« Fils, contemple en moi ton ancien,
« Je m'appelle Bouteille-à-l'encre ;
« Je suis métaphysicien.

« Ton front fait du tort à ton ventre.
« Je viens te dire le fin mot
« De tous ces livres où l'on entre
« Jocrisse et d'où l'on sort grimaud.

« Amuse-toi. Sois jeune, et digne
« De l'aurore et des fleurs. Isis
« Ne donnait pas d'autre consigne
« Aux sages que l'ombre a moisis.

« Un verre de vin sans litharge
« Vaut mieux, quand l'homme le boit pur,
« Que tous ces tomes dont la charge
« Ennuie énormément ton mur.

« Une bamboche à la Chaumière,
« D'où l'on éloigne avec soin l'eau,
« Contient cent fois plus de lumière
« Que Longin traduit par Boileau.

« Hermès avec sa bandelette
« Occupe ton cœur grave et noir ;
« Bacon est le livre où s'allaite
« Ton esprit, marmot du savoir.

« Si Ninette, la giletière,
« Veut la bandelette d'Hermès
« Pour s'en faire une jarretière,
« Donne-la-lui sans dire mais.

« Si Fanchette ou Landerirette
« Prend dans ton Bacon radieux
« Du papier pour sa cigarette,
« Fils des muses, rends grâce aux dieux.

« Veille, étude, ennui, patience,
« Travail, cela brûle les yeux ;
« L'unique but de la science
« C'est d'être immensément joyeux.

« Le vrai savant cherche et combine
« Jusqu'à ce que de son bouquin
« Il jaillisse une Colombine
« Qui l'accepte pour Arlequin.

« Maxime : N'être point morose,
« N'être pas bête, tout goûter,
« Dédier son nez à la rose,
« Sa bouche à la femme, et chanter.

« Les anciens vivaient de la sorte ;
« Mais vous êtes dupes, vous tous,
« De la fausse barbe que porte
« Le profil grec de ces vieux fous.

« Fils, tous ces austères visages
« Sur les plaisirs étaient penchés.
« L'homme ayant inventé sept sages,
« Le Dieu bon créa sept péchés.

« Ô docteurs, comme vous rampâtes !
« Campaspe est nue en son grenier
« Sur Aristote à quatre pattes ;
« L'esprit a l'amour pour ânier.

« Grâce à l'amour, Socrate est chauve.
« L'amour d'Homère est le bâton.
« Phryné rentrait dans son alcôve
« En donnant le bras à Platon.

« Salomon, repu de mollesses,
« Étudiant les tourtereaux,
« Avait juste autant de drôlesses
« Que Léonidas de héros.

« Sénèque, aujourd'hui sur un socle,
« Prenait Chloé sous le menton.
« Fils, la sagesse est un binocle
« Braqué sur Minerve et Goton.

« Les nymphes n'étaient pas des ourses,
« Horace n'était pas un loup ;

« Lise aujourd'hui se baigne aux sources,
« Et Tibur s'appelle Saint-Cloud.

« Les arguments dont je te crible
« Te sauveront, toi-même aidant,
« De la stupidité terrible,
« Robe de pierre du pédant.

« Guette autour de toi si quelque être
« Ne sourit pas innocemment ;
« Un chant dénonce une fenêtre,
« Un pot de fleurs cherche un amant.

« La grisette n'est point difforme,
« On donne aux noirs soucis congé
« Pour peu que le soir on s'endorme
« Sur un oreiller partagé.

« Aime. C'est ma dernière botte.
« Et je mêle à mes bons avis
« Cette fillette qui jabote
« Dans la mansarde vis-à-vis. »

Or je n'écoutai point ce drôle,
Et je le chassai. Seulement,
Aujourd'hui que sur mon épaule
Mon front penche, pâle et clément,

Aujourd'hui que mon œil plus blême
Voit la griffe du sphinx à nu,
Et constate au fond du problème
Plus d'infini, plus d'inconnu,

Aujourd'hui que, hors des ivresses,
Près des mers qui vont m'abîmer,

Je regarde sur les sagesses
Les religions écumer,

Aujourd'hui que mon esprit sombre
Voit sur les dogmes, flot changeant,
L'épaisseur croissante de l'ombre,
Ô ciel bleu, je suis indulgent

Quand j'entends, dans le vague espace
Où toujours ma pensée erra,
Une belle fille qui passe
En chantant traderidera.

V

SILHOUETTES DU TEMPS JADIS

I

LE CHÊNE DU PARC DÉTRUIT

I

— Ne me plains pas, me dit l'arbre,
Autrefois, autour de moi,
C'est vrai, tout était de marbre,
Le palais comme le roi.

Je voyais la splendeur fière
Des frontons pleins de Césars,
Et de grands chevaux de pierre
Qui se cabraient sous des chars.

J'apercevais des Hercules,
Des Hébés et des Psychés,
Dans les vagues crépuscules
Que font les rameaux penchés.

Je voyais jouer la reine;
J'entendais les hallalis;
Comme grand seigneur et chêne,
J'étais de tous les Marlys.

Je voyais l'alcôve auguste
Où le dauphin s'accomplit,
Leurs majestés jusqu'au buste,
Lauzun caché sous le lit.

J'ai vu les nobles broussailles ;
J'étais du royal jardin ;
J'ai vu Lachaise à Versailles
Comme Satan dans Eden.

Une grille verrouillée,
Duègne de fer, me gardait ;
Car la campagne est souillée
Par le bœuf et le baudet,

L'agriculture est abjecte,
L'herbe est vile, et vous saurez
Qu'un arbre qui se respecte
Tient à distance les prés.

Ainsi parlait sous mes voûtes
Le bon goût, sobre et direct,
J'étais loin des grandes routes
Où va le peuple, incorrect.

Le goût fermait ma clôture ;
Car c'est pour lui l'A B C
Que, dans l'art et la nature,
Tout soit derrière un fossé.

II

J'ai vu les cœurs peu rebelles,
Les grands guerriers tourtereaux,
Ce qu'on appelait les belles,
Ce qu'on nommait les héros.

Ces passants et ces passantes
Éveillaient mon grondement.

Mes branches sont plus cassantes
Qu'on ne croit communément.

Ces belles, qu'on loue en masse,
Erraient dans les verts préaux
Sous la railleuse grimace
De Tallemant des Réaux.

Le héros, grand sous le prisme,
Était prudent et boudeur,
Et mettait son héroïsme
À la chaîne en sa grandeur.

Dans la guerre meurtrière,
Le prince avait le talent
D'être tiré par-derrière
Par quelque Boileau tremblant.

La raison d'État est grave;
Il s'y faisait, par moment,
De crainte d'être trop brave,
Attacher solidement.

III

J'ai vu comment, d'une patte,
En ce siècle sans pareil,
On épouse un cul-de-jatte,
Et de l'autre, le soleil.

J'ai vu comment grince et rôde,
Loin des pages polissons,
L'auteur valet qui maraude
Des rimes dans les buissons.

Ces poètes à rhingraves
Étaient hautains et hideux;
C'étaient des Triboulets graves;
Ils chantaient; et chacun d'eux,

Pourvu d'un honnête lucre,
De sa splendeur émaillait
Le Parnasse en pain de sucre
Fait par Titon du Tillet.

Ces êtres, tordant la bouche,
Jetant leurs voix en éclats,
Prenaient un air très farouche
Pour faire des vers très plats.

Dans Marly qui les tolère,
Ils marchaient hagards, nerveux,
Les poings crispés, l'œil colère,
Leur phrase dans leurs cheveux.

À Lavallière boiteuse
Ils donnaient Chypre et Paphos;
Et leur phrase était menteuse,
Et leurs cheveux étaient faux.

IV

Toujours, même en un désastre,
Les yeux étaient éblouis,
Le grand Louis, c'était l'astre;
Dieu, c'était le grand Louis.

Bossuet était fort pleutre,
Racine inclinait son vers;
Corneille seul, sous son feutre,
Regardait Dieu de travers.

Votre race est ainsi faite ;
Et le monde est à son gré
Pourvu qu'elle ait sur sa tête
Un olympe en bois doré.

La Fontaine offrait ses fables ;
Et, soudain, autour de lui,
Les courtisans, presque affables,
Les ducs au sinistre ennui,

Les Bâvilles, les Fréneuses,
Les Tavannes teints de sang,
Les altesses vénéneuses,
L'affreux chancelier glissant,

Les Louvois nés pour proscrire,
Les vils Chamillards rampants,
Gais, tournaient leur noir sourire
Vers ce charmeur de serpents.

v

Dans le parc froid et superbe,
Rien de vivant ne venait :
On comptait les brins d'une herbe
Comme les mots d'un sonnet.

Plus de danse, plus de ronce ;
Comme tout diminuait !
Le Nôtre fit le quinconce
Et Lulli le menuet.

Les ifs, que l'équerre hébète,
Semblaient porter des rabats ;
La fleur faisait la courbette,
L'arbre mettait chapeau bas.

Pour saluer dans les plaines
Le Phébus sacré dans Reims,
On donnait aux pauvres chênes
Des formes d'alexandrins.

La forêt, tout écourtée,
Avait l'air d'un bois piteux
Qui pousse sous la dictée
De monsieur l'abbé Batteux.

VI

Les rois criaient : Qu'on fracasse,
Et qu'on pille! Et l'on pillait.
À leur pieds la Dédicace,
Muse en carte, souriait.

Cette muse préalable,
Habile à brûler l'encens
Même le moins vraisemblable,
Tirait la manche aux passants,

Et, gardant le seuil d'ivoire
Du dieu du sacré vallon,
Vendait pour deux sous de gloire
À la porte d'Apollon.

On traquait les calvinistes.
Moi, parmi tous ces fléaux,
J'avais dans mes branches tristes
Le peigne de Despréaux.

J'ai vu ce siècle notoire
Où la Maintenon sourit,
Si blanche qu'on la peut croire
Femelle du Saint-Esprit.

Quelle féroce colombe!
J'ai vu frémir d'Aubigné
Quand sur son nom, dans sa tombe,
L'édit de Nante a saigné.

Tout s'offrait au roi : les armes,
Les amours, les cœurs, les corps;
La femme vendait ses charmes,
Le magistrat ses remords.

La cour, peinte par Brantôme,
Reparaît pour Saint-Simon.
Derrière le roi fantôme
Rit le confesseur démon.

VII

Tout ce temps-là m'importune.
Des fadeurs, ou des venins.
La grandeur de leur fortune
Rapetisse encor ces nains.

On a le faux sur la nuque;
Il règne bon gré mal gré;
Après un siècle en perruque
Arrive un siècle poudré.

La poudre à flots tourbillonne
Sur le bon peuple sans pain.
Voici qu'à Scapiglione
Succède Perlinpinpin.

L'art se poudre; c'est la mode.
Voltaire, au fond peu loyal,
Offre à Louis quinze une ode
Coiffée à l'oiseau royal.

La monarchie est bouffonne;
La pensée a des bâillons;
Au-dessus de tout, plafonne
Un règne en trois cotillons.

Un beau jour s'ouvre une trappe;
Tout meurt; le sol a cédé.
Comme un voleur qui s'échappe,
Ce monde s'est évadé.

Ces rois, ce bruit, cette fête,
Tout cela s'est effacé
Pendant qu'autour de ma tête
Quelques mouches ont passé.

VIII

Moi je suis content; je rentre
Dans l'ombre du Dieu jaloux;
Je n'ai plus la cour, j'ai l'antre :
J'avais des rois, j'ai des loups.

Je redeviens le vrai chêne.
Je croîs sous les chauds midis;
Quatre-vingt-neuf se déchaîne
Dans mes rameaux enhardis.

Trianon vieux sent le rance.
Je renais au grand concert;
Et j'appelle délivrance
Ce que vous nommez désert.

La reine eut l'épaule haute,
Le grand dauphin fut pied-bot;
J'aime mieux Gros-Jean qui saute
Librement dans son sabot.

Je préfère aux Léonores
Qu'introduisaient les Dangeaux,
Les bons gros baisers sonores
De mes paysans rougeauds.

Je préfère les grands souffles,
Les bois, les champs, fauve abri,
L'horreur sacrée, aux pantoufles
De madame Dubarry.

Je suis hors des esclavages;
Je dis à la honte : Assez!
J'aime mieux les fleurs sauvages
Que les gens apprivoisés.

Les hommes sont des ruines;
Je préfère, ô beau printemps,
Tes fiertés pleines d'épines
À ces déshonneurs contents.

J'ai perdu le Roquelaure
Jasant avec la Boufflers;
Mais je vois plus d'aube éclore
Dans les grands abîmes clairs.

J'ai perdu monsieur le nonce,
Et le monde officiel,
Et d'Antin; mais je m'enfonce
Toujours plus avant au ciel.

Décloîtré, je fraternise
Avec les rustres souvent.
Je vois donner par Denise
Ce que Célimène vend.

Plus de fossé; rien n'empêche,
À mes pieds, sur mon gazon,

Que Suzon morde à sa pêche,
Et Mathurin à Suzon.

Solitaire, j'ai mes joies.
J'assiste, témoin vivant,
Dans les sombres claires-voies,
Aux aventures du vent.

Parfois dans les primevères
Court quelque enfant de quinze ans ;
Mes vieilles ombres sévères
Aiment ces yeux innocents.

Rien ne pare un paysage,
Sous l'éternel firmament,
Comme une fille humble et sage
Qui soupire obscurément.

La fille aux fleurs de la berge
Parle dans sa belle humeur,
Et j'entends ce que la vierge
Dit dans l'ombre à la primeur.

J'assiste au germe, à la sève,
Aux nids où s'ouvrent des yeux,
À tout cet immense rêve
De l'hymen mystérieux.

J'assiste aux couples sans nombre,
Au viol, dans le ravin,
De la grande pudeur sombre
Par le grand amour divin.

J'assiste aux fuites rapides
De tous ces baisers charmants.

L'onde a des cœurs dans ses rides ;
Les souffles sont des amants.

Cette allégresse est sacrée,
Et la nature la veut.
On croit finir, et l'on crée.
On est libre, et c'est le nœud.

J'ai pour jardinier la pluie,
L'ouragan pour émondeur ;
Je suis grand sous Dieu ; j'essuie
Ma cime à la profondeur.

L'hiver froid est sans rosée ;
Mais, quand vient avril vermeil,
Je sens la molle pesée
Du printemps sur mon sommeil.

Je la sens mieux, étant libre.
J'ai ma part d'immensité.
La rentrée en équilibre,
Ami, c'est la liberté.

Je suis, sous le ciel qui brille,
Pour la reprise des droits
De la forêt sur la grille,
Et des peuples sur les rois.

Dieu, pour que l'Eden repousse,
Frais, tendre, un peu sauvageon,
Presse doucement du pouce
Ce globe, énorme bourgeon.

Plus de roi. Dieu me pénètre.
Car il faut, retiens cela,
Pour qu'on sente le vrai maître,
Que le faux ne soit plus là.

Il met, lui, l'unique père,
L'Éternel toujours nouveau,
Avec ce seul mot : Espère,
Toute l'ombre de niveau.

Plus de caste. Un ver me touche,
L'hysope aime mon orteil.
Je suis l'égal de la mouche,
Étant l'égal du soleil.

Adieu le feu d'artifice
Et l'illumination.
J'en ai fait le sacrifice.
Je cherche ailleurs le rayon.

D'augustes apothéoses,
Me cachant les cieux jadis,
Remplaçaient, dans des feux roses,
Jéhovah par Amadis.

On emplissait la clairière
De ces lueurs qui, soudain,
Font sur ses pieds de derrière
Dresser dans l'ombre le daim.

La vaste voûte sereine
N'avait plus rien qu'on pût voir,
Car la girandole gêne
L'étoile dans l'arbre noir.

Il sort des feux de Bengale
Une clarté dans les bois,
Fière, et qui n'est point l'égale
De l'âtre des villageois.

Nous étions, chêne, orme et tremble,
Traités en pays conquis
Où se débraillent ensemble
Les pétards et les marquis.

La forêt, comme agrandie
Par les feux et les zéphirs,
Avait l'air d'un incendie
De rubis et de saphirs.

On offrait au prince, au maître,
Beau, fier, entouré d'archers,
Ces lumières, sœurs peut-être
De la torche des bûchers.

Cent mille verroteries
Jetaient, flambant à l'air vif,
Dans le ciel des pierreries
Et sur la terre du suif.

Une gloire verte et bleue,
Qu'assaisonnait quelque effroi,
Faisait là-haut une queue
De paon en l'honneur du roi.

Aujourd'hui, — c'est un autre âge,
Et les flambeaux sont changeants, —
Je n'ai plus d'autre éclairage
Que le ciel des pauvres gens.

Je reçois dans ma feuillée,
Sombre, aux mille trous vermeils,
La grande nuit étoilée,
Populace de soleils.

Des planètes inconnues
Passent sur mon dôme obscur,

Et je tiens pour bien venues
Ces coureuses de l'azur.

Je n'ai plus les pots de soufre
D'où sortaient les visions ;
Je me contente du gouffre
Et des constellations.

Je déroge, et la nature,
Foule de rayons et d'yeux,
M'attire dans sa roture,
Pêle-mêle avec les cieux.

Cependant tout ce qui reste,
Dans l'herbe où court le vanneau
Et que broute l'âne agreste,
Du royal siècle à giorno ;

Tout ce qui reste des gerbes,
De Jupin, de Sémélé,
Des dieux, des gloires superbes,
Un peu de carton brûlé ;

Dans les ronces paysannes,
Au milieu des vers luisants,
Les chandelles courtisanes,
Et les lustres courtisans ;

Les vieilles splendeurs brisées,
Les ifs, nobles espions,
Leurs altesses les fusées,
Messeigneurs les lampions ;

Tout ce beau monde me raille,
Éteint, orgueilleux et noir ;

J'en ris, et je m'encanaille
Avec les astres le soir.

II

ÉCRIT EN 1827

I

Je suis triste quand je vois l'homme.
Le vrai décroît dans les esprits.
L'ombre qui jadis noya Rome
Commence à submerger Paris.

Les rois sournois, de peur des crises,
Donnent aux peuples un calmant.
Ils font des boîtes à surprises
Qu'ils appellent charte et serment.

Hélas ! nos anges sont vampires ;
Notre albâtre vaut le charbon ;
Et nos meilleurs seraient les pires
D'un temps qui ne serait pas bon.

Le juste ment, le sage intrigue ;
Notre douceur, triste semblant,
N'est que la peur de la fatigue
Qu'on aurait d'être violent.

Notre austérité frelatée
N'admet ni Hampden ni Brutus ;
Le syllogisme de l'athée
Est à l'aise dans nos vertus.

Sur l'honneur mort la honte flotte.
On voit, prompt à prendre le pli,

Se recomposer en ilote
Le Spartiate démoli.

Le ciel blêmit ; les fronts végètent ;
Le pain du travailleur est noir ;
Et des prêtres insulteurs jettent
De la fange avec l'encensoir.

C'est à peine, ô sombres années !
Si les yeux de l'homme obscurcis,
L'aube et la raison condamnées,
Obtiennent de l'ombre un sursis.

Le passé règne ; il nous menace ;
Le trône est son premier sujet ;
Apre, il remet sa dent tenace
Sur l'esprit humain qu'il rongeait.

Le prince est bonhomme ; la rue
Est pourtant sanglante. — Bravo !
Dit Dracon. — La royauté grue
Monte sur le roi soliveau.

Les actions sont des cloaques,
Les consciences des égouts ;
L'un vendrait la France aux cosaques,
L'autre vendrait l'âme aux hiboux.

La religion sombre emploie
Pour le sang, la guerre et le fer,
Les textes du ciel qu'elle ploie
Au sens monstrueux de l'enfer.

La renommée aux vents répète
Des noms impurs soir et matin,

Et l'on peut voir à sa trompette
De la salive d'Arétin.

La fortune, reine enivrée
De ce vieux Paris, notre aïeul,
Lui met une telle livrée
Qu'on préférerait le linceul.

La victoire est une drôlesse;
Cette vivandière au flanc nu
Rit de se voir mener en laisse
Par le premier goujat venu.

Point de Condés, des La Feuillades;
Mars et Vénus dans leur clapier;
Je n'admire point les œillades
De cette fille à ce troupier.

Partout l'or sur la pourriture,
L'idéal en proie aux moqueurs,
Un abaissement de stature
D'accord avec la nuit des cœurs.

II

Mais tourne le dos, ma pensée!
Viens; les bois sont d'aube empourprés;
Sois de la fête; la rosée
T'a promise à la fleur de prés.

Quitte Paris pour la feuillée.
Une haleine heureuse est dans l'air;
La vaste joie est réveillée;
Quelqu'un rit dans le grand ciel clair.

Viens sous l'arbre aux voix étouffées,
Viens dans les taillis pleins d'amour

Où la nuit vont danser les fées
Et les paysannes le jour.

Viens, on t'attend dans la nature.
Les martinets sont revenus ;
L'eau veut te conter l'aventure
Des bas ôtés et des pieds nus.

C'est la grande orgie ingénue
Des nids, des ruisseaux, des forêts,
Des rochers, des fleurs, de la nue ;
La rose a dit que tu viendrais.

Quitte Paris. La plaine est verte ;
Le ciel, cherché des yeux en pleurs,
Au bord de sa fenêtre ouverte
Met avril, ce vase de fleurs.

L'aube a voulu, l'aube superbe,
Que pour toi le champ s'animât.
L'insecte est au bout du brin d'herbe
Comme un matelot au grand mât.

Que t'importe Fouché de Nantes
Et le prince de Bénévent !
Les belles mouches bourdonnantes
Emplissent l'azur et le vent.

Je ne comprends plus tes murmures
Et je me déclare content
Puisque voilà les fraises mûres
Et que l'iris sort de l'étang.

III

Fuyons avec celle que j'aime.
Paris trouble l'amour. Fuyons.
Perdons-nous dans l'oubli suprême
Des feuillages et des rayons.

Les bois sont sacrés; sur leurs cimes
Resplendit le joyeux été;
Et les forêts sont des abîmes
D'allégresse et de liberté.

Toujours les cœurs les plus moroses
Et les cerveaux les plus boudeurs
Ont vu le bon côté des choses
S'éclairer dans les profondeurs.

Tout reluit; le matin rougeoie;
L'eau brille; on court dans le ravin;
La gaieté monte sur la joie
Comme la mousse sur le vin.

La tendresse sort des corolles;
Le rosier a l'air d'un amant.
Comme on éclate en choses folles,
Et comme on parle innocemment!

Ô fraîcheur du rire! ombre pure!
Mystérieux apaisement!
Dans l'immense lueur obscure
On s'emplit d'éblouissement.

Adieu les vains soucis funèbres!
On ne se souvient que du beau.
Si toute la vie est ténèbres,
Toute la nature est flambeau.

Qu'ailleurs la bassesse soit grande,
Que l'homme soit vil et bourbeux,
J'en souris, pourvu que j'entende
Une clochette au cou des bœufs.

Il est bien certain que les sources,
Les arbres pleins de doux ébats,
Les champs, sont les seules ressources
Que l'âme humaine ait ici-bas.

Ô solitude, tu m'accueilles
Et tu m'instruis sous le ciel bleu;
Un petit oiseau sous les feuilles,
Chantant, suffit à prouver Dieu.

VI

L'ÉTERNEL PETIT ROMAN

I

LE DOIGT DE LA FEMME

Dieu prit sa plus molle argile
Et son plus pur kaolin,
Et fit un bijou fragile,
Mystérieux et câlin.

Il fit le doigt de la femme,
Chef-d'œuvre auguste et charmant,
Ce doigt fait pour toucher l'âme
Et montrer le firmament.

Il mit dans ce doigt le reste
De la lueur qu'il venait
D'employer au front céleste
De l'heure où l'aurore naît.

Il y mit l'ombre du voile,
Le tremblement du berceau,
Quelque chose de l'étoile,
Quelque chose de l'oiseau.

Le Père qui nous engendre
Fit ce doigt mêlé d'azur,
Très fort pour qu'il restât tendre,
Très blanc pour qu'il restât pur,

Et très doux, afin qu'en somme
Jamais le mal n'en sortît,
Et qu'il pût sembler à l'homme
Le doigt de Dieu, plus petit.

Il en orna la main d'Ève,
Cette frêle et chaste main
Qui se pose comme un rêve
Sur le front du genre humain.

Cette humble main ignorante,
Guide de l'homme incertain,
Qu'on voit trembler, transparente,
Sur la lampe du destin.

Oh! dans ton apothéose,
Femme, ange aux regards baissés,
La beauté, c'est peu de chose,
La grâce n'est pas assez;

Il faut aimer. Tout soupire,
L'onde, la fleur, l'alcyon;
La grâce n'est qu'un sourire,
La beauté n'est qu'un rayon;

Dieu, qui veut qu'Ève se dresse
Sur notre rude chemin,
Fit pour l'amour la caresse,
Pour la caresse ta main.

Dieu, lorsque ce doigt qu'on aime
Sur l'argile fut conquis,
S'applaudit, car le suprême
Est fier de créer l'exquis.

Ayant fait ce doigt sublime,
Dieu dit aux anges : Voilà!

Puis s'endormit dans l'abîme ;
Le diable alors s'éveilla.

Dans l'ombre où Dieu se repose,
Il vint, noir sur l'orient,
Et tout au bout du doigt rose
Mit un ongle en souriant.

II

FUITE EN SOLOGNE

AU POÈTE MÉRANTE

I

Ami, viens me rejoindre.
Les bois sont innocents.
Il est bon de voir poindre
L'aube des paysans.

Paris, morne et farouche,
Pousse des hurlements
Et se tord sous la douche
Des noirs événements.

Il revient, loi sinistre,
Étrange état normal !
À l'ennui par le cuistre
Et par le monstre au mal.

II

J'ai fui ; viens. C'est dans l'ombre
Que nous nous réchauffons.
J'habite un pays sombre
Plein de rêves profonds.

Les récits de grand-mère
Et les signes de croix
Ont mis une chimère
Charmante, dans les bois.

Ici, sous chaque porte,
S'assied le fabliau,
Nain du foyer qui porte
Perruque in-folio.

L'elfe dans les nymphées
Fait tourner ses fuseaux;
Ici l'on a des fées
Comme ailleurs des oiseaux.

Le conte, aimé des chaumes,
Trouve au bord des chemins,
Parfois, un nid de gnomes
Qu'il prend dans ses deux mains.

Les follets sont des drôles
Pétris d'ombre et d'azur
Qui font aux creux des saules
Un flamboiement obscur.

Le faune aux doigts d'écorce
Rapproche par moments
Sous la table au pied torse
Les genoux des amants.

Le soir un lutin cogne
Aux plafonds des manoirs;
Les étangs de Sologne
Sont de pâles miroirs.

Les nénuphars des berges
Me regardent la nuit;
Les fleurs semblent des vierges;
L'âme des choses luit.

III

Cette bruyère est douce;
Ici le ciel est bleu,
L'homme vit, le blé pousse
Dans la bonté de Dieu.

J'habite sous les chênes
Frémissants et calmants;
L'air est tiède, et les plaines
Sont des rayonnements.

Je me suis fait un gîte
D'arbres, sourds à nos pas;
Ce que le vent agite,
L'homme ne l'émeut pas.

Le matin, je sommeille
Confusément encor.
L'aube arrive vermeille
Dans une gloire d'or.

— Ami, dit la ramée,
Il fait jour maintenant. —
Une mouche enfermée
M'éveille en bourdonnant.

IV

Viens, loin des catastrophes,
Mêler sous nos berceaux
Le frisson de tes strophes
Au tremblement des eaux.

Viens, l'étang solitaire
Est un poème aussi.
Les lacs ont le mystère,
Nos cœurs ont le souci.

Tout comme l'hirondelle,
La stance quelquefois
Aime à mouiller son aile
Dans la mare des bois.

C'est, la tête inondée
Des pleurs de la forêt,
Que souvent le spondée
À Virgile apparaît.

C'est des sources, des îles,
Du hêtre et du glaïeul
Que sort ce tas d'idylles
Dont Tityre est l'aïeul.

Segrais, chez Pan son hôte,
Fit un livre serein
Où la grenouille saute
Du sonnet au quatrain.

Pendant qu'en sa nacelle
Racan chantait Babet,
Du bec de la sarcelle
Une rime tombait.

Moi, ce serait ma joie
D'errer dans la fraîcheur
D'une églogue où l'on voie
Fuir le martin-pêcheur.

L'ode même, superbe,
Jamais ne renia
Toute cette grande herbe
Où rit Titania.

Ami, l'étang révèle
Et mêle, brin à brin,
Une flore nouvelle
Au vieil alexandrin.

Le style se retrempe
Lorsque nous le plongeons
Dans cette eau sombre où rampe
Un esprit sous les joncs.

Viens, pour peu que tu veuilles
Voir croître dans ton vers
La sphaigne aux larges feuilles
Et les grands roseaux verts.

III

GARE!

On a peur, tant elle est belle!
Fût-on don Juan ou Caton.
On la redoute rebelle;
Tendre, que deviendrait-on?

Elle est joyeuse et céleste!
Elle vient de ce Brésil
Si doré qu'il fait du reste
De l'univers un exil.

À quatorze ans épousée,
Et veuve au bout de dix mois.
Elle a toute la rosée
De l'aurore au fond des bois.

Elle est vierge; à peine née.
Son mari fut un vieillard;
Dieu brisa cet hyménée
De Trop tôt avec Trop tard.

Apprenez qu'elle se nomme
Doña Rosita Rosa;
Dieu, la destinant à l'homme,
Aux anges la refusa.

Elle est ignorante et libre,
Et sa candeur la défend.
Elle a tout, accent qui vibre,
Chanson triste et rire enfant,

Tout, le caquet, le silence,
Ces petits pieds familiers
Créés pour l'invraisemblance
Des romans et des souliers,

Et cet air des jeunes Èves
Qu'on nommait jadis fripon,
Et le tourbillon des rêves
Dans les plis de son jupon.

Cet être qui nous attire,
Agnès cousine d'Hébé,
Enivrerait un satyre,
Et griserait un abbé.

Devant tant de beautés pures,
Devant tant de frais rayons,
La chair fait des conjectures
Et l'âme des visions.

Au temps présent l'eau saline,
La blanche écume des mers
S'appelle la mousseline ;
On voit Vénus à travers.

Le réel fait notre extase ;
Et nous serions plus épris
De voir Ninon sous la gaze
Que sous la vague Cypris.

Nous préférons la dentelle
Au flot diaphane et frais ;
Vénus n'est qu'une immortelle ;
Une femme, c'est plus près.

Celle-ci, vers nous conduite
Comme un ange retrouvé,
Semble à tous les cœurs la suite
De leur songe inachevé.

L'âme l'admire, enchantée
Par tout ce qu'a de charmant
La rêverie ajoutée
Au vague éblouissement.

Quel danger ! on la devine.
Un nimbe à ce front vermeil !
Belle, on la rêve divine,
Fleur, on la rêve soleil.

Elle est lumière, elle est onde,
On la contemple. On la croit

Reine et fée, et mer profonde
Pour les perles qu'on y voit.

Gare, Arthur! gare, Clitandre!
Malheur à qui se mettrait
À regarder d'un air tendre
Ce mystérieux attrait!

L'amour, où glissent les âmes,
Est un précipice; on a
Le vertige au bord des femmes
Comme au penchant de l'Étna.

On rit d'abord. Quel doux rire!
Un jour, dans ce jeu charmant,
On s'aperçoit qu'on respire
Un peu moins facilement.

Ces feux-là troublent la tête.
L'imprudent qui s'y chauffait
S'éveille à moitié poète
Et stupide tout à fait.

Plus de joie. On est la chose
Des tourments et des amours.
Quoique le tyran soit rose,
L'esclavage est noir toujours.

On est jaloux; travail rude!
On n'est plus libre et vivant,
Et l'on a l'inquiétude
D'une feuille dans le vent.

On la suit, pauvre jeune homme!
Sous prétexte qu'il faut bien
Qu'un astre ait un astronome
Et qu'une femme ait un chien.

On se pose en loup fidèle ;
On est bête, on s'en aigrit,
Tandis qu'un autre, auprès d'elle,
Aimant moins, a plus d'esprit.

Même aux bals et dans les fêtes,
On souffre, fût-on vainqueur ;
Et voilà comment sont faites
Les aventures du cœur.

Cette adolescente est sombre
À cause de ses quinze ans
Et de tout ce qu'on voit d'ombre
Dans ses beaux yeux innocents.

On donnerait un empire
Pour tous ces chastes appas ;
Elle est terrible ; et le pire,
C'est qu'elle n'y pense pas.

IV

À DOÑA ROSITA ROSA

I

Ce petit bonhomme bleu
Qu'un souffle apporte et remporte,
Qui, dès que tu dors un peu,
Gratte de l'ongle à ta porte,

C'est mon rêve. Plein d'effroi,
Jusqu'à ton seuil il se glisse.

Il voudrait entrer chez toi
En qualité de caprice.

Si tu désires avoir
Un caprice aimable, leste,
Et prenant un air céleste
Sous les étoiles du soir,

Mon rêve, ô belle des belles,
Te convient; arrangeons-nous.
Il a ton nom sur ses ailes
Et mon nom sur ses genoux.

Il est doux, gai, point morose,
Tendre, frais, d'azur baigné.
Quant à son ongle, il est rose,
Et j'en suis égratigné.

II

Prends-le donc à ton service.
C'est un pauvre rêve fou;
Mais pauvreté n'est pas vice.
Nul cœur ne ferme au verrou;

Ton cœur, pas plus que mon âme,
N'est clos et barricadé.
Ouvre donc, ouvrez, madame,
À mon doux songe évadé.

Les heures pour moi sont lentes,
Car je souffre éperdument;
Il vient sur ton front charmant
Poser ses ailes tremblantes.

T'obéir sera son vœu;
Il dorlotera ton âme;
Il fera chez toi du feu,
Et, s'il le peut, de la flamme.

Il fera ce qui te plaît;
Prompt à voir tes désirs naître;
Belle, il sera ton valet,
Jusqu'à ce qu'il soit ton maître.

V

À ROSITA

Tu ne veux pas aimer, méchante?
Le printemps en est triste vois;
Entends-tu ce que l'oiseau chante
Dans la sombre douceur des bois?

Sans l'amour rien ne reste d'Ève;
L'amour, c'est la seule beauté;
Le ciel, bleu quand l'astre s'y lève,
Est tout noir, le soleil ôté.

Tu deviendras laide toi-même
Si tu n'as pas plus de raison.
L'oiseau chante qu'il faut qu'on aime,
Et ne sait pas d'autre chanson.

VI

C'EST PARCE QU'ELLE SE TAISAIT

Son silence fut mon vainqueur;
C'est ce qui m'a fait épris d'elle.
D'abord je n'avais dans le cœur
Rien qu'un obscur battement d'aile.

Nous allions en voiture au bois,
Seuls tous les soirs, et loin du monde;
Je lui parlais, et d'autres voix
Chantaient dans la forêt profonde.

Son œil était mystérieux.
Il contient, cet œil de colombe,
Le même infini que les cieux,
La même aurore que la tombe.

Elle ne disait rien du tout,
Pensive au fond de la calèche.
Un jour je sentis tout à coup
Trembler dans mon âme une flèche.

L'Amour, c'est le je ne sais quoi.
Une femme habile à se taire
Est la caverne où se tient coi
Ce méchant petit sagittaire.

VII

À LA BELLE IMPÉRIEUSE

L'amour, panique
De la raison,
Se communique
Par le frisson.

Laissez-moi dire,
N'accordez rien.

Si je soupire,
Chantez, c'est bien.

Si je demeure,
Triste, à vos pieds,
Et si je pleure,
C'est bien, riez.

Un homme semble
Souvent trompeur.
Mais si je tremble,
Belle, ayez peur.

VIII

SOMMATION IRRESPECTUEUSE

Rire étant si jolie,
C'est mal. Ô trahison
D'inspirer la folie,
En gardant la raison!

Rire étant si charmante!
C'est coupable, à côté
Des rêves qu'on augmente
Par son trop de beauté.

Une chose peut-être
Qui va vous étonner,
C'est qu'à votre fenêtre
Le vent vient frissonner,

Qu'avril commence à luire,
Que la mer s'aplanit,
Et que cela veut dire :
Fauvette, fais ton nid.

Belle aux chansons naïves,
J'admets peu qu'on ait droit
Aux prunelles très vives,
Ayant le cœur très froid.

Quand on est si bien faite,
On devrait se cacher.
Un amant qu'on rejette,
À quoi bon l'ébaucher ?

On se lasse, ô coquette,
D'être toujours tremblant,
Vous êtes la raquette,
Et je suis le volant.

Le coq battant de l'aile,
Maître en son pachalick,
Nous prévient qu'une belle
Est un danger public.

Il a raison. J'estime
Qu'en leur gloire isolés,
Deux beaux yeux sont un crime,
Allumez, mais brûlez.

Pourquoi ce vain manège ?
L'eau qu'échauffe le jour,
La fleur perçant la neige,
Le loup hurlant d'amour,

L'astre que nos yeux guettent,
Sont l'eau, la fleur, le loup.

Et l'étoile, et n'y mettent
Pas de façons du tout.

Aimer est si facile
Que, sans cœur, tout est dit,
L'homme est un imbécile,
La femme est un bandit.

L'œillade est une dette.
L'insolvabilité,
Volontaire, complète
Ce monstre, la beauté.

Craindre ceux qu'on captive!
Nous fuir et nous lier!
Être la sensitive
Et le mancenillier!

C'est trop. Aimez, madame.
Quoi donc! quoi! mon souhait
Où j'ai tout mis, mon âme
Et mes rêves, me hait!

L'amour nous vise. Certe,
Notre effroi peut crier,
Mais rien ne déconcerte
Cet arbalétrier.

Sachez donc, ô rebelle,
Que souvent, trop vainqueur,
Le regard d'une belle
Ricoche sur son cœur.

Vous pouvez être sûre
Qu'un jour vous vous ferez
Vous-même une blessure
Que vous adorerez.

Vous comprendrez l'extase
Voisine du péché,
Et que l'âme est un vase
Toujours un peu penché.

Vous saurez, attendrie,
Le charme de l'instant
Terrible, où l'on s'écrie :
Ah ! vous m'en direz tant !

Vous saurez, vous qu'on gâte,
Le destin tel qu'il est,
Les pleurs, l'ombre, et la hâte
De cacher un billet.

Oui, — pourquoi tant remettre ? —
Vous sentirez, qui sait ?
La douceur d'une lettre
Que tiédit le corset.

Vous riez ! votre joie
À Tout préfère Rien.
En vain l'aube rougeoie,
En vain l'air chante. Eh bien,

Je ris aussi ! Tout passe.
Ô muse, allons-nous-en.
J'aperçois l'humble grâce
D'un toit de paysan ;

L'arbre, libre volière,
Est plein d'heureuses voix ;
Dans les pousses du lierre
Le chevreau fait son choix ;

Et, jouant sous les treilles,
Un petit villageois
À pour pendants d'oreilles
Deux cerises des bois.

IX

FÊTES DE VILLAGE EN PLEIN AIR

Le bal champêtre est sous la tente.
On prend en vain des airs moqueurs ;
Toute une musique flottante
Passe des oreilles aux cœurs.

On entre, on fait cette débauche
De voir danser en plein midi
Près d'une Madelon point gauche
Un Gros-Pierre point engourdi.

On regarde les marrons frire ;
La bière mousse, et les plateaux
Offrent aux dents pleines de rire
Des mosaïques de gâteaux.

Le soir on va dîner sur l'herbe ;
On est gai, content, berger, roi,
Et, sans savoir comment, superbe,
Et tendre, sans savoir pourquoi.

Feuilles vertes et nappes blanches ;
Le couchant met le bois en feu ;
La joie ouvre ses ailes franches :
Comme le ciel immense est bleu !

X

CONFIANCE

À MÉRANTE

Ami, tu me dis : — « Joie extrême !
« Donc, ce matin, comblant ton vœu,
« Rougissante, elle a dit : Je t'aime !
« Devant l'aube, cet autre aveu.

« Ta victoire, tu la dévoiles.
« On t'aime, ô Léandre, ô Saint-Preux,
« Et te voilà dans les étoiles,
« Sans parachute, malheureux ! »

Et tu souris. Mais que m'importe !
Ton sourire est un envieux.
Sois gai ; moi, ma tristesse est morte.
Rire c'est bien, aimer c'est mieux.

Tu me croyais plus fort en thème,
N'est-ce pas ? tu te figurais
Que je te dirais : Elle m'aime,
Défions-nous, et buvons frais.

Point. J'ai des manières étranges ;
On fait mon bonheur, j'y consens ;
Je vois là-haut passer les anges
Et je me mêle à ces passants.

Je suis ingénu comme Homère,
Quand cet aveugle aux chants bénis
Adorait la mouche éphémère
Qui sort des joncs de l'Hypanis.

J'ai la foi. Mon esprit facile
Dès le premier jour constata
Dans la Sologne une Sicile,
Une Aréthuse en Rosita.

Je ne vois point dans une femme
Un filou, par l'ombre enhardi.
Je ne crois pas qu'on prenne une âme
Comme on vole un maravedi.

La supposer fausse, et plâtrée,
Non, justes dieux! je suis épris.
Je ne commence point l'entrée
Au paradis, par le mépris.

Je lui donne un cœur sans lui dire :
Rends-moi la monnaie! — Et je crois
À sa pudeur, à mon délire,
Au bleu du ciel, aux fleurs des bois.

J'entre en des sphères idéales
Sans fredonner le vieux pont-neuf
De Villon aux piliers des Halles
Et de Fronsac à l'Œil-de-Bœuf.

Je m'enivre des harmonies
Qui, de l'azur, à chaque pas,
M'arrivent, claires, infinies,
Joyeuses, et je ne crois pas

Que l'amour trompe nos attentes,
Qu'un bien-aimé soit un martyr,
Et que toutes ces voix chantantes
Descendent du ciel pour mentir.

Je suis rempli d'une musique ;
Je ne sens point, dans mes halliers,
La désillusion classique
Des vieillards et des écoliers.

J'écoute en moi l'hymne suprême
De mille instruments triomphaux
Qui tous répètent qu'elle m'aime,
Et dont pas un ne chante faux.

Oui, je t'adore ! oui, tu m'adores !
C'est à ces mots-là que sont dus
Tous ces vagues clairons sonores
Dans un bruit de songe entendus.

Et, dans les grands bois qui m'entourent,
Je vois danser, d'un air vainqueur,
Les cupidons, gamins qui courent
Devant la fanfare du cœur.

XI

LE NID

C'est l'abbé qui fait l'église ;
C'est le roi qui fait la tour ;
Qui fait l'hiver ? C'est la bise.
Qui fait le nid ? C'est l'amour.

Les églises sont sublimes,
La tour monte dans les cieux,
L'hiver pour trône a les cimes ;
Mais le nid chante et vaut mieux.

Le nid, que l'aube visite,
Ne voit ni deuils, ni combats ;
Le nid est la réussite
La meilleure d'ici-bas.

Là, pas d'or et point de marbre ;
De la mousse, un coin étroit ;
C'est un grenier dans un arbre,
C'est un bouquet sur un toit.

Ce n'est point chose facile,
Lorsque Charybde et Scylla
Veulent mordre la Sicile,
Que de mettre le holà ;

Quand l'Hékla brûle sa suie,
Quand flambe l'Etna grognon,
Le fumiste qui l'essuie
Est un rude compagnon ;

L'orage est grand dans son antre ;
Le nuage, hydre des airs,
Est splendide quand son ventre
Laisse tomber les éclairs ;

Un cri fier et redoutable,
De hautes rébellions
Sortent de la fauve étable
Des tigres et des lions ;

Certes, c'est une œuvre ardue
D'allumer le jour levant,
D'ouvrir assez l'étendue
Pour ne pas casser le vent,

Et de donner à la houle
Un si gigantesque élan
Que, d'un seul bond, elle roule
De Behring à Magellan.

Emplir de fureur les bêtes
Et le tonnerre de bruit;
Gonfler le cou des tempêtes
Des sifflements de la nuit;

Tirer, quand la giboulée
Fouette le matin vermeil,
De l'écurie étoilée
L'attelage du soleil;

Gaver de vins vendémiaire,
D'épis messidor; pouvoir
Aux dépenses de lumière
Que fait l'astre chaque soir;

Peupler l'ombre; avoir la force,
À travers la terre et l'air,
D'enfler tous les ans l'écorce,
D'enfler tous les jours la mer;

Ce sont les travaux suprêmes
Des dieux, ouvriers géants
Mirant leurs bleus diadèmes
Dans les glauques océans;

Ce sont les tâches immenses
Des êtres régnant sur nous,
Tantôt des grandes clémences,
Tantôt des vastes courroux;

C'est du miracle et du rêve;
Hier, aujourd'hui, demain,

Ces choses font, depuis Ève,
L'éblouissement humain.

Mais entre tous les prodiges
Qu'entassent dieux et démons,
Ouvrant l'abîme aux vertiges,
Heurtant les foudres aux monts,

C'est l'effort le plus superbe,
C'est le travail le plus beau,
De faire tordre un brin d'herbe
Au bec d'un petit oiseau.

En vain rampe la couleuvre ;
L'amour arrange et bénit
Deux ailes sur la même œuvre,
Deux cœurs dans le même nid.

Ce nid où l'amour se pose,
Voilà le but du ciel bleu ;
Et pour la plus douce chose
Il faut le plus puissant dieu.

XII

À PROPOS DE DOÑA ROSA

À MÉRANTE

Au printemps, quand les nuits sont claires,
Quand on voit, vagues tourbillons,
Voler sur les fronts les chimères
Et dans les fleurs les papillons,

Pendant la floraison des fèves,
Quand l'amant devient l'amoureux,
Quand les hommes, en proie aux rêves,
Ont toutes ces mouches sur eux,

J'estime qu'il est digne et sage
De ne point prendre un air vainqueur,
Et d'accepter ce doux passage
De la saison sur notre cœur.

À quoi bon résister aux femmes,
Qui ne résistent pas du tout ?
Toutes les roses sont en flammes ;
Une guimpe est de mauvais goût.

Trop heureux ceux à qui les belles
Font la violence d'aimer !
À quoi sert-il d'avoir des ailes,
Sinon pour les laisser plumer ?

Ô Mérante, il n'est rien qui vaille
Ces purs attraits, tendres tyrans,
Un sourire qui dit : Bataille !
Un soupir qui dit : Je me rends !

Et je donnerais la Castille
Et ses plaines en amadou
Pour deux yeux sous une mantille,
Fiers, et venant on ne sait d'où.

XIII

LES BONNES INTENTIONS DE ROSA

Ce bonhomme avait les yeux mornes
Et, sur son front, chargé d'ennui,
L'incorrection de deux cornes,
Tout à fait visibles chez lui.

Ses vagues prunelles bourrues
Reflétaient dans leur blême éclair
Le sombre dédale des rues
De la grande ville d'enfer.

Son pied fourchu crevait ses chausses ;
Hors du gouffre il prenait le frais ;
Ses dents, certes, n'étaient point fausses,
Mais ses regards n'étaient pas vrais.

Il venait sur terre, vorace.
Dans ses mains, aux ongles de fer,
Il tenait un permis de chasse
Signé Dieu, plus bas Lucifer.

C'était Belzébuth, très bon diable.
Je le reconnus sur-le-champ.
Sa grimace irrémédiable
Lui donnait l'air d'un dieu méchant.

Un même destin, qui nous pèse,
Semble tous deux nous châtier,
Car dans l'amour je suis à l'aise
Comme lui dans un bénitier.

L'amour, — jaloux, ne vous déplaise, —
Est un doux gazon d'oasis
Fort ressemblant à de la braise
Sur laquelle on serait assis.

Une femme ! l'exquise chose !
Je redeviens un écolier ;
Je décline Rosa la rose ;
Je suis amoureux à lier.

Or le diable est une rencontre;
Et j'en suis toujours réjoui.
De tous les Pour il est le Contre;
Il est le Non de tous les Oui.

Le diable est diseur de proverbes.
Il songeait. Son pied mal botté
Écrasait dans les hautes herbes
La forêt de fleurs de l'été.

L'un près de l'autre nous passâmes.
— Çà, pensai-je, il est du métier. —
Le diable se connaît en femmes,
En qualité de bijoutier.

Je m'approchai de son altesse,
Le chapeau bas; ce carnassier,
Calme, me fit la politesse
D'un sourire hostile et princier.

Je lui dis : — Que pensez-vous d'elle?
Contez-moi ce que vous savez.
— Son désir de t'être fidèle,
Dit-il, est un de mes pavés.

XIV

ROSA FÂCHÉE

Une querelle. Pourquoi?
Mon Dieu! parce qu'on s'adore.
À peine s'est-on dit Toi
Que Vous se hâte d'éclore.

Le cœur tire sur son nœud;
L'azur fuit; l'âme est diverse.
L'amour est un ciel, qui pleut
Sur les amoureux à verse.

De même, quand, sans effroi,
Dans la forêt que juin dore,
On va rôder, sur la foi
Des promesses de l'aurore,

On peut être pris le soir,
Car le beau temps souvent triche,
Par un gros nuage noir
Qui n'était pas sur l'affiche.

XV

DANS LES RUINES D'UNE ABBAYE

Seuls tous deux, ravis, chantants!
Comme on s'aime!
Comme on cueille le printemps
Que Dieu sème!

Quels rires étincelants
Dans ces ombres
Pleines jadis de fronts blancs,
De cœurs sombres!

On est tout frais mariés.
On s'envoie
Les charmants cris variés
De la joie.

Purs ébats mêlés au vent
  Qui frissonne !
Gaietés que le noir couvent
  Assaisonne !

On effeuille des jasmins
  Sur la pierre
Où l'abbesse joint ses mains
  En prière.

Les tombeaux, de croix marqués,
  Font partie
De ces jeux, un peu piqués
  Par l'ortie.

On se cherche, on se poursuit,
  On sent croître
Ton aube, amour, dans la nuit
  Du vieux cloître.

On s'en va se becquetant,
  On s'adore,
On s'embrasse à chaque instant,
  Puis encore,

Sous les piliers, les arceaux,
  Et les marbres.
C'est l'histoire des oiseaux
  Dans les arbres.

XVI

LES TROP HEUREUX

Quand avec celle qu'on enlève,
Joyeux, on s'est enfui si loin,
Si haut, qu'au-dessus de son rêve
On n'a plus que Dieu, doux témoin ;

Quand, sous un dais de fleurs sans nombre,
On a fait tomber sa beauté
Dans quelque précipice d'ombre,
De silence et de volupté;

Quand, au fond du hallier farouche,
Dans une nuit pleine de jour,
Une bouche sur une bouche
Baise ce mot divin : amour !

Quand l'homme contemple la femme,
Quand l'amante adore l'amant,
Quand, vaincus, ils n'ont plus dans l'âme
Qu'un muet éblouissement,

Ce profond bonheur solitaire,
C'est le ciel que nous essayons.
Il irrite presque la terre
Résistante à trop de rayons.

Ce bonheur rend les fleurs jalouses
Et les grands chênes envieux,
Et fait qu'au milieu des pelouses
Le lys trouve le rosier vieux;

Ce bonheur est si beau qu'il semble
Trop grand, même aux êtres ailés;
Et la libellule qui tremble,
La graine aux pistils étoilés,

Et l'étamine, âme inconnue
Qui de la plante monte au ciel.
Le vent errant de nue en nue,
L'abeille errant de miel en miel,

L'oiseau, que les hivers désolent,
Le frais papillon rajeuni,
Toutes les choses qui s'envolent,
En murmurent dans l'infini.

XVII

À UN VISITEUR PARISIEN

Domremy, 182...

Moi, que je sois royaliste !
C'est à peu près comme si
Le ciel devait rester triste
Quand l'aube a dit : Me voici !

Un roi, c'est un homme équestre,
Personnage à numéro,
En marge duquel de Maistre
Écrit : Roi, lisez : Bourreau.

Je n'y crois plus. Est-ce un crime
Que d'avoir, par ma cloison,
Vu ce point du jour sublime,
Le lever de la raison !

J'étais jadis à l'école
Chez ce pédant, le Passé ;
J'ai rompu cette bricole ;
J'épelle un autre A B C.

Mon livre, ô fils de Lutèce,
C'est la nature, alphabet
Où le lys n'est point altesse,
Où l'arbre n'est point gibet.

Maintenant, je te l'avoue,
Je ne crois qu'au droit divin
Du cœur, de l'enfant qui joue,
Du franc rire et du bon vin.

Puisque tu me fais visite
Sous mon chaume, à Domremy,
À toi le Grec, moi le Scythe,
J'ouvre mon âme à demi...

Pas tout à fait. — La feuillée
Doit voiler le carrefour,
Et la porte entrebâillée
Convient au timide amour.

J'aime, en ces bois que j'habite,
L'aurore; et j'ai dans mon trou
Pour pareil, le cénobite,
Pour contraire, le hibou.

Une femme me fascine;
Comme Properce, j'entends
Une flûte tibicine
Dans les branches du printemps.

J'ai pour jeu la poésie;
J'ai pour torture un minois,
Vieux style, et la jalousie,
Ce casse-tête chinois.

Je suis fou d'une charmeuse,
De Paris venue ici,
Dont les saules de la Meuse
Sont tous amoureux aussi.

Je l'ai suivie en Sologne,
Je la suis à Vaucouleurs.
Mon cœur rit, ma raison grogne,
Et me voilà dans les fleurs.

Je l'ai nommée Euryanthe.
J'en perds l'âme et l'appétit.
Circonstance atténuante :
Elle a le pied très petit.

Plains-moi. Telle est ma blessure.
Cela dit, amusons-nous.
Oublions tout, la censure,
Rome, et l'abbé Frayssinous.

Cours les bals, danse aux kermesses.
Les filles ont de la foi ;
Fais-toi tenir les promesses
Qu'elles m'ont faites à moi.

Ris, savoure, aime, déguste,
Et, libres, narguons un peu
Le roi, ce faux nez auguste
Que le prêtre met à Dieu.

XVIII

DÉNONCIATION DE L'ESPRIT DES BOIS

J'ai vu ton ami, j'ai vu ton amie ;
Mérante et Rosa ; vous n'étiez point trois.
Fils, ils ont produit une épidémie
De baisers parmi les nids de mon bois.

Ils étaient contents, le diable m'emporte !
Tu n'étais point là. Je les regardais.
Jadis on trompait Jupin de la sorte ;

Moi je suis très laid, j'ai l'épaule haute,
Mais, bah ! quand je peux, je ris de bon cœur.
Chacun a sa part ; on plane, je saute ;
Vous êtes les beaux, je suis le moqueur.

Quand le ciel charmant se mire à la source,
Quand les autres ont l'âme et le baiser,
Faire la grimace est une ressource.
N'étant pas heureux, il faut s'amuser.

Je dois t'avertir qu'un bois souvent couvre
Des détails, piquants pour Brantôme et Grimm,
Que les yeux sont faits pour qu'on les entrouvre,
Fils, et qu'une absence est un intérim.

Un cœur parfois trompe et se désabonne.
Qui veille a raison. Dieu, ce grand Bréguet,
Fit la confiance, et, la trouvant bonne,
L'améliora par un peu de guet.

Tu serais marmotte ou l'un des Quarante
Que tu ne pourrais dormir mieux que ça
Pendant que Rosa sourit à Mérante,
Pendant que Mérante embrasse Rosa.

XIX

RÉPONSE À L'ESPRIT DES BOIS

Nain qui me railles,
Gnome aperçu
Dans les broussailles,
Ailé, bossu ;

Face moisie,
Sur toi, boudeur,
La poésie
Tourne en laideur.

Magot de l'Inde,
Dieu d'Abydos,
Ce mont, le Pinde,
Est sur ton dos.

Ton nom est Fable.
Ton boniment
Quelquefois hâble
Et toujours ment.

Ta verve est faite
De ton limon,
Et le poète
Sort du démon.

Monstre apocryphe,
Trouble-raisons,
On sent ta griffe
Dans ces buissons.

Tu me dénonces
Un rendez-vous.
Ô fils des ronces,
Frère des houx,

Et ta voix grêle
Vient accuser
D'un sourire, elle,
Lui, d'un baiser.

Quel vilain rôle !
Je n'en crois rien,
Vieux petit drôle
Aérien.

Reprends ta danse,
Spectre badin ;
Reçois quittance
De mon dédain

Où j'enveloppe
Tous tes aïeux
Depuis Esope
Jusqu'à Mayeux.

XX

LETTRE

J'ai mal dormi. C'est votre faute.
J'ai rêvé que, sur des sommets,
Nous nous promenions côte à côte,
Et vous chantiez, et tu m'aimais.

Mes dix-neuf ans étaient la fête
Qu'en frissonnant je vous offrais ;
Vous étiez belle et j'étais bête
Au fond des bois sombres et frais.

Je m'abandonnais aux ivresses ;
Au-dessus de mon front vivant
Je voyais fuir les molles tresses
De l'aube, du rêve et du vent.

Vous aviez cet air qui m'enchante ;
J'étais ébloui, beau, superbe ;
Je voyais des jardins de feu,
Des nids dans l'air, des fleurs dans l'herbe,
Et dans un immense éclair, Dieu.

Mon sang murmurait dans mes tempes
Une chanson que j'entendais ;
Les planètes étaient mes lampes ;
J'étais archange sous un dais.

Car la jeunesse est admirable,
La joie emplit nos sens hardis ;
Et la femme est le divin diable
Qui taquine ce paradis.

Elle tient un fruit qu'elle achève
Et qu'elle mord, ange et tyran ;
Ce qu'on nomme la pomme d'Ève,
Tristes cieux ! c'est le cœur d'Adam.

J'ai toute la nuit eu la fièvre.
Je vous adorais en dormant ;
Le mot amour sur votre lèvre
Faisait un vague flamboiement.

Pareille à la vague où l'œil plonge,
Votre gorge m'apparaissait
Dans une nudité de songe,
Avec une étoile au corset.

Je voyais vos jupes de soie,
Votre beauté, votre blancheur ;
J'ai jusqu'à l'aube été la proie
De ce rêve mauvais coucheur.

Vous aviez cet air qui m'enchante ;
Vous me quittiez, vous me preniez ;
Vous changiez d'amours, plus méchante
Que les tigres calomniés.

Nos âmes se sont dénouées,
Et moi, de souffrir j'étais las ;
Je me mourais dans des nuées
Où je t'entendais rire, hélas !

Je me réveille, et ma ressource
C'est de ne plus penser à vous,
Madame, et de fermer la source
Des songes sinistres et doux.

Maintenant, calmé, je regarde,
Pour oublier d'être jaloux,
Un tableau qui dans ma mansarde
Suspend Venise à quatre clous.

C'est un cadre ancien qu'illumine,
Sous de grands arbres, jadis verts,
Un soleil d'assez bonne mine
Quoique un peu mangé par les vers.

Le paysage est plein d'amantes,
Et du vieux sourire effacé
De toutes les femmes charmantes
Et cruelles du temps passé.

Sans les éteindre, les années
Ont couvert de molles pâleurs
Les robes vaguement traînées
Dans de la lumière et des fleurs.

Un bateau passe. Il porte un groupe
Où chante un prélat violet ;

L'ombre des branches se découpe
Sur le plafond du tendelet.

À terre, un pâtre, aimé des muses,
Qui n'a que la peau sur les os,
Regarde des choses confuses
Dans le profond ciel, plein d'oiseaux.

XXI

L'OUBLI

Autrefois inséparables,
Et maintenant séparés.
Gaie, elle court dans les prés,
La belle aux chants adorables;

La belle aux chants adorés,
Elle court dans la prairie;
Les bois pleins de rêverie
De ses yeux sont éclairés.

Apparition exquise!
Elle marche en soupirant,
Avec cet air conquérant
Qu'on a quand on est conquise.

La Toilette, cet esprit,
Cette déesse grisette,
Qu'adore en chantant Lisette,
À qui Minerve sourit.

Que ne l'avait faite Dieu,
Pour que le vague oiseau bleu
Sur son front batte de l'aile,

A sur cet ange câlin
Épuisé toute sa flore,
Les lys, les roses, l'aurore,
Et la maison Gagelin.

Soubrette divine et leste,
La Toilette au doigt tremblant
A mis un frais chapeau blanc
Sur ce flamboiement céleste.

Regardez-la maintenant.
Que cette belle est superbe!
Le cœur humain comme l'herbe
Autour d'elle est frissonnant.

Oh! la fière conquérante!
Le grand œil mystérieux!
Prévost craint pour Desgrieux,
Molière a peur pour Dorante.

Elle a l'air, dans la clarté
Dont elle est toute trempée,
D'une étincelle échappée
À l'idéale beauté.

Ô grâce surnaturelle!
Il suffit, pour qu'on soit fou,
Qu'elle ait un ruban au cou,
Qu'elle ait un chiffon sur elle.

Ce chiffon charmant soudain
Aux rayons du jour ressemble,

Et ce ruban sacré semble
Avoir fleuri dans l'Éden.

Elle serait bien fâchée
Qu'on ne vît pas dans ses yeux
Que de la coupe des cieux
Sa lèvre s'est approchée,

Qu'elle veut vaincre et charmer,
Et que c'est là sa manière,
Et qu'elle est la prisonnière
Du doux caprice d'aimer.

Elle sourit, et, joyeuse,
Parle à son nouvel amant
Avec le chuchotement
D'une abeille dans l'yeuse.

— Prends mon âme et mes vingt ans.
Je n'aime que toi! dit-elle. —
Ô fille d'Ève éternelle,
Ô femme aux cheveux flottants,

Ton roman sans fin s'allonge;
Pendant qu'aux plaisirs tu cours,
Et que, te croyant toujours
Au commencement du songe,

Tu dis en baissant la voix :
— Pour la première fois, j'aime! —
L'amour, ce moqueur suprême,
Rit, et compte sur ses doigts.

Et, sans troubler l'aventure
De la belle aux cheveux d'or,
Sur ce cœur, si neuf encor,
L'amour fait une rature.

Et l'ancien amant? Pâli,
Brisé, sans doute à cette heure
Il se désespère et pleure... —
Écoutez ce hallali.

Passez les monts et les plaines;
La curée est dans les bois;
Les chiens mêlent leurs abois,
Les fleurs mêlent leurs haleines;

Le voyez-vous? Le voilà.
Il est le centre. Il flamboie.
Il luit. Jamais plus de joie
Dans plus d'orgueil ne brilla.

Il brille au milieu des femmes,
Tous les yeux lui disant oui,
Comme un astre épanoui
Dans un triomphe de flammes.

Il cherche en face de lui
Un sourire peu sévère,
Il chante, il lève son verre,
Éblouissant, ébloui.

Tandis que ces gaietés franches
Tourbillonnent à sa voix,
Elle, celle d'autrefois,
Là-bas, bien loin, sous les branches,

Dans les taillis hasardeux;
Aime, adore, se recueille,
Et, près de l'autre, elle effeuille
Une marguerite à deux.

Fatal cœur, comme tu changes !
Lui sans elle, elle sans lui !
Et sur leurs fronts sans ennui
Ils ont la clarté des anges.

Le séraphin à l'œil pur
Les verrait avec envie,
Tant à leur âme ravie
Se mêle un profond azur !

Sur ces deux bouches il semble
Que le ciel met son frisson ;
Sur l'une erre la chanson,
Sur l'autre le baiser tremble.

Ces êtres s'aimaient jadis ;
Mais qui viendrait le leur dire
Ferait éclater de rire
Ces bouches du paradis.

Les baisers de l'autre année,
Où sont-ils ? Quoi ! nul remord !
Non ! tout cet avril est mort,
Toute cette aube est fanée.

Bah ! le baiser, le serment,
Rien de tout cela n'existe.
Le myosotis, tout triste,
Y perdrait son allemand.

Elle ! à travers ses longs voiles,
Que son regard est charmant !
Lui ! comme il jette gaiement
Sa chanson dans les étoiles !

Qu'elle est belle ! Qu'il est beau ! —
Le morne oubli prend dans l'ombre,
Par degrés, l'épaisseur sombre
De la pierre du tombeau.

LIVRE SECOND

SAGESSE

I
AMA, CREDE

I

DE LA FEMME AU CIEL

L'âme a des étapes profondes.
On se laisse d'abord charmer,
Puis convaincre. Ce sont deux mondes.
Comprendre est au-delà d'aimer.

Aimer, comprendre : c'est le faîte.
Le Cœur, cet oiseau du vallon,
Sur le premier degré s'arrête ;
L'Esprit vole à l'autre échelon.

À l'amant succède l'archange ;
Le baiser, puis le firmament ;
Le point d'obscurité se change
En un point de rayonnement.

Mets de l'amour sur cette terre
Dans les vains brins d'herbe flottants.
Cette herbe devient, ô mystère !
Le nid sombre au fond du printemps.

Ajoute, en écartant son voile,
De la lumière au nid béni.
Et le nid deviendra l'étoile
Dans la forêt de l'infini.

II

L'ÉGLISE

I

J'errais. Que de charmantes choses !
Il avait plu ; j'étais crotté ;
Mais puisque j'ai vu tant de roses,
Je dois dire la vérité.

J'arrivai tout près d'une église,
De la verte église au bon Dieu,
Où qui voyage sans valise
Écoute chanter l'oiseau bleu.

C'était l'église en fleurs, bâtie
Sans pierre, au fond du bois mouvant,
Par l'aubépine et par l'ortie
Avec des feuilles et du vent.

Le porche était fait de deux branches,
D'une broussaille et d'un buisson ;
La voussure, toute en pervenches,
Était signée : Avril, maçon.

Dans cette vive architecture,
Ravissante aux yeux attendris,
On sentait l'art de la nature ;
On comprenait que la perdrix,

Que l'alouette et que la grive
Avaient donné de bons avis
Sur la courbure de l'ogive.
Et que Dieu les avait suivis.

Une haute rose trémière
Dressait sur le toit de chardons
Ses cloches pleines de lumière
Où carillonnaient les bourdons.

Cette flèche gardait l'entrée ;
Derrière on voyait s'ébaucher
Une digitale pourprée,
Le clocheton près du clocher.

Seul sous une pierre, un cloporte
Songeait, comme Jean à Pathmos ;
Un lys s'ouvrait près de la porte
Et tenait les fonts baptismaux.

Au centre où la mousse s'amasse,
L'autel, un caillou, rayonnait,
Lamé d'argent par la limace
Et brodé d'or par le genêt.

Un escalier de fleurs ouvertes,
Tordu dans le style saxon,
Copiait ses spirales vertes
Sur le dos d'un colimaçon.

Un cytise en pleine révolte,
Troublant l'ordre, étouffant l'écho,
Encombrait toute l'archivolte
D'un grand falbala rococo.

En regardant par la croisée,
Ô joie ! on sentait là quelqu'un.
L'eau bénite était en rosée,
Et l'encens était en parfum.

Les rayons à leur arrivée,
Et les gais zéphirs querelleurs,

Allaient de travée en travée
Baiser le front penché des fleurs.

Toute la nef, d'aube baignée,
Palpitait d'extase et d'émoi.
— Ami, me dit une araignée,
La grande rosace est de moi.

II

Tout était d'accord dans les plaines,
Tout était d'accord dans les bois
Avec la douceur des haleines,
Avec le mystère des voix.

Tout aimait ; tout faisait la paire.
L'arbre à la fleur disait : Nini ;
Le mouton disait : Notre Père,
Que votre sainfoin soit béni !

Les abeilles dans l'anémone
Mendiaient, essaim diligent ;
Le printemps leur faisait l'aumône
Dans une corbeille d'argent.

Et l'on mariait dans l'église,
Sous le myrte et le haricot,
Un œillet nommé Cydalise
Avec un chou nommé Jacquot.

Un bon vieux pommier solitaire
Semait ses fleurs, tout triomphant,
Et j'aimais, dans ce frais mystère,
Cette gaieté de vieil enfant.

Au lutrin chantaient, couple allègre,
Pour des auditeurs point ingrats,
Le cricri, ce poète maigre,
Et l'ortolan, ce chantre gras.

Un vif pierrot, de tige en tige,
Sautait là, comme en son jardin;
Je suivais des yeux la voltige
Qu'exécutait ce baladin,

Ainsi qu'aux temps où Notre-Dame,
Pour célébrer n'importe qui,
Faisait sur ses tours, comme une âme,
Envoler madame Saqui.

Un beau papillon dans sa chape
Officiait superbement.
Une rose riait sous cape
Avec un frelon son amant.

Et, du fond des molles cellules,
Les jardinières, les fourmis,
Les frémissantes libellules,
Les demoiselles, chastes miss.

Les mouches aux ailes de crêpes
Admiraient près de la Phryné
Ce frelon, officier des guêpes,
Coiffé d'un képi galonné.

Cachés par une primevère,
Une caille, un merle siffleur,
Buvaient tous deux au même verre
Dans une belladone en fleur.

Pensif, j'observais en silence,
Car un cœur n'a jamais aimé

Sans remarquer la ressemblance
De l'amour et du mois de mai.

III

Les clochettes sonnaient la messe.
Tout ce petit temple béni
Faisait à l'âme une promesse
Que garantissait l'infini.

J'entendais, en strophes discrètes,
Monter, sous un frais corridor,
Le Te Deum des pâquerettes,
Et l'hosanna des boutons d'or.

Les mille feuilles que l'air froisse
Formaient le mur tremblant et doux.
Et je reconnus ma paroisse;
Et j'y vis mon rêve à genoux.

J'y vis près de l'autel, derrière
Les résédas et les jasmins,
Les songes faisant leur prière,
L'espérance joignant les mains.

J'y vis mes bonheurs éphémères,
Les blancs spectres de mes beaux jours,
Parmi les oiseaux mes chimères,
Parmi les roses mes amours.

IV

Un grand houx, de forme incivile,
Du haut de sa fauve beauté,
Regardait mon habit de ville;
Il était fleuri, moi crotté;

J'étais crotté jusqu'à l'échine.
Le houx ressemblait au chardon
Que fait brouter l'ânier de Chine
À son âne de céladon.

Un bon crapaud faisait la lippe
Près d'un champignon malfaisant.
La chaire était une tulipe
Qu'illuminait un ver luisant.

Au seuil priait cette grisette
À l'air doucement fanfaron,
Qu'à Paris on nomme Lisette,
Qu'aux champs on nomme Liseron.

Un grimpereau, cherchant à boire,
Vit un arum, parmi le thym,
Qui dans sa feuille, blanc ciboire,
Cachait la perle du matin;

Son bec, dans cette vasque ronde,
Prit la goutte d'eau qui brilla;
La plus belle feuille du monde
Ne peut donner que ce qu'elle a.

Les chenilles peuplaient les ombres;
L'enfant de chœur Coquelicot
Regardait ces fileuses sombres
Faire dans un coin leur tricot.

Les joncs, que coudoyait sans morgue
La violette, humble prélat,
Attendaient, pour jouer de l'orgue,
Qu'un bouc ou qu'un moine bêlât.

Au fond s'ouvrait une chapelle
Qu'on évitait avec horreur ;
C'est là qu'habite avec sa pelle
Le noir scarabée enterreur.

Mon pas troubla l'église fée ;
Je m'aperçus qu'on m'écoutait.
L'églantine dit : C'est Orphée.
La ronce dit : C'est Colletet.

III

SAISON DES SEMAILLES. LE SOIR

C'est le moment crépusculaire.
J'admire, assis sous un portail,
Ce reste de jour dont s'éclaire
La dernière heure du travail.

Dans les terres, de nuit baignées,
Je contemple, ému, les haillons
D'un vieillard qui jette à poignées
La moisson future aux sillons.

Sa haute silhouette noire
Domine les profonds labours.
On sent à quel point il doit croire
À la fuite utile des jours.

Il marche dans la plaine immense,
Va, vient, lance la graine au loin,
Rouvre sa main, et recommence,
Et je médite, obscur témoin,

Pendant que, déployant ses voiles,
L'ombre, où se mêle une rumeur,
Semble élargir jusqu'aux étoiles
Le geste auguste du semeur.

II

OISEAUX ET ENFANTS

I

Oh! les charmants oiseaux joyeux!
Comme ils maraudent! comme ils pillent!
Où va ce tas de petits gueux
Que tous les souffles éparpillent?

Ils s'en vont au clair firmament;
Leur voix raille, leur bec lutine;
Ils font rire éternellement
La grande nature enfantine.

Ils vont aux bois, ils vont aux champs,
À nos toits remplis de mensonges,
Avec des cris, avec des chants,
Passant, fuyant, pareils aux songes.

Comme ils sont près du Dieu vivant
Et de l'aurore fraîche et douce,
Ces gais bohémiens du vent
N'amassent rien qu'un peu de mousse.

Toute la terre est sous leurs yeux;
Dieu met, pour ces purs êtres frêles,
Un triomphe mystérieux
Dans la légèreté des ailes.

Atteignent-ils les astres? Non.
Mais ils montent jusqu'aux nuages.
Vers le rêveur, leur compagnon,
Ils vont, familiers et sauvages.

La grâce est tout leur mouvement,
La volupté toute leur vie;
Pendant qu'ils volent vaguement
La feuillée immense est ravie.

L'oiseau va moins haut que Psyché.
C'est l'ivresse dans la nuée.
Vénus semble l'avoir lâché
De sa ceinture dénouée.

Il habite le demi-jour;
Le plaisir est sa loi secrète.
C'est du temple que sort l'amour,
C'est du nid que vient l'amourette.

L'oiseau s'enfuit dans l'infini
Et s'y perd comme un son de lyre.
Avec sa queue il dit nenni
Comme Jeanne avec son sourire.

Que lui faut-il? un réséda,
Un myrte, une ombre, une cachette.
Esprit, tu voudrais Velléda;
Oiseau, tu chercherais Fanchette.

Colibri, comme Ithuriel,
Appartient à la zone bleue.
L'ange est de la cité du ciel;
Les oiseaux sont de la banlieue.

II

UNE ALCÔVE AU SOLEIL LEVANT

L'humble chambre a l'air de sourire;
Un bouquet orne un vieux bahut;
Cet intérieur ferait dire
Aux prêtres : Paix! aux femmes : Chut!

Au fond une alcôve se creuse.
Personne. On n'entre ni ne sort.
Surveillance mystérieuse!
L'aube regarde : un enfant dort.

Une petite en ce coin sombre
Était là dans un berceau blanc,
Ayant je ne sais quoi dans l'ombre
De confiant et de tremblant.

Elle étreignait dans sa main calme
Un grelot d'argent qui penchait;
L'innocence au ciel tient la palme
Et sur la terre le hochet.

Comme elle sommeille! Elle ignore
Le bien, le mal, le cœur, les sens,
Son rêve est un sentier d'aurore
Dont les anges sont les passants.

Son bras, par instants, sans secousse,
Se déplace, charmant et pur;
Sa respiration est douce
Comme une mouche dans l'azur.

Le regard de l'aube la couvre;
Rien n'est auguste et triomphant

Comme cet œil de Dieu qui s'ouvre
Sur les yeux fermés de l'enfant.

III

COMÉDIE DANS LES FEUILLES

Au fond du parc qui se délabre,
Vieux, désert, mais encor charmant
Quand la lune, obscur candélabre,
S'allume en son écroulement,

Un moineau-franc, que rien ne gêne,
À son grenier, tout grand ouvert,
Au cinquième étage d'un chêne
Qu'avril vient de repeindre en vert.

Un saule pleureur se hasarde
À gémir sur le doux gazon,
À quelques pas de la mansarde
Où ricane ce polisson.

Ce saule ruisselant se penche;
Un petit lac est à ses pieds,
Où tous ses rameaux, branche à branche,
Sont correctement copiés.

Tout en visitant sa coquine
Dans le nid par l'aube doré,
L'oiseau rit du saule, et taquine
Ce bon vieux lakiste éploré.

Il crie à toutes les oiselles
Qu'il voit dans les feuilles sautant :
— Venez donc voir, mesdemoiselles !
Ce saule a pleuré cet étang.

Il s'abat dans son tintamarre
Sur le lac qu'il ose insulter :
— Est-elle bête cette mare !
Elle ne sait que répéter.

Ô mare, tu n'es qu'une ornière.
Tu rabâches ton saule. Allons,
Change donc un peu de manière.
Ces vieux rameaux-là sont très longs.

Ta géorgique n'est pas drôle.
Sous prétexte qu'on est miroir,
Nous faire le matin un saule
Pour nous le refaire le soir !

C'est classique, cela m'assomme.
Je préférerais qu'on se tût.
Çà, ton bon saule est un bonhomme ;
Les saules sont de l'institut.

Je vois d'ici bâiller la truite.
Mare, c'est triste, et je t'en veux
D'être échevelée à la suite
D'un vieux qui n'a plus de cheveux.

Invente-nous donc quelque chose !
Calque, mais avec abandon.
Je suis fille, fais une rose,
Je suis âne, fais un chardon.

Aie une idée, un iris jaune,
Un bleu nénuphar triomphant !

Sapristi! il est temps qu'un faune
Fasse à ta naïade un enfant. —

Puis il s'adresse à la linotte;
— Vois-tu, ce saule, en ce beau lieu,
A pour état de prendre en note
Le diable à côté du bon Dieu.

De là son deuil. Il est possible
Que tout soit mal, ô ma catin;
L'oiseau sert à l'homme de cible,
L'homme sert de cible au destin;

Mais moi; j'aime mieux, sans envie,
Errer de bosquet en bosquet,
Corbleu, que de passer ma vie
À remplir de pleurs un baquet! —

Le saule à la morne posture,
Noir comme le bois des gibets,
Se tait, et la mère nature
Sourit dans l'ombre aux quolibets

Que jette, à travers les vieux marbres,
Les quinconces, les buis, les eaux,
À cet Héraclite des arbres
Ce Démocrite des oiseaux.

IV

Les enfants lisent, troupe blonde;
Ils épellent, je les entends;
Et le maître d'école gronde
Dans la lumière du printemps.

J'aperçois l'école entrouverte;
Et je rôde au bord des marais;
Toute la grande saison verte
Frissonne au loin dans les forêts.

Tout rit, tout chante; c'est la fête
De l'infini que nous voyons;
La beauté des fleurs semble faite
Avec la candeur des rayons.

J'épelle aussi moi; je me penche
Sur l'immense livre joyeux;
Ô champs, quel vers que la pervenche!
Quelle strophe que l'aigle, ô cieux!

Mais, mystère! rien n'est sans tache.
Rien! — Qui peut dire par quels nœuds
La végétation rattache
Le lys chaste au chardon hargneux?

Tandis que là-bas siffle un merle,
La sarcelle, des roseaux plats,
Sort, ayant au bec une perle;
Cette perle agonise, hélas!

C'est le poisson qui, tout à l'heure,
Poursuivait l'aragne, courant
Sur sa bleue et vague demeure,
Sinistre monde transparent.

Un coup de fusil dans la haie,
Abois d'un chien; c'est le chasseur.
Et, pensif, je sens une plaie
Parmi toute cette douceur.

Et, sous l'herbe pressant la fange,
Triste passant de ce beau lieu,
Je songe au mal, énigme étrange,
Faute d'orthographe de Dieu.

III

LIBERTÉ, ÉGALITÉ, FRATERNITÉ

I

Depuis six mille ans la guerre
Plaît aux peuples querelleurs,
Et Dieu perd son temps à faire
Les étoiles et les fleurs.

Les conseils du ciel immense,
Du lys pur, du nid doré,
N'ôtent aucune démence
Du cœur de l'homme effaré.

Les carnages, les victoires,
Voilà notre grand amour;
Et les multitudes noires
Ont pour grelot le tambour.

La gloire, sous ses chimères
Et sous ses chars triomphants,
Met toutes les pauvres mères
Et tous les petits enfants.

Notre bonheur est farouche;
C'est de dire : Allons ! mourons !
Et c'est d'avoir à la bouche
La salive des clairons.

L'acier luit, les bivouacs fument;
Pâles, nous nous déchaînons;
Les sombres âmes s'allument
Aux lumières des canons.

Et cela pour des altesses
Qui, vous à peine enterrés,
Se feront des politesses
Pendant que vous pourrirez,

Et que, dans le champ funeste,
Les chacals et les oiseaux,
Hideux, iront voir s'il reste
De la chair après vos os!

Aucun peuple ne tolère
Qu'un autre vive à côté;
Et l'on souffle la colère
Dans notre imbécillité.

C'est un Russe! Égorge, assomme.
Un Croate! Feu roulant.
C'est juste. Pourquoi cet homme
Avait-il un habit blanc?

Celui-ci, je le supprime
Et m'en vais, le cœur serein,
Puisqu'il a commis le crime
De naître à droite du Rhin.

Rosbach! Waterloo! Vengeance!
L'homme, ivre d'un affreux bruit,
N'a plus d'autre intelligence
Que le massacre et la nuit.

On pourrait boire aux fontaines,
Prier dans l'ombre à genoux,

Aimer, songer sous les chênes ;
Tuer son frère est plus doux.

On se hache, on se harponne,
On court par monts et par vaux ;
L'épouvante se cramponne
Du poing aux crins des chevaux.

Et l'aube est là sur la plaine !
Oh ! j'admire, en vérité,
Qu'on puisse avoir de la haine
Quand l'alouette a chanté.

II

LE VRAI DANS LE VIN

Jean Sévère était fort ivre.
Ô barrière ! ô lieu divin
Où Surène nous délivre
Avec l'azur de son vin !

Un faune habitant d'un antre,
Sous les pampres de l'été,
Aurait approuvé son ventre
Et vénéré sa gaieté.

Il était beau de l'entendre.
On voit, quand cet homme rit,
Chacun des convives tendre
Comme un verre son esprit.

À travers les mille choses
Qu'on dit parmi les chansons,
Tandis qu'errent sous les roses
Les filles et les garçons,

On parla d'une bataille;
Deux peuples, russe et prussien,
Sont hachés par la mitraille;
Les deux rois se portent bien.

Chacun de ces deux bons princes
(De là tous leurs différends)
Trouve ses États trop minces
Et ceux du voisin trop grands.

Les peuples, eux, sont candides;
Tout se termine à leur gré
Par un dôme d'Invalides
Plein d'infirmes et doré.

Les rois font pour la victoire
Un hospice, où le guerrier
Ira boiter dans la gloire,
Borgne, et coiffé d'un laurier.

Nous admirions; mais, farouche,
En nous voyant tous béats,
Jean Sévère ouvrit la bouche
Et dit ces alinéas :

« Le pauvre genre humain pleure,
« Nos pas sont tremblants et courts,
« Je suis très ivre, et c'est l'heure
« De faire un sage discours.

« Le penseur joint sous la treille
« La logique à la boisson;

« Le sage, après la bouteille,
« Doit déboucher la raison.

« Faire, au lieu des deux armées,
« Battre les deux généraux,
« Diminuerait les fumées
« Et grandirait les héros.

« Que me sert le dithyrambe
« Qu'on va chantant devant eux,
« Et que Dieu m'ait fait ingambe
« Si les rois me font boiteux ?

« Ils ne me connaissent guère
« S'ils pensent qu'il me suffit
« D'avoir les coups de la guerre
« Quand ils en ont le profit.

« Foin des beaux portails de marbre
« De la Flèche et de Saint-Cyr !
« Lorsqu'avril fait pousser l'arbre,
« Je n'éprouve aucun plaisir,

« En voyant la branche, où flambe
« L'aurore qui m'éveilla,
« À dire : « C'est une jambe
« Peut-être qui me vient là ! »

« L'invalide altier se traîne,
« Du poids d'un bras déchargé ;
« Mais moi je n'ai nulle haine
« Pour tous les membres que j'ai.

« Recevoir des coups de sabre,
« Choir sous les pieds furieux
« D'un escadron qui se cabre,
« C'est charmant ; boire vaut mieux.

« Plutôt gambader sur l'herbe
« Que d'être criblé de plomb !
« Le nez coupé, c'est superbe ;
« J'aime autant mon nez trop long.

« Décoré par mon monarque,
« Je m'en reviens, ébloui,
« Mais bancal, et je remarque
« Qu'il a ses deux pattes, lui.

« Manchot, fier, l'hymen m'attire ;
« Je vois celle qui me plaît
« En lorgner d'autres et dire :
« Je l'aimerais mieux complet. »

« Fils, c'est vrai, je ne savoure
« Qu'en douteur voltairien
« Cet effet de ma bravoure
« De n'être plus bon à rien.

« La jambe de bois est noire ;
« La guerre est un dur sentier ;
« Quant à ce qu'on nomme gloire,
« La gloire, c'est d'être entier.

« L'infirme adosse son râble,
« En trébuchant, aux piliers ;
« C'est une chose admirable,
« Fils, que d'user deux souliers.

« Fils, j'aimerais que mon prince,
« En qui je mets mon orgueil,
« Pût gagner une province
« Sans me faire perdre un œil.

« Un discours de cette espèce
« Sortant de mon hiatus,
« Prouve que la langue épaisse
« Ne fait pas l'esprit obtus. »

Ainsi parla Jean Sévère,
Ayant dans son cœur sans fiel
La justice, et dans son verre
Un vin bleu comme le ciel.

L'ivresse mit dans sa tête
Ce bon sens qu'il nous versa.
Quelquefois Silène prête
Son âne à Sancho Pança.

III

CÉLÉBRATION DU 14 JUILLET

DANS LA FORÊT

Qu'il est joyeux aujourd'hui
Le chêne aux rameaux sans nombre,
Mystérieux point d'appui
De toute la forêt sombre !

Comme quand nous triomphons,
Il frémit, l'arbre civique ;
Il répand à plis profonds
Sa grande ombre magnifique.

D'où lui vient cette gaieté ?
D'où vient qu'il vibre et se dresse,

Et semble faire à l'été
Une plus fière caresse?

C'est le quatorze juillet.
À pareil jour, sur la terre
La liberté s'éveillait
Et riait dans le tonnerre.

Peuple, à pareil jour râlait
Le passé, ce noir pirate;
Paris prenait au collet
La Bastille scélérate.

À pareil jour, un décret
Chassait la nuit de la France,
Et l'infini s'éclairait
Du côté de l'espérance.

Tous les ans, à pareil jour,
Le chêne au Dieu qui nous crée
Envoie un frisson d'amour,
Et rit à l'aube sacrée.

Il se souvient, tout joyeux,
Comme on lui prenait ses branches!
L'âme humaine dans les cieux
Fière, ouvrait ses ailes blanches.

Car le vieux chêne est gaulois :
Il hait la nuit et le cloître;
Il ne sait pas d'autres lois
Que d'être grand et de croître.

Il est grec, il est romain;
Sa cime monte, âpre et noire,
Au-dessus du genre humain
Dans une lueur de gloire.

Sa feuille, chère aux soldats,
Va, sans peur et sans reproche,
Du front d'Épaminondas
À l'uniforme de Hoche.

Il est le vieillard des bois ;
Il a, richesse de l'âge,
Dans sa racine Autrefois,
Et Demain dans son feuillage.

Les rayons, les vents, les eaux,
Tremblent dans toutes ses fibres ;
Comme il a besoin d'oiseaux,
Il aime les peuples libres.

C'est son jour. Il est content.
C'est l'immense anniversaire.
Paris était haletant.
La lumière était sincère.

Au loin roulait le tambour... —
Jour béni ! jour populaire,
Où l'on vit un chant d'amour
Sortir d'un cri de colère !

Il tressaille, aux vents bercé,
Colosse où dans l'ombre austère
L'avenir et le passé
Mêlent leur double mystère.

Les éclipses, s'il en est,
Ce vieux naïf les ignore.
Il sait que tout ce qui naît,
L'œuf muet, le vent sonore,

Le nid rempli de bonheur,
La fleur sortant des décombres,
Est la parole d'honneur
Que Dieu donne aux vivants sombres.

Il sait, calme et souriant,
Sérénité formidable !
Qu'un peuple est un orient,
Et que l'astre est imperdable.

Il me salue en passant
L'arbre auguste et centenaire ;
Et dans le bois innocent
Qui chante et que je vénère,

Étalant mille couleurs,
Autour du chêne superbe
Toutes les petites fleurs
Font leur toilette dans l'herbe.

L'aurore aux pavots dormants
Verse sa coupe enchantée ;
Le lys met ses diamants ;
La rose est décolletée.

Par-dessus les thyms fleuris
La violette regarde ;
Un encens sort de l'iris ;
L'œillet semble une cocarde.

Aux chenilles de velours
Le jasmin tend ses aiguières ;
L'arum conte ses amours,
Et la garance ses guerres.

Le moineau-franc, gai, taquin,
Dans le houx qui se pavoise,
D'un refrain républicain
Orne sa chanson grivoise.

L'ajonc rit près du chemin ;
Tous les buissons des ravines
Ont leur bouquet à la main ;
L'air est plein de voix divines.

Et ce doux monde charmant,
Heureux sous le ciel prospère,
Épanoui, dit gaiement :
C'est la fête du grand-père.

IV

SOUVENIR DES VIEILLES GUERRES

Pour la France et la république,
En Navarre nous nous battions.
Là parfois la balle est oblique ;
Tous les rocs sont des bastions.

Notre chef, une barbe grise,
Le capitaine, était tombé,
Ayant reçu près d'une église
Le coup de fusil d'un abbé.

La blessure parut malsaine.
C'était un vieux et fier garçon,
En France, à Marine-sur-Seine,
On peut voir encor sa maison.

On emporta le capitaine
Dont on sentait plier les os;
On l'assit près d'une fontaine
D'où s'envolèrent les oiseaux.

Nous lui criâmes : — Guerre! fête!
Forçons le camp! prenons le fort! —
Mais il laissa pencher sa tête,
Et nous vîmes qu'il était mort.

L'aide-major avec sa trousse
N'y put rien faire et s'en alla;
Nous ramassâmes de la mousse;
De grands vieux chênes étaient là.

On fit au mort une jonchée
De fleurs et de branches de houx;
Sa bouche n'était point fâchée,
Son œil intrépide était doux.

L'abbé fut pris. — Qu'on nous l'amène!
Qu'il meure! — On forma le carré;
Mais on vit que le capitaine
Voulait faire grâce au curé.

On chassa du pied le jésuite;
Et le mort semblait dire : Assez!
Quoiqu'il dût regretter la suite
De nos grands combats commencés.

Il avait sans doute à Marine
Quelques bons vieux amours tremblants;
Nous trouvâmes sur sa poitrine
Une boucle de cheveux blancs.

Une fosse lui fut creusée
À la baïonnette, en priant;

Puis on laissa sous la rosée
Dormir ce brave souriant.

Le bataillon reprit sa marche,
À la brune, entre chien et loup;
Nous marchions. Les ponts n'ont qu'une arche.
Des pâtres au loin sont debout.

La montagne est assez maussade;
La nuit est froide et le jour chaud;
Et l'on rencontre l'embrassade
Des grands ours de huit pieds de haut.

L'homme en ces monts naît trabucaire;
Prendre et pendre est tout l'alphabet;
Et tout se règle avec l'équerre
Que font les deux bras du gibet.

On est bandit en paix, en guerre
On s'appelle guerillero.
Le peuple au roi laisse tout faire;
Cet ârier mène ce taureau.

Dans les ravins, dans les rigoles
Que creusent les eaux et les ans,
De longues files d'espingoles
Rampaient comme des vers luisants.

Nous tenions tous nos armes prêtes
À cause des pièges du soir;
Le croissant brillait sur nos têtes.
Et nous, pensifs, nous croyions voir,

Tout en cheminant dans la plaine
Vers Pampelune et Teruel,
Le hausse-col du capitaine
Qui reparaissait dans le ciel.

V

L'ASCENSION HUMAINE

Tandis qu'au loin des nuées,
Qui semblent des paradis,
Dans le bleu sont remuées,
Je t'écoute, et tu me dis :

« Quelle idée as-tu de l'homme,
« De croire qu'il aide Dieu ?
« L'homme est-il donc l'économe
« De l'eau, de l'air et du feu ?

« Est-ce que, dans son armoire,
« Tu l'aurais vu de tes yeux
« Serrer les rouleaux de moire
« Que l'aube déploie aux cieux ?

« Est-ce lui qui gonfle et ride
« La vague, et lui dit : Assez !
« Est-ce lui qui tient la bride
« Des éléments hérissés ?

« Sait-il le secret de l'herbe ?
« Parle-t-il au nid vivant ?
« Met-il sa note superbe
« Dans le noir clairon du vent ?

« La marée âpre et sonore
« Craint-elle son éperon ?

« Connaît-il le météore ?
« Comprend-il le moucheron ?

« L'homme aider Dieu ! lui, ce songe,
« Ce spectre en fuite et tremblant !
« Est-ce grâce à son éponge
« Que le cygne reste blanc ?

« Le fait veut, l'homme acquiesce.
« Je ne vois pas que sa main
« Découpe à l'emporte-pièce
« Les pétales du jasmin.

« Donne-t-il l'odeur aux sauges,
« Parce qu'il sait faire un trou
« Pour mêler le grès des Vosges
« Au salpêtre du Pérou ?

« Règle-t-il l'onde et la brise,
« Parce qu'il disséquera
« De l'argile qu'il a prise
« Près de Rio-Madera ?

« Ôte Dieu ; puis imagine,
« Essaie, invente ; épaissis
« L'idéal subtil d'Égine
« Par les dogmes d'Éleusis ;

« Soude Orphée à Lamettrie ;
« Joins, pour ne pas être à court,
« L'école d'Alexandrie
« À l'école d'Edimbourg ;

« Va du conclave au concile,
« D'Anaximandre à Destutt ;
« Dans quelque cuve fossile
« Exprime tout l'institut ;

« Démaillote la momie;
« Presse Œdipe et Montyon;
« Mets en pleine académie
« Le sphinx à la question;

« Fouille le doute et la grâce;
« Amalgame en ton guano
« À la Sybaris d'Horace
« Les Chartreux de saint Bruno;

« Combine Genève et Rome;
« Fais mettre par ton fermier
« Toutes les vertus de l'homme
« Dans une fosse à fumier;

« Travaille avec patience
« En puisant au monde entier;
« Prends pour pilon la science
« Et l'abîme pour mortier;

« Va, forge! je te défie
« De faire de ton savoir
« Et de ta philosophie
« Sortir un grain de blé noir!

« Dieu, de sa droite, étreint, fauche,
« Sème, et tout est rajeuni;
« L'homme n'est qu'une main gauche
« Tâtonnant dans l'infini.

« Aux heures mystérieuses,
« Quand l'eau se change en miroir,
« Rôdes-tu sous les yeuses,
« L'esprit plongé dans le soir?

« Te dis-tu : — Qu'est-ce que l'homme ? —
« Sonde, ami, sa nullité ;
« Cherche, de quel chiffre, en somme,
« Il accroît l'éternité !

« L'homme est vain. Pourquoi, poète,
« Ne pas le voir tel qu'il est,
« Dans le sépulcre squelette,
« Et sur la terre valet !

« L'homme est nu, stérile, blême,
« Plus frêle qu'un passereau ;
« C'est le puits du néant même
« Qui s'ouvre dans ce zéro.

« Va, Dieu crée et développe
« Un lion très réussi,
« Un bélier, une antilope,
« Sans le concours de Poissy.

« Il fait l'aile de la mouche
« Du doigt dont il façonna
« L'immense taureau farouche
« De la Sierra Morena ;

« Et dans l'herbe et la rosée
« Sa génisse au fier sabot
« Règne, et n'est point éclipsée
« Par la vache Sarlabot.

« Oui, la graine dans l'espace
« Vole à travers le brouillard,
« Et de toi le vent se passe,
« Semoir Jacquet-Robillard !

« Ce laboureur, la tempête,
« N'a pas, dans les gouffres noirs,
« Besoin que Grignon lui prête
« Sa charrue à trois versoirs.

« Germinal, dans l'atmosphère,
« Soufflant sur les prés fleuris,
« Sait encor mieux son affaire
« Qu'un maraîcher de Paris.

« Quand Dieu veut teindre de flamme
« Le scarabée ou la fleur,
« Je ne vois point qu'il réclame
« La lampe de l'émailleur.

« L'homme peut se croire prêtre,
« L'homme peut se dire roi,
« Je lui laisse son peut-être,
« Mais je doute, quant à moi,

« Que Dieu, qui met mon image
« Au lac où je prends mon bain,
« Fasse faire l'étamage
« Des étangs, à Saint-Gobain.

« Quand Dieu pose sur l'eau sombre
« L'arc-en-ciel comme un siphon,
« Quand au tourbillon plein d'ombre
« Il attelle le typhon.

« Quand il maintient d'âge en âge
« L'hiver, l'été, mai vermeil,
« Janvier triste, et l'engrenage
« De l'astre autour du soleil.

« Quand les zodiaques roulent,
« Amarrés solidement,

« Sans que jamais elles croulent,
« Aux poutres du firmament,

« Quand tournent, rentrent et sortent
« Ces effrayants cabestans
« Dont les extrémités portent
« Le ciel, les saisons, le temps;

« Pour combiner ces rouages
« Précis comme l'absolu,
« Pour que l'urne des nuages
« Bascule au moment voulu,

« Pour que la planète passe,
« Tel jour, au point indiqué,
« Pour que la mer ne s'amasse
« Que jusqu'à l'ourlet du quai,

« Pour que jamais la comète
« Ne rencontre un univers,
« Pour que l'essaim sur l'Hymète
« Trouve en juin les lys ouverts,

« Pour que jamais, quand approche
« L'heure obscure où l'azur luit,
« Une étoile ne s'accroche
« À quelque angle de la nuit.

« Pour que jamais les effluves,
« Les forces, le gaz, l'aimant,
« Ne manquent aux vastes cuves
« De l'éternel mouvement,

« Pour régler ce jeu sublime,
« Cet équilibre béni,
« Ces balancements d'abîme,
« Ces écluses d'infini,

« Pour que, courbée ou grandie,
« L'œuvre marche sans un pli,
« Je crois peu qu'il étudie
« La machine de Marly ! »

Ton ironie est amère,
Mais elle se trompe, ami.
Dieu compte avec l'éphémère,
Et s'appuie à la fourmi.

Dieu n'a rien fait d'inutile.
La terre, hymne où rien n'est vain,
Chante, et l'homme est le dactyle
De l'hexamètre divin.

L'homme et Dieu sont parallèles :
Dieu créant, l'homme inventant.
Dieu donne à l'homme ses ailes.
L'éternité fait l'instant.

L'homme est son auxiliaire
Pour le bien et la vertu.
L'arbre est Dieu, l'homme est le lierre ;
Dieu de l'homme s'est vêtu.

Dieu s'en sert, donc il s'en aide.
L'astre apparaît dans l'éclair ;
Zeus est dans Archimède,
Et Jéhovah dans Képler.

Jusqu'à ce que l'homme meure,
Il va toujours en avant.
Sa pensée a pour demeure
L'immense idéal vivant.

Dans tout génie il s'incarne ;
Le monde est sous son orteil ;
Et s'il n'a qu'une lucarne,
Il y pose le soleil.

Aux terreurs inabordable,
Coupant tous les fatals nœuds,
L'homme marche formidable,
Tranquille et vertigineux.

De limon il se fait lave,
Et colosse d'embryon ;
Épictète était esclave,
Molière était histrion,

Ésope était saltimbanque,
Qu'importe ! — il n'est arrêté
Que lorsque le pied lui manque
Au bord de l'éternité.

L'homme n'est pas autre chose
Que le prête-nom de Dieu.
Quoi qu'il fasse, il sent la cause
Impénétrable, au milieu.

Phidias cisèle Athènes ;
Michel-Ange est surhumain ;
Cyrus, Rhamsès, capitaines,
Ont une flamme à la main ;

Euclide trouve le mètre,
Le rythme sort d'Amphion ;
Jésus-Christ vient tout soumettre,
Même le glaive, au rayon ;

Brutus fait la délivrance ;
Platon fait la liberté ;
Jeanne d'Arc sacre la France
Avec sa virginité ;

Dans le bloc des erreurs noires
Voltaire enfonce ses coins ;
Luther brise les mâchoires
De Rome entre ses deux poings ;

Dante ouvre l'ombre et l'anime ;
Colomb fend l'océan bleu... —
C'est Dieu sous un pseudonyme,
C'est Dieu masqué, mais c'est Dieu.

L'homme est le fanal du monde.
Ce puissant esprit banni
Jette une lueur profonde
Jusqu'au seuil de l'infini.

Cent carrefours se partagent
Ce chercheur sans point d'appui ;
Tous les problèmes étagent
Leurs sombres voûtes sur lui.

Il dissipe les ténèbres ;
Il montre dans le lointain
Les promontoires funèbres
De l'abîme et du destin.

Il fait voir les vagues marches
Du sépulcre, et sa clarté
Blanchit les premières arches
Du pont de l'éternité.

Sous l'effrayante caverne
Il rayonne, et l'horreur fuit.

Quelqu'un tient cette lanterne ;
Mais elle t'éclaire, ô nuit !

Le progrès est en litige
Entre l'homme et Jéhovah ;
La greffe ajoute à la tige ;
Dieu cacha, l'homme trouva.

De quelque nom qu'on la nomme,
La science au vaste vœu
Occupe le pied de l'homme
À faire les pas de Dieu.

La mer tient l'homme et l'isole,
Et l'égare loin du port ;
Par le doigt de la boussole
Il se fait montrer le nord.

Dans sa morne casemate,
Penn rend ce damné meilleur ;
Jenner dit : Va-t'en, stigmate !
Jackson dit : Va-t'en, douleur !

Dieu fait l'épi, nous la gerbe ;
Il est grand, l'homme est fécond ;
Dieu créa le premier verbe
Et Gutenberg le second.

La pesanteur, la distance,
Contre l'homme aux luttes prêt,
Prononcent une sentence ;
Montgolfier casse l'arrêt.

Tous les anciens maux tenaces,
Hurlant sous le ciel profond,

Ne sont plus que des menaces
De fantômes qui s'en vont.

Le tonnerre au bruit difforme
Gronde... — on raille sans péril
La marionnette énorme
Que Franklin tient par un fil.

Nemrod était une bête
Chassant aux hommes, parmi
La démence et la tempête
De l'ancien monde ennemi.

Dracon était un cerbère
Qui grince encor sous le ciel
Avec trois têtes : Tibère,
Caïphe et Machiavel.

Nemrod s'appelait la Force,
Dracon s'appelait la Loi ;
On les sentait sous l'écorce
Du vieux prêtre et du vieux roi.

Tous deux sont morts. Plus de haines !
Oh ! ce fut un puissant bruit
Quand se rompirent les chaînes
Qui liaient l'homme à la nuit !

L'homme est l'appareil austère
Du progrès mystérieux ;
Dieu fait par l'homme sur terre
Ce qu'il fait par l'ange aux cieux.

Dieu sur tous les êtres pose
Son reflet prodigieux,
Créant le bien par la chose,
Créant par l'homme le mieux.

La nature était terrible,
Sans pitié, presque sans jour ;
L'homme la vanne en son crible,
Et n'y laisse que l'amour.

Toutes sortes de lois sombres
Semblaient sortir du destin ;
Le mal heurtait aux décombres
Le pied de l'homme incertain.

Pendant qu'à travers l'espace
Elle roule en hésitant,
Un flot de ténèbres passe
Sur la terre à chaque instant ;

Mais des foyers y flamboient,
Tout s'éclaircit, on le sent,
Et déjà les anges voient
Ce noir globe blanchissant.

Sous l'urne des jours sans nombre
Depuis qu'il suit son chemin,
La décroissance de l'ombre
Vient des yeux du genre humain.

L'autel n'ose plus proscrire ;
La misère est morte enfin ;
Pain à tous ! on voit sourire
Les sombres dents de la faim.

L'erreur tombe ; on l'évacue ;
Les dogmes sont muselés ;
La guerre est une vaincue ;
Joie aux fleurs et paix aux blés !

L'ignorance est terrassée;
Ce monstre, à demi dormant,
Avait la nuit pour pensée
Et pour voix le bégaiement.

Oui, voici qu'enfin recule
L'affreux groupe des fléaux!
L'homme est l'invincible hercule,
Le balayeur du chaos.

Sa massue est la justice,
Sa colère est la bonté.
Le ciel s'appuie au solstice
Et l'homme à la volonté.

Il veut. Tout cède et tout plie.
Il construit quand il détruit;
Et sa science est remplie
Des lumières de la nuit.

Il enchaîne les désastres,
Il tord la rébellion,
Il est sublime; et les astres
Sont sur sa peau de lion.

VI

LE GRAND SIÈCLE

Ce siècle a la forme
D'un monstrueux char.
Sa croissance énorme
Sous un nain césar.

Son air de prodige,
Sa gloire qui ment,
Mêlent le vertige
À l'écrasement.

Louvois pour ministre,
Scarron pour griffon,
C'est un chant sinistre
Sur un air bouffon,

Sur sa double roue
Le grand char descend ;
L'une est dans la boue,
L'autre est dans le sang.

La Mort au carrosse
Attelle, — où va-t-il ? —
Lavrillière atroce,
Roquelaure vil.

Comme un geai dans l'arbre,
Le roi s'y tient fier ;
Son cœur est de marbre,
Son ventre est de chair.

On a, pour sa nuque
Et son front vermeil,
Fait une perruque
Avec le soleil.

Il règne et végète,
Effrayant zéro
Sur qui se projette
L'ombre du bourreau.

Ce trône est la tombe ;
Et sur le pavé

Quelque chose en tombe
Qu'on n'a point lavé.

VII

ÉGALITÉ

Dans un grand jardin en cinq actes,
Conforme aux préceptes du goût,
Où les branches étaient exactes,
Où les fleurs se tenaient debout,

Quelques clématites sauvages
Poussaient, pauvres bourgeons pensifs,
Parmi les nobles esclavages
Des buis, des myrtes et des ifs.

Tout près, croissait, sur la terrasse
Pleine de dieux bien copiés,
Un rosier de si grande race
Qu'il avait du marbre à ses pieds.

La rose sur les clématites
Fixait ce regard un peu sec
Que Rachel jette à ces petites
Qui font le chœur du drame grec.

Ces fleurs, tremblantes et pendantes,
Dont Zéphyre tenait le fil,
Avaient des airs de confidentes
Autour de la reine d'avril.

La haie, où s'ouvraient leurs calices
Et d'où sortaient ces humbles fleurs,
Écoutait du bord des coulisses
Le rire des bouvreuils siffleurs.

Parmi les brises murmurantes
Elle n'osait lever le front;
Cette mère de figurantes
Était un peu honteuse au fond.

Et je m'écriai : — Fleurs éparses
Près de la rose en ce beau lieu,
Non, vous n'êtes pas les comparses
Du grand théâtre du bon Dieu.

Tout est de Dieu l'œuvre visible.
La rose, en ce drame fécond,
Dit le premier vers, c'est possible,
Mais le bleuet dit le second.

Les esprits vrais, que l'aube arrose,
Ne donnent point dans ce travers
Que les campagnes sont en prose
Et que les jardins sont en vers.

Avril dans les ronces se vautre,
Le faux art que l'ennui couva
Lâche le critique Lenotre
Sur le poète Jéhovah.

Mais cela ne fait pas grand-chose
À l'immense sérénité,
Au ciel, au calme grandiose
Du philosophe et de l'été.

Qu'importe! croissez, fleurs vermeilles!
Sœurs, couvrez la terre aux flancs bruns,

L'hésitation des abeilles
Dit l'égalité des parfums.

Croisez, plantes, tiges sans nombre!
Du verbe vous êtes les mots.
Les immenses frissons de l'ombre
Ont besoin de tous vos rameaux.

Laissez, broussailles étoilées,
Bougonner le vieux goût boudeur;
Croissez, et sentez-vous mêlées
À l'inexprimable grandeur!

Rien n'est haut et rien n'est infime.
Une goutte d'eau pèse un ciel;
Et le mont Blanc n'a pas de cime
Sous le pouce de l'Éternel.

Toute fleur est un premier rôle;
Un ver peut être une clarté;
L'homme et l'astre ont le même pôle;
L'infini, c'est l'égalité.

L'incommensurable harmonie,
Si tout n'avait pas sa beauté,
Serait insultée et punie
Dans tout être déshérité.

Dieu, dont les cieux sont les pilastres,
Dans son grand regard jamais las
Confond l'éternité des astres
Avec la saison des lilas.

Les prés, où chantent les cigales,
Et l'Ombre ont le même cadran.

Ô fleurs, vous êtes les égales
Du formidable Aldébaran.

L'intervalle n'est qu'apparence.
Ô bouton d'or tremblant d'émoi,
Dieu ne fait pas de différence
Entre le zodiaque et toi.

L'être insondable est sans frontière.
Il est juste, étant l'unité.
La création tout entière
Attendrit sa paternité.

Dieu, qui fit le souffle et la roche,
Œil de feu qui voit nos combats,
Oreille d'ombre qui s'approche
De tous les murmures d'en bas,

Dieu, le père qui mit des fêtes
Dans les éthers, dans les sillons,
Qui fit pour l'azur les comètes
Et pour l'herbe les papillons,

Et qui veut qu'une âme accompagne
Les êtres de son flanc sortis,
Que l'éclair vole à la montagne
Et la mouche au myosotis,

Dieu, parmi les mondes en fuite,
Sourit, dans les gouffres du jour,
Quand une fleur toute petite
Lui conte son premier amour.

VIII

LA MÉRIDIENNE DU LION

Le lion dort, seul sous sa voûte.
Il dort de ce puissant sommeil
De la sieste, auquel s'ajoute,
Comme un poids sombre, le soleil.

Les déserts, qui de loin écoutent,
Respirent ; le maître est rentré.
Car les solitudes redoutent
Ce promeneur démesuré.

Son souffle soulève son ventre ;
Son œil de brume est submergé,
Il dort sur le pavé de l'antre,
Formidablement allongé.

La paix est sur son grand visage,
Et l'oubli même, car il dort.
Il a l'altier sourcil du sage
Et l'ongle tranquille du fort.

Midi sèche l'eau des citernes ;
Rien du sommeil ne le distrait ;
Sa gueule ressemble aux cavernes,
Et sa crinière à la forêt.

Il entrevoit des monts difformes,
Des Ossas et des Pélions,
À travers les songes énormes
Que peuvent faire les lions.

Tout se tait sur la roche plate
Où ses pas tout à l'heure erraient.
S'il remuait sa grosse patte,
Que de mouches s'envoleraient !

IV
NIVÔSE

I

— Va-t'en, me dit la bise,
C'est mon tour de chanter.
Et, tremblante, surprise,
N'osant pas résister,

Fort décontenancée
Devant un Quos ego,
Ma chanson est chassée
Par cette virago.

Pluie. On me congédie
Partout, sur tous les tons.
Fin de la comédie.
Hirondelles, partons.

Grêle et vent. La ramée
Tord ses bras rabougris;
Là-bas fuit la fumée,
Blanche sur le ciel gris.

Une pâle dorure
Jaunit les coteaux froids.
Le trou de ma serrure
Me souffle sur les doigts.

II

PENDANT UNE MALADIE

On dit que je suis fort malade,
Ami; j'ai déjà l'œil terni;
Je sens la sinistre accolade
Du squelette de l'infini.

Sitôt levé, je me recouche;
Et je suis comme si j'avais
De la terre au fond de la bouche;
Je trouve le souffle mauvais.

Comme une voile entrant au havre,
Je frissonne; mes pas sont lents,
J'ai froid; la forme du cadavre,
Morne, apparaît sous mes draps blancs.

Mes mains sont en vain réchauffées;
Ma chair comme la neige fond;
Je sens sur mon front des bouffées
De quelque chose de profond.

Est-ce le vent de l'ombre obscure?
Ce vent qui sur Jésus passa!
Est-ce le grand Rien d'Épicure,
Ou le grand Tout de Spinosa?

Les médecins s'en vont moroses;
On parle bas autour de moi,
Et tout penche, et même les choses
Ont l'attitude de l'effroi.

Perdu! voilà ce qu'on murmure.
Tout mon corps vacille, et je sens

Se déclouer la sombre armure
De ma raison et de mes sens.

Je vois l'immense instant suprême
Dans les ténèbres arriver.
L'astre pâle au fond du ciel blême
Dessine son vague lever.

L'heure réelle, ou décevante,
Dresse son front mystérieux.
Ne crois pas que je m'épouvante ;
J'ai toujours été curieux.

Mon âme se change en prunelle ;
Ma raison sonde Dieu voilé ;
Je tâte la porte éternelle,
Et j'essaie à la nuit ma clé.

C'est Dieu que le fossoyeur creuse ;
Mourir, c'est l'heure de savoir ;
Je dis à la mort : Vieille ouvreuse,
Je viens voir le spectacle noir.

III

À UN AMI

Sur l'effrayante falaise,
Mur par la vague entrouvert.
Roc sombre où fleurit à l'aise
Un charmant petit pré vert.

Ami, puisque tu me laisses
Ta maison loin des vivants
Entre ces deux allégresses,
Les grands flots et les grands vents.

Salut! merci! les fortunes
Sont fragiles, et nos temps,
Comme l'algue sous les dunes,
Sont dans l'abîme, et flottants.

Nos âmes sont des nuées
Qu'un vent pousse, âpre ou béni,
Et qui volent, dénouées,
Du côté de l'infini.

L'énorme bourrasque humaine,
Dont l'étoile est la raison,
Prend, quitte, emporte et ramène
L'espérance à l'horizon.

Cette grande onde inquiète
Dont notre siècle est meurtri
Écume et gronde, et me jette
Parfois mon nom dans un cri.

La haine sur moi s'arrête.
Ma pensée est dans ce bruit
Comme un oiseau de tempête
Parmi des oiseaux de nuit.

Pendant qu'ici je cultive
Ton champ comme tu le veux,
Dans maint journal l'invective
Grince et me prend aux cheveux.

La diatribe m'écharpe;
Je suis âne ou scélérat;

Je suis Pradon pour Laharpe,
Et pour de Maistre Marat.

Qu'importe! les cœurs sont ivres.
Les temps qui viennent feront
Ce qu'ils pourront de mes livres
Et de moi ce qu'ils voudront.

J'ai pour joie et pour merveille
De voir, dans ton pré d'Honfleur,
Trembler au poids d'une abeille
Un brin de lavande en fleur.

IV

CLÔTURE

À MON AMI***

I

LA SAINTE CHAPELLE

Tu sais? tu connais ma chapelle,
C'est la maison des passereaux.
L'abeille aux offices m'appelle
En bourdonnant dans les sureaux.

Là, mon cœur prend sa nourriture.
Dans ma stalle je vais m'asseoir.
Oh! quel bénitier, la nature!
Quel cierge, l'étoile du soir!

Là, je vais prier; je m'enivre
De l'idéal dans le réel;
La fleur, c'est l'âme; et je sens vivre,
À travers la terre, le ciel.

Et la rosée est mon baptême.
Et le vrai m'apparaît! je crois.
Je dis : viens! à celle que j'aime.
Elle, moi, Dieu, nous sommes trois.

(Car j'ai dans des bribes latines
Lu que Dieu veut le nombre impair.)
Je vais chez l'aurore à matines,
Je vais à vêpres chez Vesper.

La religion naturelle
M'ouvre son livre où Job lisait,
Où luit l'astre, où la sauterelle
Saute de verset en verset.

C'est le seul temple. Tout l'anime.
Je veux Christ; un rayon descend;
Et si je demande un minime,
L'infusoire me dit : Présent.

La lumière est la sainte hostie;
Le lévite est le lys vermeil;
Là, resplendit l'eucharistie
Qu'on appelle aussi le soleil.

La bouche de la primevère
S'ouvre, et reçoit le saint rayon;
Je regarde la rose faire
Sa première communion.

II

AMOUR DE L'EAU

Je récite mon bréviaire
Dans les champs, et j'ai pour souffleur

Tantôt le jonc sur la rivière,
Tantôt la mouche dans la fleur.

Le poète aux torrents se plonge;
Il aime un roc des vents battu;
Ce qui coule ressemble au songe,
Et ce qui lave à sa vertu.

Pas de ruisseau qui, sur sa rive
Où l'air jase, où germinal rit,
N'attire un bouvreuil, une grive,
Un merle, un poète, un esprit.

Le poète, assis sous l'yeuse,
Dans les fleurs, comme en un sérail,
Aime l'eau, cette paresseuse
Qui fait un si profond travail.

Que ce soit l'Érdre ou la Durance,
Pourvu que le flot soit flâneur,
Il se donne la transparence
D'une rivière pour bonheur.

Elle erre; on dirait qu'elle écoute;
Recevant de tout un tribut,
Oubliant comme lui sa route,
Et, comme lui, sachant son but.

Et sur sa berge il mène en laisse
Ode, roman, ou fabliau.
George Sand a la Gargilesse
Comme Horace avait l'Anio.

III

LE POÈTE EST UN RICHE

Nous avons des bonnes fortunes
Avec le bleuet dans les blés;
Les halliers pleins de pâles lunes
Sont nos appartements meublés.

Nous y trouvons sous la ramée,
Où chante un pinson, gai marmot,
De l'eau, du vent, de la fumée,
Tout le nécessaire, en un mot.

Nous ne produirions rien qui vaille
Sans l'ormeau, le frêne et le houx ;
L'air nous aide ; et l'oiseau travaille
À nos poèmes avec nous.

Le pluvier, le geai, la colombe,
Nous accueillent dans le buisson,
Et plus d'un brin de mousse tombe
De leur nid dans notre chanson.

Nous habitons chez les pervenches
Des chambres de fleurs, à crédit ;
Quand la fougère a, sous les branches,
Une idée, elle nous la dit.

L'autan, l'azur, le rameau frêle,
Nous conseillent sur les hauteurs,
Et jamais on n'a de querelle
Avec ces collaborateurs.

Nous trouvons dans les eaux courantes
Maint hémistiche, et les lacs verts,
Les prés généreux, font des rentes
De rimes à nos pauvres vers.

Mon patrimoine est la chimère,
Sillon riche, ayant pour engrais
Les vérités, d'où vient Homère,
Et les songes, d'où sort Segrais.

Le poète est propriétaire
Des rayons, des parfums, des voix ;
C'est à ce songeur solitaire
Qu'appartient l'écho dans les bois.

Il est, dans le bleu, dans le rose,
Millionnaire, étant joyeux ;
L'illusion étant la chose
Que l'homme possède le mieux.

C'est pour lui qu'un ver luisant rampe ;
C'est pour lui que, sous le bouleau,
Le cheval de halage trempe
Par moments sa corde dans l'eau.

Sous la futaie où l'herbe est haute,
Il est le maître du logis
Autant que l'écureuil qui saute
Dans les pins par l'aube rougis.

Avec ses stances, il achète
Au bon Dieu le nuage noir,
L'astre, et le bruit de la clochette
Mêlée aux feuillages le soir.

Il achète le feu de forge,
L'écume des écueils grondants,
Le cou gonflé du rouge-gorge
Et les hymnes qui sont dedans.

Il achète le vent qui râle,
Les lichens du cloître détruit,
Et l'effraction sépulcrale
Du vitrail par l'oiseau de nuit,

Et l'espace où les souffles errent,
Et, quand hurlent les chiens méchants,
L'effroi des moutons qui se serrent
L'un contre l'autre dans les champs.

Il achète la roue obscure
Du char des songes dans l'horreur
Du ciel sombre, où rit Épicure
Et dont Horace est le doreur.

Il achète les rocs incultes,
Le mont chauve, et la quantité
D'infini qui sort des tumultes
D'un vaste branchage agité.

Il achète tous ces murmures,
Tout ce rêve, et, dans les taillis,
L'écrasement des fraises mûres
Sous les pieds nus d'Amaryllis.

Il achète un cri d'alouette,
Les diamants de l'arrosoir,
L'herbe, l'ombre, et la silhouette
Des danses autour du pressoir.

Jadis la naïade à Bocace
Vendait le reflet d'un étang,
Glaïeuls, roseaux, héron, bécasse,
Pour un sonnet, payé comptant.

Le poète est une hirondelle
Qui sort des eaux, que l'air attend,
Qui laisse parfois de son aile
Tomber des larmes en chantant.

L'or du genêt, l'or de la gerbe,
Sont à lui; le monde est son champ;

Il est le possesseur superbe
De tous les haillons du couchant.

Le soir, quand luit la brume informe,
Quand les brises dans les clartés
Balancent une pourpre énorme
De nuages déchiquetés,

Quand les heures font leur descente
Dans la nue où le jour passa,
Il voit la strophe éblouissante
Pendre à ce Décroche-moi-ça.

Maïa pour lui n'est pas défunte;
Dans son vers, de pluie imbibé,
Il met la prairie; il emprunte
Souvent de l'argent à Phœbé.

Pour lui le vieux saule se creuse.
Il a tout, aimer, croire et voir.
Dans son âme mystérieuse
Il agite un vague encensoir.

IV

NOTRE ANCIENNE DISPUTE

Te souviens-tu qu'en l'âge tendre
Où tu n'étais qu'un citadin,
Tu me raillais toujours de prendre
La nature pour mon jardin?

Un jour, tu t'armas d'un air rogue,
Et moi d'accents très convaincus,
Et nous eûmes ce dialogue,
Alterné, comme dans Moschus :

TOI

« Si tu fais ce qu'on te conseille,
« Tu n'iras point dans ce vallon
« Affronter l'aigreur de l'oseille
« Et l'épigramme du frelon.

MOI

« J'irai.

TOI

        La nature est morose
« Souvent, pour l'homme fourvoyé.
« Si l'on est baisé par la rose,
« Par l'épine on est tutoyé.

MOI

« Soit.

TOI

        Paris à l'homme est propice.
« Perlet joue au Gymnase, vois,
« Ravignan prêche à Saint-Sulpice.

MOI

« Et la fauvette chante aux bois.

TOI

« Que viens-tu faire dans ces plaines ?
« On ne te connaît pas ici.
« Les bêtes parfois sont vilaines,
« L'herbe est parfois mauvaise ; ainsi

« Crois-moi, n'en franchis point la porte.
« On n'y sait pas ton nom.

MOI

Pardon !
« Vadius l'a dit au cloporte,
« Trissotin l'a dit au chardon.

TOI

« Reste dans la ville où nous sommes,
« Car les champs ne sont pas meilleurs.

MOI

« J'ai des ennemis chez les hommes,
« Je n'en ai point parmi les fleurs. »

V

CE JOUR-LÀ, TROUVAILLE DE L'ÉGLISE

Et ce même jour, jour insigne,
Je trouvai ce temple humble et grand
Dont Fénelon serait le cygne
Et Voltaire le moineau-franc.

Un moine, assis dans les coulisses,
Aux papillons, grands et petits,
Tâchait de vendre des calices
Que l'églantier donnait gratis.

Là, point d'orangers en livrée ;
Point de grenadiers alignés ;
Là, point d'ifs allant en soirée,
Pas de buis, par Boileau peignés.

Pas de lauriers dans des guérites ;
Mais, parmi les prés et les blés,
Les paysannes marguerites
Avec leurs bonnets étoilés.

Temple où les fronts se rassérènent,
Où se dissolvent les douleurs,
Où toutes les vérités prennent
La forme de toutes les fleurs !

C'est là qu'avril oppose au diable,
Au pape, aux enfers, aux satans,
Cet alléluia formidable,
L'éclat de rire du printemps.

Oh ! la vraie église divine !
Au fond de tout il faisait jour.
Une rose me dit : Devine.
Et je lui répondis : Amour.

VI

L'HIVER

L'autre mois pourtant, je dois dire
Que nous ne fûmes point reçus ;
L'église avait cessé de rire ;
Un brouillard sombre était dessus ;

Plus d'oiseaux, plus de scarabées ;
Et par des bourbiers, noirs fossés,
Par toutes les feuilles tombées,
Par tous les rameaux hérissés,

Par l'eau qui détrempait l'argile,
Nous trouvâmes barricadé
Ce temple qu'eût aimé Virgile
Et que n'eût point haï Vadé.

On était au premier novembre.
Un hibou, comme nous passions,
Nous cria du fond de sa chambre :
Fermé pour réparations.

AU CHEVAL

AU CHEVAL

I

Monstre, à présent reprends ton vol.
Approche, que je te déboucle.
Je te lâche, ôte ton licol,
Rallume en tes yeux l'escarboucle.

Quitte ces fleurs, quitte ce pré.
Monstre, Tempé n'est point Capoue.
Sur l'océan d'aube empourpré,
Parfois l'ouragan calmé joue.

Je t'ai quelque temps tenu là.
Fuis ! — Devant toi les étendues,
Que ton pied souvent viola,
Tremblent, et s'ouvrent, éperdues.

Redeviens ton maître, va-t'en !
Cabre-toi, piaffe, redéploie
Tes farouches ailes, titan,
Avec la fureur de la joie.

Retourne aux pâles profondeurs.
Sois indomptable, recommence
Vers l'idéal, loin des laideurs,
Loin des hommes, ta fuite immense.

Cheval, devance l'aquilon,
Toi, la raison et la folie,
L'échappé du bois d'Apollon,
Le dételé du char d'Élie !

Vole au-dessus de nos combats,
De nos succès, de nos désastres,
Et qu'on aperçoive d'en bas
Ta forme sombre sous les astres.

II

Mais il n'est plus d'astre aux sommets !
Hélas, la brume sur les faîtes
Rend plus lugubre que jamais
L'échevèlement des prophètes.

Toi, brave tout ! qu'au ciel terni
Ton caprice énorme voltige ;
Quadrupède de l'infini,
Plane, aventurier du vertige.

Fuis dans l'azur, noir ou vermeil.
Monstre, au galop, ventre aux nuages !
Tu ne connais ni le sommeil,
Ni le sépulcre, nos péages.

Sois plein d'un implacable amour.
Il est nuit. Qu'importe. Nuit noire.
Tant mieux, on y fera le jour.
Pars, tremblant d'un frisson de gloire !

Sans frein, sans trêve, sans flambeau,
Cherchant les cieux hors de l'étable,

Vers le vrai, le juste et le beau,
Reprends ta course épouvantable.

III

Reprends ta course sans pitié,
Si terrible et si débordée
Que Néron se sent châtié
Rien que pour l'avoir regardée.

Va réveiller Démogorgon.
Sois l'espérance et l'effroi, venge,
Rassure et console, dragon
Par une aile, et par l'autre, archange.

Verse ton souffle auguste et chaud
Jusque sur les plus humbles têtes.
Porte des reproches là-haut,
Égal aux dieux, frère des bêtes.

Fuis, cours! sois le monstre du bien,
Le cheval démon qui délivre!
Rebelle au despote, au lien,
De toutes les vérités ivre!

Quand vient le déclin d'un tyran,
Quand vient l'instant des lois meilleures,
Qu'au ciel sombre, éternel cadran,
Ton pied frappe ces grandes heures.

Donne à tout ce qui rampe en bas,
Au barde qui vend Calliope,
Au peuple voulant Barabbas,
À la religion myope,

Donne à quiconque ignore ou nuit,
Aux fausses gloires, aux faux zèles,
Aux multitudes dans la nuit,
L'éblouissement de tes ailes.

IV

Va ! pour vaincre et pour transformer,
Pour que l'homme se transfigure,
Qu'il te suffise de fermer
Et de rouvrir ton envergure.

Sois la bonté, sois le dédain ;
Qu'un incompréhensible Éole
Fasse parfois sortir soudain
Des foudres de ton auréole.

Ton poitrail resplendit, on croit
Que l'aube, aux tresses dénouées,
Le dore, et sur ta croupe on voit
Toutes les ombres des nuées.

Jette au peuple un hennissement,
À l'échafaud une ruade ;
Fais une brèche au firmament
Pour que l'esprit humain s'évade.

Soutiens le penseur, qui dément
L'autel, l'augure et la sibylle,
Et n'a pas d'autre adossement
Que la conscience immobile.

Plains les martyrs de maintenant,
Attendris ton regard sévère,
Et contemple, tout en planant,
Leur âpre montée au Calvaire.

V

Cours sans repos, pense aux donjons,
Pense aux murs hauts de cent coudées,

Franchis, sans brouter les bourgeons,
La forêt vierge des idées.

Ne t'attarde pas, même au beau.
S'il est traître ou froid, qu'il t'indigne.
La nuit ne fait que le corbeau,
La neige ne fait que le cygne,

Le soleil seul fait l'aigle. Va !
Le soleil au mal est hostile.
Quand l'œuf noir du chaos creva,
Il en sortit, beau, mais utile.

Immortel, protège l'instant.
L'homme a besoin de toi, te dis-je.
Précipite-toi, haletant,
À la poursuite du prodige.

Le prodige, c'est l'avenir ;
C'est la vie idéalisée,
Le ciel renonçant à punir,
L'univers fleur et Dieu rosée.

Plonge dans l'inconnu sans fond !
Cours, passe à travers les trouées !
Et, du vent que dans le ciel font
Tes vastes plumes secouées,

Tâche de renverser les tours,
Les geôles, les temples athées,
Et d'effaroucher les vautours
Tournoyant sur les Prométhées.

Vole, altier, rapide, insensé,
Droit à la cible aux cieux fixée,
Comme si je t'avais lancé,
Flèche, de l'arc de ma pensée.

VI

Pourtant sur ton dos garde-moi ;
Car tous mes songes font partie
De ta crinière, et je ne voi
Rien sur terre après ta sortie.

Je veux de telles unions
Avec toi, cheval météore,
Que, nous mêlant, nous parvenions
À ne plus être qu'un centaure.

Retourne aux problèmes profonds.
Brise Anankè, ce lourd couvercle
Sous qui, tristes, nous étouffons ;
Franchis la sphère, sors du cercle !

Quand, l'œil plein de vagues effrois,
Tu viens regarder l'invisible,
Avide et tremblant à la fois
D'entrer dans ce silence horrible,

La Nuit grince lugubrement ;
Le Mal, qu'aucuns rayons n'éclairent,
Fait en arrière un mouvement
Devant tes naseaux qui le flairent ;

La Mort, qu'importune un témoin,
S'étonne, et rentre aux ossuaires ;
On entrevoit partout au loin
La fuite obscure des suaires.

Tu ne peux, étant âme et foi,
Apparaître à l'horizon sombre
Sans qu'il se fasse autour de toi
Un recul de spectres dans l'ombre.

VII

Tout se tait dans l'affreux lointain
Vers qui l'homme effaré s'avance ;

L'oubli, la tombe, le destin,
Et la nuit, sont de connivence.

Dans le gouffre, piège muet,
D'où pas un conseil ne s'élance,
Déjoue, ô toi, grand inquiet,
La méchanceté du silence.

Tes pieds volants, tes yeux de lynx
Peuvent sonder tous les peut-êtres ;
Toi seul peux faire peur aux sphynx,
Et leur dire : Ah çà, parlez, traîtres !

D'en haut, jette à l'homme indécis
Tous les mots des énigmes louches.
Déchire la robe d'Isis.
Fais retirer les doigts des bouches.

Connaître, c'est là notre faim.
Toi, notre esprit, presse et réclame.
Que la matière avoue enfin,
Mise à la question par l'âme.

Et qu'on sache à quoi s'en tenir
Sur la quantité de souffrance
Dont il faut payer l'avenir,
Dût pleurer un peu l'espérance !

VIII

Sois le trouble-fête du mal.
Force le dessous à paraître.
Tire du sultan l'animal,
Du Dieu le nain, l'homme du prêtre.

Lutte. Aiguillon contre aiguillon !
La haine attaque, guette, veille ;

Elle est le sinistre frelon,
Mais n'es-tu pas la grande abeille !

Extermine l'obstacle épais,
L'antagonisme, la barrière.
Mets au service de la paix
La vérité, cette guerrière.

L'inquisition souriant
Rêve le glaive aidant la crosse ;
Pour qu'elle s'éveille en criant,
Mords jusqu'au sang l'erreur féroce.

IX

Si le passé se reconstruit
Dans toute son horreur première,
Si l'abîme fait de la nuit,
Ô cheval, fais de la lumière.

Tu n'as pas pour rien quatre fers.
Galope sur l'ombre insondable ;
Qu'un rejaillissement d'éclairs
Soit ton annonce formidable.

Traverse tout, enfers, tombeaux,
Précipices, néants, mensonges,
Et qu'on entende tes sabots
Sonner sur le plafond des songes.

Comme sur l'enclume un forgeur,
Sur les brumes universelles,
Abats-toi, fauve voyageur,
Ô puissant faiseur d'étincelles !

Sers les hommes en les fuyant.
Au-dessus de leurs fronts funèbres.
Si le zénith reste effrayant,
Si le ciel s'obstine aux ténèbres,

Si l'espace est une forêt,
S'il fait nuit comme dans les Bibles,
Si pas un rayon ne paraît,
Toi, de tes quatre pieds terribles,

Faisant subitement tout voir,
Malgré l'ombre, malgré les voiles,
Envoie à ce fatal ciel noir
Une éclaboussure d'étoiles.

TABLE

L'ART D'ÊTRE GRAND-PÈRE

I

À GUERNESEY

II

JEANNE ENDORMIE. — I

III

LA LUNE

IV

LE POÈME DU JARDIN DES PLANTES

V

JEANNE ENDORMIE. — II

VI

GRAND ÂGE ET BAS ÂGE MÊLÉS

VII

L'IMMACULÉE CONCEPTION

Table 471

VIII

LES GRIFFONNAGES DE L'ÉCOLIER

IX

LES FREDAINES DU GRAND-PÈRE ENFANT (1811)

X

ENFANTS, OISEAUX ET FLEURS

XI

JEANNE LAPIDÉE

XII

JEANNE ENDORMIE. — III

XIII

L'ÉPOPÉE DU LION

XIV

À DES ÂMES ENVOLÉES

XV

LAUS PUERO

XVI

DEUX CHANSONS

XVII

JEANNE ENDORMIE. — IV

XVIII

QUE LES PETITS LIRONT QUAND ILS SERONT GRANDS

Table 473

LES CHANSONS DES RUES ET DES BOIS

LIVRE PREMIER

JEUNESSE

I

FLORÉAL

II

LES COMPLICATIONS DE L'IDÉAL

III

POUR JEANNE SEULE

IV

POUR D'AUTRES

V

SILHOUETTES DU TEMPS JADIS

VI

L'ÉTERNEL PETIT ROMAN

Table 475

LIVRE SECOND

SAGESSE

I

AMA, CREDE

II

OISEAUX ET ENFANTS

III

LIBERTÉ, ÉGALITÉ, FRATERNITÉ

IV

NIVÔSE

DISTRIBUTION

ALLEMAGNE
SWAN BUCH-VERTRIEB GMBH
Goldscheuerstrasse 16
D-77694 Kehl/Rhein

BELGIQUE (non francophone)
UITGEVERIJ EN BOEKHANDEL
VAN GENNEP BV
Spuistraat 283
1012 VR Amsterdam
Pays-Bas

BULGARIE
COLIBRI
40 Solunska Street
1000 Sofia

REMUS
14 Benkovsky Street
1000 Sofia

OPEN SOCIETY FUND
125 Bd Tzaringradsko Chaussée
Bloc 5
1113 Sofia

CANADA
EDILIVRE INC.
DIFFUSION SOUSSAN
5740 Ferrier
Mont-Royal, QC H4P 1M7

ESPAGNE
PROLIBRO, S.A.
CL Sierra de Gata, 7
Pol. Ind. San Fernando II
28831 San Fernando de Henares

RIBERA LIBRERIA
PG. Martiartu
48480 Arrigorriaga
Vizcaya

ÉTATS-UNIS
POWELL'S BOOKSTORE
1501 East 57th Street
Chicago, Illinois 60637

TEXAS BOOKMAN
8650 Denton Drive
75235 Dallas, Texas

GRANDE-BRETAGNE
SANDPIPER BOOKS LTD
22 a Langroyd Road
London SW17 7PL

ITALIE
MAGIS BOOKS
Via Raffaello 31/C 6
42100 Reggio Emilia

LIBAN
SORED
Rue Mar Maroun
BP 166210
Beyrouth

MAROC
LIBRAIRIE DES ÉCOLES
12 av. Hassan II
Casablanca

PAYS-BAS
UITGEVERIJ EN BOEKHANDEL
VAN GENNEP BV
Spuistraat 283
1012 VR Amsterdam

POLOGNE
NOWELA
Ul. Towarowa 39/43
61006 Poznan

PORTUGAL
CENTRALIVROS
Av. Cintura do Porto de Lisboa
Urbanizacao da Matinha A-2C
1900 Lisboa

RUSSIE
L.CM
P.O. Box 63
117607 Moscou

MEZHDUNARODNAYA KNIGA
39 Oul. Bolchaia Iakimanka
117049 Moscou

ROUSSKI POUT
Oul. Nicoloiamskaia 1
109189 Moscou

Pour tous les pays (France, Belgique, Dom-Tom, etc...) exclusivité réservée à la Chaîne Maxi-Livres. Liste des magasins : minitel « 3615 Maxi-Livres »

IMPRIMÉ EN UNION EUROPÉENNE
1579M-5, le 08-09-1995
95 BK 26 — Dépôt légal, septembre 1995.